꼬
라
비

박형서 소설집
끄라비

초판 1쇄 발행 2014년 5월 8일

지은이 박형서
펴낸이 주일우
펴낸곳 ㈜**문학과지성사**
등록번호 제1993-000098호
주소 121-840 서울 마포구 서교동 395-2
전화 02) 338-7224
팩스 02) 323-4180(편집) / 02) 338-7221(영업)
전자우편 moonji@moonji.com
홈페이지 www.moonji.com

© 박형서, 2014. Printed in Seoul, Korea
ISBN 978-89-320-2618-3

박형서 소설집

끄라비

문학과지성사
2014

차
례

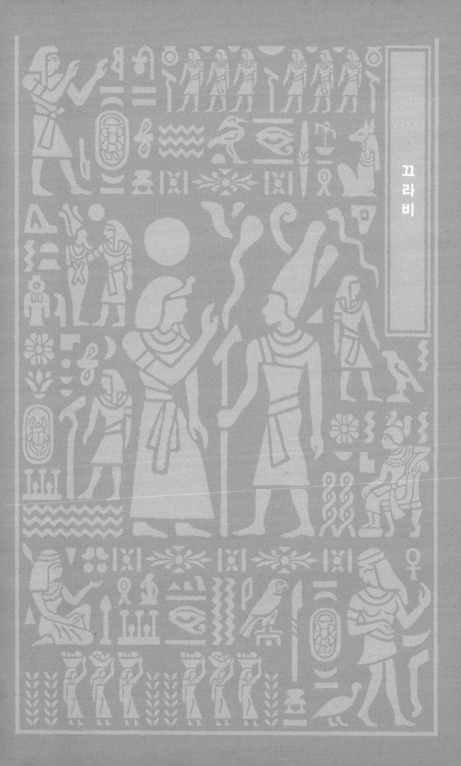

끄라비

새벽 어스름 사이로 드러난 끄라비의 첫인상은 예상과 달랐
다. 그곳은 여느 개척지들처럼 사람의 취향에 순응하거나 어색
하게 조화를 이루는 대신 기묘한 공존의 방식을 취하고 있었다.
이만큼이 빽빽한 밀림이라면 저만큼은 작고 말끔한 타운이었다.
메마른 들판이 놓인 너머로 폭 넓은 강이 흘렀다. 거대한 보리수
와 식민지풍의 관공서가 주변 부지를 잠식하며 샴쌍둥이처럼 자
라는 중이었고, 화려하게 치장된 담벼락 뒤편으로는 기암절벽이
예고 없이 펼쳐져 있었다. 얼마쯤 무료해 보이는 평원 중간중간
엔 또 석회암 산들이 제멋대로 솟아 있어, 신의 섭리로 빚어진 땅
이 아니라 어느 오만한 별에서 뚝 떨어져 나온 느낌이었다. 때문
에 자연이란 본디 우연의 얼굴을 하고 있거나 혹은 이름만 다른
게 아닐까 생각해보았는데, 헤어진 가족을 만난 듯 핏줄을 따라

일관되게 번져오는 열대의 친근한 기운은 그게 꼭 그렇지도 않다고 말하는 것 같았다.

그랬다. 버스터미널에서 벗어나 중심가로 걸어갔다. 아침을 맞아 도시가 빠르게 깨어나고 있었다. 상인들이 점포의 문을 열고 가게 앞을 쓸었다. 보도블록에는 흰 와이셔츠와 청색의 반바지를 입은 어린 학생들이 줄지어 버스를 기다리는 중이었다. 소프라노로 떠들다 이따금 치아를 드러내며 웃곤 했다.

숙소로 잡은 곳은 지은 지 얼마 안 된 이 층짜리 게스트하우스였다. 대리석 질감의 타일이 객실에 깔렸고, 자그마한 발코니는 타운 남쪽의 경관을 담고 있었다. 마침 빨랫줄이 보여 긴 여행으로 눅눅해진 배낭 속의 옷들을 전부 내다 걸었다. 팜오일 향을 머금은 바람이 불어와 내 옷들을 알록달록하게 흔들었다. 타운 외곽을 따라 길쭉하게 자란 야자수 군락에서 불어온 바람이었다. 그러다 조금 지나 바람의 방향이 바뀌자 이번엔 다른 향이 풍겨왔다.

오토바이 대여점은 게스트하우스의 일 층을 빌려 쓰고 있었다. 자신을 '따오'라 소개한 젊은 여주인이 등껍질에서 목을 빼는 거북이 흉내를 내기에, 딸에게 해양 생물의 이름을 지어주는 부모란 어떤 부모일까 상상해보았다. 벽에 달아놓은 라디오에서는 카라바오의 오래된 대표곡이 흘러나왔다. 아무래도 그녀가 듣기엔 낡은 노래라 생각되어 몇 살이냐고 물어보았더니, 이번에는 등껍질에서 양팔을 빼는 거북이 흉내를 내며 지금은 스물

둘이고 보름쯤 뒤에 스물셋이 된다고 대답했다. 생일이 정확히 언제냐 물어봐주길 기다리는 것 같았지만 나는 묻지 않았다.

그랬다. 흰색의 자동 변속 오토바이는 내 체형에 맞았다. 바람을 가르며 느낀 첫 호흡 역시 근사했다. 별 소음 없이 부드럽게 가속되었고 브레이크도 잘 들었다. 내친김에 타운을 벗어나 아오낭으로 갔다. 어디까지가 해변이고 어디서부터가 해수인지 가늠하기 어려울 만큼 투명한 바다였다. 키 큰 야자수들은 원양을 향해 부드럽게 기울어져 있었고, 그 아래 비키니를 입은 여자들 몇이 밀가루처럼 뽀얀 백사장에 누워 일광욕을 하는 중이었다. 날이 맑아 멀리 떠 있는 섬들이 눈에 들어왔다.

만의 굴곡을 따라 달리다 내륙으로 들어서니 제멋대로 침식된 석회암 산들이 나타났다. 몇몇은 동굴 안에 저만큼 침식된 사원을 품고 있었는데, 종유석이 우람할수록 공력도 덩달아 높아보였다. 멀리 갈 마음은 없어 방향을 바꾸어 타운으로 돌아왔다. 왼쪽에는 고양이 귀 형상의 바위산 두 개가 강을 사이에 둔 채 서 있고 정면에는 촘촘하게 자란 맹그로브 군락이 펼쳐져 있었으며 오른쪽으로는 그 모든 것들을 스치고 지나온 젊은 강이 하구를 지나 안다만 해로 흘러가고 있었다. 그것은 왼쪽에서 시작되어 오른쪽으로 이어지는 한 줄짜리 시처럼 느껴졌다.

그랬다. 어느덧 정오도 훌쩍 지나 태양이 기세를 잃어가는 중이었다. 그리고 주위는 더욱 조용해졌다. 나는 따오가 준 지도를 따라 화석 절벽으로 갔다. 키 작은 풀로 뒤덮인 널찍한 공터에서 현지인 가족들이 시간을 보내고 있었다. 한쪽에 오토바이를 세워둔 채 내키는 대로 걸었다. 그러다 가장자리에 촘촘히 늘어선 열대 나무와 그 곁의 돌멩이까지 하나씩 연희적으로 쓰다듬어보았다. 언젠가 이 도시에 돌아왔을 때 거기 묻은 체온은 우리의 관계를 일깨워줄 일종의 징표가 될 것이다. 그런 다음에는 바다 쪽으로 놓인 석조 의자에 앉아 깎아지른 카르스트 절벽 아래를 바라보았다. 투명한 해수가 건들건들 밀려왔다 건들건들 밀려갔다. 근심 걱정 없이 떠도는 구름이 보였고 바람에선 희미하게 습기가 느껴졌다. 문득 기척을 느끼고 돌아보았다. 새하얀 고양이 한 마리가 옆에 서 있었다. 다짜고짜 코를 들이대 냄새를 맡고는 뺨을 비벼왔다. 두 눈의 색이 달랐는데, 한쪽은 파랗고 다른 한쪽은 잿빛이었다. 꼬리가 유난히 두툼했으며 얼굴형이 고양이라기보다는 여우에 가까웠다. 잠시 야옹거리더니 발치에서 몸을 동글게 만 채로 잠이 들었다.

그대로 조금 더 앉아 있다가 주차장 옆에 있는 작은 식당으로 들어갔다. 주인은 어디 가고 딸로 보이는 초등학생 나이의 어린 계집애가 음료와 함께 볶음밥을 가져다 주었다. 제법 모양새가 있었다. 직접 만든 거냐고 물어보았지만 아이는 내 말뜻을 알아듣지 못한 것 같았다.

하늘이 맑아요.

쑥스러운 듯 몸을 배배 꼬면서 말했다. 무어라 대꾸해야 할지 몰라 가만히 있자 아이가 이렇게 덧붙였다.

비가 안 와요.

그리고 내 뒤를 밟아 온 고양이를 쫓아 열심히 조리실로 뛰어들어갔다.

식사를 마친 후에는 화석 절벽을 느리게 걸어 다녔다. 이따금 소금기를 품은 해풍이 불어와 그리 길지도 않은 내 귀밑머리를 들었다 놓았다. 어떨 땐 왼쪽이 바다였고 어떨 땐 오른쪽이 바다였다.

그랬다. 그림자가 길어질 무렵 오토바이에 올라 숙소 쪽으로 돌아갔다. 타운의 규모가 작아 네온사인 같은 건 눈에 띄지 않았다. 가로등에 달린 노란 백열전구가 낮게 깔린 건물들을 고아하게 비추고 있었다. 숙소 입구에 오토바이를 세워둔 뒤 걸어서 〈퐁펜〉이라는 간판을 단 작은 술집에 갔다. 배가 불뚝 나온 아랍 노인 한 명이 도로 쪽으로 난 테이블에 앉아 맥주잔을 손에 쥔 채 졸았고, 구석에 자리 잡은 테이블에서는 젊은 연인이 담담한 표정으로 서로의 몸을 더듬고 있었다. 나는 그 맞은편에 앉았다.

비가 안 와요.

그랬다. 맥주를 가져다주며 종업원이 그렇게 말했다. 그래서 끄라비의 주민들은 늘 비를 기다리는가 생각했다. 사소한 착각이었다. 그들은 맑은 우기가 이상했던 것이다. 거리에서는 신선한 파파야 냄새가 풍겨와 밀림이 멀지 않은 곳에 있음을 알려주었다. 말린 돼지고기 튀김이 나올 때까지 나는 킁킁거리며 파파야 냄새를 맡았다.

아홉 시쯤 되자 〈퐁펜〉과 몇몇 게스트하우스를 제외한 대부분의 건물들이 전등을 껐다. 이르고 평화로운 잠이 모성처럼 끄라비를 덮고 있었다. 종업원이 낡은 기타를 들고 놀러 왔을 때 나는 세 병째 맥주를 마시는 중이었다. 그는 피우던 마리화나를 튜너와 넛 사이에 끼우더니 쓰리 핑거링에 맞춰 노래를 불렀다. 언젠가 들어본 적이 있는 영국의 노래였다. 간주를 하는 동안은 낮은 목소리로 맥주를 몇 병 팔아 얼마를 벌었다는 둥 그날의 정산을 했는데, 그 또한 대략 박자가 맞았다. 나는 네 병의 맥주를 비우고 나서야 〈퐁펜〉에서 나왔다. 텅 빈 거리를 비틀비틀 걸어 숙소로 돌아왔다. 그리고 깊고 깊은 잠을 잤다.

이튿날도 비는 오지 않았다. 화창하지만 뜨겁지 않은 끄라비의 하늘을 이고서 폭포와 계곡과 공원을 돌아다녔다. 배가 고파 둘러보면 바로 저만치에 파인애플 볶음밥이나 달콤하게 졸인 닭고기덮밥을 파는 식당이 있었다. 손님이 많이 다니는 길목이 아니어서 그럴 리가 없는데도 재료는 늘 신선했다.

그랬다. 대추야자로 둘러싸인 사원에 앉아 지도를 보며 다음엔 어디로 갈까 생각하던 중, 어디선가 왁자지껄 터져 나온 웃음소리에 고개를 들었다. 소풍 나온 아이들이었다. 선생이 주의사항을 전달하는 동안에는 서로 툭툭 치고 이리저리 꼼지락거리며 가만히 있지를 않더니 정작 선생이 돌아서자 제각기 자리를 잡고는 진지한 얼굴로 그림을 그리기 시작했다. 한 아이에게 다가가 무엇을 그리나 보았다. 사원의 날렵한 붉은 지붕을 배경으로 화려하게 치장된 코끼리 두 마리가 서 있었다. 한 마리는 어미인 듯 몸집이 커다랬고 다른 한 마리는 작았다.

고끼리가 여기 어디에 있어?

눈동자가 새까만 아이는 대답 대신 코코넛 과육이 묻은 과자를 주었다. 고맙다고 말하자, 눈을 크게 뜨고 대답했다.

원래 당신 거예요.

오토바이를 향해 걸어가다 뒤를 흘낏 돌아보았다. 아이가 기다렸다는 듯 손을 흔들었다. 도화지에 담긴 코끼리도 덩달아 흔들렸다. 사원을 나와 동쪽으로 달렸다. 그 아이와 그 코끼리를 생각하며 달렸다. 끄라비의 산들은 한 입 베어 먹은 사과처럼 보였다. 겉엔 잡목이 무성했고, 쪼개진 단면은 수풀이 자라지 않는 새하얀 석회질이었다. 달리는 오토바이에서 내 시선은 수 킬로미터 밖에까지 닿아 있었다. 그처럼 먼 곳을 본 게 언제였는지 더듬어보았지만 기억이 나질 않았다.

사흘째부터는 늦잠을 잤다. 정오 무렵 느긋하게 일어나 낮게 깔린 산하를 쏘다녔으며, 오후 다섯 시쯤 되어서는 호젓한 강변에 있는 타라 공원에 가 저녁을 먹었다. 단층의 상가 중앙에 위치한 식당은 해산물 요리가 맛있는 곳이었다. 두 가지는 전과 같은 걸 주문했고 한 가지는 종업원의 추천을 받았다. 여덟 시가 넘어 타운의 전등이 하나둘 꺼지면 오토바이를 숙소에 세워둔 뒤 일과처럼 〈퐁펜〉에 들렀다. 그리고 열 시나 열한 시까지 맥주를 마시다 흔들흔들 숙소로 돌아갔다. 그게 전부였다. 매번 새로운 감각이 밀려와 전의 감각을 덮었지만 돌이켜보면 기억은 그처럼 단순하게 뭉뚱그려진다.

그랬다. 나는 그곳에서의 엿새 동안 전에 느끼지 못했던 평화 속에 있었고, 그래서 떠나는 날이 되어서는 몸에 충분한 기운이 자라나 다음 목적지가 어디든 쉽게 적응할 것 같았다. 트럭을 타고 타운 외곽의 고속버스 터미널로 이동해 야간 버스에 올랐다. 버스에 시동이 걸리자 문득 안개 같은 비가 주위를 살며시 감싸 왔다. 떠나기 좋은 날은 아니었다. 하지만 떠나기 좋은 날이 대체 어디에 있단 말인가.

이제야 비가 오네요.

옆자리에 앉은 젊은 아가씨가 신기한 듯 중얼거렸다.

이것도 비라면.

마치 비가 아니라고 말하는 것 같았다.

귀국한 직후 대학 후배와 사랑에 빠졌다. 처음부터 그랬던 건 아니었다. 그녀가 어쩐지 겉도는 것처럼 여겨졌고, 그래서 도와 주고 싶었다. 시간이 흘러 선의가 우정으로 변하고 다시 사랑으로 변해 모든 것이 풍요롭던 어느 날, 우리는 함께 술을 마셨다. 그리고 평소보다 많은 대화를 나누었다. 취기로 볼이 물든 그녀는 내 관심이 부담스러워 피하던 학기 초의 일화를 털어놓았다. 요컨대 안타까워하는 내 마음이 그녀 입장에서는 수상쩍은 접근 이었던 것인데, 결국엔 별 도리 없이 두 손을 들어버렸다는 얘기였다.

집에 돌아와 지난 이 년 동안 우리 사이에 벌어졌던 여러 밀고 당김을 생각하면서, 기억 속의 감정들 하나하나를 그녀가 말한 내용으로 대체해보았다. 신기할 정도로 아귀가 맞아떨어졌다. 작업이 끝난 뒤 나는 깊은 한숨을 쉬었다. 아무래도 더 이상은 그녀를 사랑할 수 없었다. 심지어 이별의 말에 놀라 크게 뜬 눈으로 눈물을 흘리는 모습에서마저 아무런 연민을 느끼지 못했다. 착각을 빼고 나니 우리의 사랑은 껍데기조차 남지 않아버렸던 것이다. 나의 변심이 어디에서 왔는지 알 리가 없던 그녀는 계속해서 연락을 했다. 그것이 나를 지치게 만들었다.

그러던 어느 날 끄라비와 이어진 한 편의 짧은 꿈을 꾸었다. 잘 자란 대추야자에 기대앉아 밀림의 풀벌레 소리를 듣고 있는데 저 멀리서 어머니가 걸어왔다. 하늘거리는 새하얀 원피스 차림에 손에는 노란 양산까지 들고 있었다. 나는 신호처럼 팔을 벌렸고, 그러자 어머니 역시 팔을 벌려 나를 가볍게 안아 올려주었다. 우리는 서로의 등에 손바닥을 대어 따뜻한 체온을 확인했다. 그건 어딘가 이상한 기분이었다. 왜냐하면 그 사람의 빈자리가 내 유년에 남겨놓은 상실감은 실로 대단한 것이어서, 생전 모습을 대면하는 그 반가운 순간에조차 이루 말할 수 없이 섭섭한 심정에 눈물을 흘려야 했기 때문이다. 아픔과 기쁨이 뒤엉킨 열대의 정조는 잠에서 깨어난 뒤에도 길게 남아 밤을 온통 어지럽혔다. 아마도 끄라비에서 생겨난 잉여의 감정이 오래되어 무감해진 결핍을 일깨워놓은 모양이었다. 요컨대 내가 후배와 사랑에 빠졌던 것은 그녀가 사랑스러웠기 때문이 아니라 내게 사랑이 필요했기 때문이었다. 그러므로 나에게는 가야 할 곳이 있었다.

먼 밤길을 달려 끄라비에 도착했을 때, 내 핏줄에는 전에 느꼈던 열대의 기운이 고스란히 되살아났다. 시간이 지나면 기억의 흐릿해진 부분들은 임의로 덧칠해지고, 그래서 나중엔 모든 것이 달라져 원래의 모습을 찾아볼 수 없게 된다. 그 지점에서 우리는 실망한다. 하지만 다시 찾은 끄라비는 내 퇴색한 기억이 미화해놓은 것보다 한층 아름다웠다. 새벽 산을 휘감은 안개와 맹그로브 숲을 돌아 바다로 나가는 강은 더 짙고 깊어져 있었다. 나는 그 먼 어디쯤에서 흰 원피스를 입은 여자가 노란 양산을 들고 걸어올 것만 같아 목을 빼 바라보았다.

숙소에 짐을 부려놓고서 오토바이를 빌리러 갔다. 대여점의 젊은 여주인 따오는 나를 기억하고 있었다. 점포 앞에 진열된 오토바이들 중 하나를 가리키며 말했다.

제일 좋은 거예요.

그랬다. 시동을 걸자 부드러운 엔진 소리와 함께 몸이 떨려왔다. 나는 우기의 비로 말끔히 단장된 도로를 달렸다. 타운을 벗어나자 물소 떼를 몰고 가던 남자가 내게 휘파람을 불었다. 돌아보니 눈썹을 한껏 올리며 웃어주었다. 그것은 다름 아닌 끄라비의 성격이었다.

램프라낭으로 목적지를 정하고 달렸다. 전과 달리 지도를 지니지 않았기 때문에 가끔 엉뚱한 곳으로 들어설 때도 있었다. 하지만 그러할 때조차 적막의 갈림길 너머에 숨은 밀림은 보석처럼 만짝였다. 강변에 길게 늘어선 반수상 목조 가옥을 따라 한참을 달렸다. 그러다 잠시 쉬었다 갈 겸 고무나무 숲의 어느 둔덕에 앉아 담배를 피웠다. 발치에 사람 머리통만 한 돌이 있어 뚫어지게 노려보았더니 슬그머니 일어나 숲으로 기어 올라갔다. 싱거운 돌이었다. 그늘에서는 시원한 풀냄새가 났다. 그 냄새를 맡고 나자, 지난 이태 동안 내가 끄라비를 그리워한 만큼 끄라비도 나를 그리워했음을 알 수 있었다.

바다를 왼쪽에 끼고 한 시간쯤 달려 아오낭까지 둘러보았고, 오후 다섯 시쯤 타라 공원으로 돌아왔다. 실내장식도 달라지고 종업원들의 얼굴도 대부분 변했지만 내게 요리를 추천해주던 십대의 젊은이는 그대로 남아 있었다.

비가 안 와요.

그랬다. 마치 어제 보고 오늘 다시 본다는 말투였다. 그래서 나는 대답했다.

내가 여기를 좋아하니까요.

그것이 내가 의기양양하게 한 말이었다. 요컨대 나는 우기에도 비가 오지 않는 이유를 내 마음의 기후적 반영으로 여겼던 것이다. 종업원이 어깨를 추켜올리며 웃었다. 그는 내가 매번 주문하던 두 가지 음식을 기억하고 있었다. 추천해준 다른 하나는 닭고기를 달콤하게 졸여 고수풀과 버무린 요리였다.

더운 날이어서 맥주에 담긴 얼음이 금세 녹았다. 딱히 피곤한 건 아닌데 눈이 자꾸 감겨왔다. 몬순의 구름이 운행하는 소리, 해수와 담수가 서로에게 녹아드는 소리, 햇빛이 술잔에 구르는 소리가 바람의 방향에 따라 이리 불어오고 저리 불어갔다. 땅거미가 질 무렵 공원 반대편에 괴물이 나타났다는 소식을 듣고는 무슬림 복장을 한 어린 종업원 둘을 앞세워 놀러갔다. 왕도마뱀은 둥글게 진을 친 구경꾼들이 당황스러웠던지 납작 엎드렸던 몸을 일으켜 혀를 빼물고 두리번거렸다. 어지간한 청년보다 몸통이 컸다. 식당에서 챙겨온 닭고기를 한 점 던져주자, 깊이 고민하더니 고기는 놔두고 어둠에 젖은 강기슭을 향해 엉금엉금 기어갔다.

다음 날도 나는 아침부터 이곳저곳 쏘다녔다. 물 입자를 힘껏 뿌리는 건강한 폭포와 화사하고 투명한 해변을 만나 오랜만의 인사를 나누었다. 우기의 밀림은 생명력이 지나쳐서 숲 전체가 꿈틀대는 것 같았다. 한번은 새로 깔린 아스팔트 길을 만나 남쪽 뜨랑 방향으로 달린 적이 있었다. 어디까지 이어졌나 보려던 것이었는데, 느슨한 마음으로 달리다 보니 뜻밖에 너무 멀리까지 가게 되었다. 해가 저물어가는 오후 여섯 시, 슬슬 걱정도 되어 방향을 돌리려는 찰나 저 멀리 타라 공원이 눈에 들어왔다. 주차 광장 한편에서 동네 청년들이 불꽃놀이를 하고 있었다. 완만하게 구부러진 길을 달려 타운으로 되돌아온 것이었다.

그랬다. 강 건너 맹그로브 숲에 번지는 노을과 그 한쪽을 물들인 각양각색의 폭죽은 사소한 행운일지 모르나, 그런 일이 몇 번 반복된다면 자연스레 행간에 담긴 일련의 암시를 뒤적여보기 마련이다. 그래서 나는 끄라비가 나를 좋아하고, 내 일정을 보살피며, 사소한 느낌에도 주의를 기울여주는 거라 생각해보았다. 양산처럼 옅게 낀 구름이 햇빛을 한숨 걸러준다. 대기는 맑으며 적당한 습기를 품고 있다. 주민들은 너무 많이 웃고, 침식된 석회암 언덕에선 아득한 냄새가 난다. 실수로 고른 음식까지 맛있다. 맥주는 언제나 시원하며, 저녁의 타라 공원은 매일매일이 축제다. 오토바이로 달리던 중 우쭐한 마음에 이렇게 중얼거려보았다. 저 언덕 너머엔 호수가 나오면 좋겠다. 그러자 호수가 나왔다. 저 숲 뒤쪽으론 새하얀 석회동굴이 있으면 멋지겠네. 그러자 거기에 새하얀 석회동굴이 있었다. 재스민 향이 흐르는 해안선이며 연둣빛으로 물든 사탕수수밭도 그런 식으로 만났다. 내킬 땐 언제든 오토바이에 시동을 걸어 내달렸고, 배가 고프면 제일 먼저 눈에 띄는 식당에 들어가 음식을 주문했다. 가격은 돈이 줄어드는 것도 모를 만큼 저렴했다.

　하루는 밤중에 무엇엔가 홀린 듯 화석 절벽으로 갔다. 멀리서부터 끄라비의 숨소리가 들려왔다. 물론 그것은 암초를 쓰다듬는 낮은 파도 소리나 늙은 고무나무가 천천히 기울어지는 소리, 바람에 리라와디 꽃잎 떨어지는 소리, 혹은 원시 밀림의 식구들이 내는 고요한 잠꼬대였을지 모른다. 하지만 그처럼 세부적으로 나눠버리기에는 지나치게 순일했던 탓에, 나로선 그것을 숨소리 외의 다른 무엇으로는 들을 수가 없었다. 일몰을 구경하기 좋도록 바다를 향해 놓인 의자에 앉을 때 내 옷에서 부스럭 소리가 났다. 그 역시 끄라비의 숨소리로 들렸다. 그래서 나는 그보다 작게 중얼거렸다. 바깥 세계에 두고 온 고단한 감정들, 이를테면 외로움이나 실망감 따위에 관하여 이런저런 속말을 늘어놓았다. 그러다 보니 동의를 구하려 나 자신의 막막함을 실제보다 부풀리는 것 같아 그만두었다. 대신에 사소한 멜로디 몇 개를 흥얼거렸고, 내친 김에 노래를 불렀다. 좋아하는 노래를 부르다 생각나는 노래를 부르다 나중에는 아무렇게나 지어낸 노래를 불렀다. 어둡고 적막했지만 두렵지 않았다. 내가 보호받고 있다는 사실을 알고 있었기 때문이다. 심지어 경사가 진 봉적토에 자리 잡은 수수밭의 그 깊이를 알 수 없는 어둠마저도 외부로부터 나를 지켜주는 신령한 결계처럼 여겨졌다. 이윽고 음악적 재능이 바닥난 나는 느릿느릿 걸어 가장자리의 열대 나무며 그 곁의 돌멩이까지 하나하나 손으로 쓰다듬어보았다. 그것들은 내가 끄라비에 돌아왔다는 걸 증명해주는 익숙한 징표들이어서, 지난날의 내 체온이 그대로 남아 있었고, 앞으로 오랜 시간이 지나도 여전히 거기 남아 있을 것 같았다.

교감으로 가득한 밤이 끝나기 전에 나는 살아 있는 징표와 만났다. 꼬리가 두툼한 여우 얼굴 고양이였다. 이 년 전의 어느 날처럼 조용히 다가와 한 바퀴 감싸며 돌고는 내 발등에 배를 댄채 목젖을 울렸다. 그 울림은 마치 내 얘기와 노래에 대한 답례처럼 들렸다. 손바닥만 한 새끼도 함께였는데, 털색이며 얼굴이며 심지어 오드아이까지 꼭 닮은 게 필경 무성생식을 한 모양이었다. 둘은 내 발치에서 뛰어놀다 나란히 뒤엉켜 잠이 들었다. 먼 정글에서 야생 히아신스의 달콤한 향이 흘러왔고, 초승달의 노란빛을 배경으로 누군가가 날린 크고 작은 콤러이 한 쌍이 초롱처럼 아슴하게 떠오르고 있었다.

그랬다. 나태에 가까운 평화가 내 하루를 먹고 이틀을 먹고 일주일을 먹는 걸 보고만 있었더니 종내는 보름까지 먹어치웠다. 나는 오토바이를 반납한 뒤 방에 돌아와 느릿느릿 짐을 챙겼다. 일을 마친 다음에는 발코니에 오도카니 앉아 끄라비의 하늘을 보았다. 눈이 부시게 맑았다. 전날도 그랬고, 또 그 전날도 그랬다. 보름 내내 그랬다. 비를 모르는 도시 같았다. 그렇게 삼십 분쯤 앉아 있다 일어서자, 내 마음의 어느 여린 부분이 훌쩍 자라나서 마침내 떠날 준비가 다 된 듯했다.

그런데 고속버스에 배낭을 실을 때부터 사위가 갑작스레 어두워지더니 타닥타닥 비가 내리기 시작했다. 우기의 한가운데였기 때문에 따져보면 이상한 일은 아니었다. 오히려 그곳에 머문 보름 동안 내내 맑았던 게 이상한 일이었다. 그러나 정오까지만 해도 전혀 예상치 못했던 비여서, 먼 길을 가야 할 승객들은 걱정스러운 표정으로 웅성거렸다. 조금 지나 사방에서 몰려든 먹구름이 거센 비를 퍼부었다. 굵은 빗방울이 차창을 두드렸다. 바람도 세차게 불어 버스를 이리저리 흔들었다. 터미널 광장은 지대가 낮아 물이 빠르게 불어났다. 당황한 운전기사가 차를 광장에서 빼내어 조금 높은 지대로 이동시켰는데, 그 탓에 나중에 도착한 승객들은 흠뻑 젖은 몸으로 성을 냈다.

버스는 예정 시각을 이십 분가량 넘겨 출발했다. 굵은 비가 끄라비의 정경을 사선으로 물들였다. 타운을 거쳐 산악지대를 끼고 동쪽 핫야이를 향해 달리던 버스는 고속도로를 만나 북부 대평원으로 방향을 틀었다. 마침내 주 경계를 지날 때, 나는 비에 젖은 창을 통해 끄라비의 먼 하늘을 돌아보았다. 검고 흰 구름들이 갈피를 잡지 못하여 이리저리 뭉쳤다 흩어졌다. 지역 전체를 감싸고 있던 농밀한 공기층이 맥없이 풀어졌고, 지표에 서린 친밀한 기운들은 조금씩 바다를 향해 씻겨나가는 중이었다. 그 와중에도 버스가 지나온 구불구불한 도로를 따라 반투명한 정념한 줄기가 손가락처럼 쫓아오고 있었다. 그걸 보는 순간, 내가 이제껏 오해하고 있었음을 깨달았다. 끄라비는 나를 좋아한 게 아니었다. 끄라비는 나를 사랑한 것이었다. 놀란 마음으로 차창에 손바닥을 댔다. 그게 작별의 인사처럼 보였던지, 끄라비가 정념을 거두더니 끄덕끄덕 눈물을 닦았다. 다시 오겠다고 말했으나 좀처럼 믿지 않는 눈치였다.

대학을 졸업하자 미련을 버리지 못하던 후배와는 어찌 끝이 났다. 하지만 이듬해 봄에 새로 사귄 아가씨와는 그렇지 못했다. 오 년 동안 다툼과 이별과 재회가 지루하게 반복되었다. 그러던 어느 날, 혼자 진수성찬을 차려 먹다가 내 자신이 청춘의 끄트머리에 서 있으며 더 밀려나기 전에 뭔가 확실히 해야 한다는 생각이 들었다. 니는 밥상을 확 뒤엎고 그녀를 만나러 갔다. 그녀 역시 비슷한 압박을 느끼고 있었던지 얘기가 쉽게 되었다. 우리는 함께 여행을 가기로 결정했다. 그녀는 끄라비로 가자는 내 제안에 무모하리만치 간략하게 동의했는데, 아마도 내가 묘사한 그곳의 원시적 풍광에 마음이 흔들린 모양이었다. 혹은 어디든 나와 함께라면 괜찮을 것이라 믿었던 건지도 모르겠다.

집에 돌아온 나는 책상 앞에 앉아 여행 계획을 짰다. 여러 자료를 모으고 분류하며 일정의 세세한 부분까지 강박적으로 검토했다. 우기를 피해 쾌청한 건기를 택했고, 성수기라 숙소가 없을지 모른다는 걱정에 타운의 값비싼 호텔을 예약했다. 두 달에 걸친 준비 기간 동안 내 배낭은 조바심으로 가득 찼다.

하지만 그 모든 준비에도 불구하고 끄라비에 도착한 순간부터 죄다 엉망이었다. 호텔에 모기가 들끓는 바람에 예약을 취소하고 나왔지만 예전에 묵었던 숙소들은 모두 만원이었다. 별 수 없이 원래의 호텔로 되돌아가야 했는데, 그 과정에서 프런트 직원이 강도로 돌변해 하루 숙박비에 해당하는 웃돈을 요구했다. 옷장에선 지독한 곰팡이 냄새가 났고 에어컨 돌아가는 소리도 위협적이었다. 그녀에게는 애써 쾌활한 척을 했으나 맥이 풀리고 낙담한 건 어쩔 수 없었다. 나는 그곳이 정말로 끄라비인지 의심스러워졌다. 나는 혹시 전에 머물렀던 친밀한 성채 바깥 부분에 멈춰선 게 아닐까? 조금 더 안쪽으로 들어가면 예전에 내가 받았던 배려를 연인과 함께 다시 받을 수 있지 않을까? 이를테면, 화석 절벽이나 또는 강변의 타라 공원 같은 곳에서.

그러나 바뀐 것이 장소가 아니라 도시 자체의 정서였음을 얼마 지나지 않아 알게 되었다. 호텔 프런트에서 임대한 오토바이는 겉만 번지르르한 고물이었다. 한 시간 거리에 있는 호랑이 사원으로 가는 길에 엔진이 세 번이나 멈췄고, 시동 버튼도 먹히지 않아 한참 동안 킥을 밟아야 했다. 게다가 그게 무슨 구경거리라고 먹구름까지 몰려오더니 추적추적 비를 뿌려댔다. 멀리 가는 건 도저히 무리여서 방향을 돌렸다. 그때부터 우리의 여행은 본격적으로 망가지기 시작했다. 너무 촘촘하고 긴밀하게 일정을 짜놓았던 터라, 한 부분이 삐끗해버리자 나머지도 줄줄이 개판이 되었던 것이다. 그러나 달리 방법이 없었다. 나는 두 달에 걸쳐 세운 계획을 깨끗이 폐기하고 그때그때 즉흥적으로 대처하기로 마음먹었는데, 여행을 망친 두번째 범인은 다름 아닌 바로 그 불확정성이었다. 슬슬 배도 고파 구름 그늘에 싸인 타라 공원으로 갔지만 상가 전체가 휴업이었다. 나들이객이 사라진 공원은 무척이나 을씨년스러워 보였다. 그 많던 사람 전부가 집에 들어앉아 똥이나 누는 모양이었다.

호텔로 돌아와 고물 오토바이를 반납했다. 마침 비가 그쳐 불볕 속을 타박타박 걸어 시장에 갔다. 물기로 질퍽한 시장을 슬리퍼만 신고 움직이다 보니 누군가 먹다 버린 음식물 찌꺼기나 죽은 곤충 따위가 발목에까지 묻어 왔다. 온통 후텁지근하고 끈적끈적해서 도저히 뭔가를 구경하거나 사 먹을 형편이 아니었다. 종내는 낮술에 취한 상사꾼 한 명이 시비를 걸어오는 바람에 도망치듯 시장을 빠져나왔다. 도시의 반대편에 있는 다른 야시장에 가자고 제안했지만 그녀는 들은 척도 하지 않았다.

우리는 호텔 레스토랑에서 안 먹느니만 못한 국수를 먹었다. 〈퐁펜〉에 들러 맥주라도 마실까 했으나 그녀가 지쳤다며 거절했다. 우리는 저녁 여덟 시도 못 되어 침대에 나란히 누웠다. 야자섬유로 만든 매트리스는 너무 낡아 엉덩이 부분이 푹 꺼졌고, 딱딱했으며, 시체라도 들었는지 쿰쿰한 냄새까지 풍겼다. 잠이 오지 않았다. 그렇다고 달리 할 일이 있는 것도 아니었다. 가만히 팔을 뻗어 그녀의 손목을 잡았다. 그러자 기다리고 있었다는 듯 돌풍이 몰아쳐 유리창을 두드렸다.

사정은 다음 날도 마찬가지였다. 아침부터 부슬부슬 비가 내렸다. 피하기도 애매하고 맞서기도 애매한 안개비였다. 정오 무렵까지 기다렸다가 오토바이를 빌리러 갔다. 따오는 없었고, 도다리를 닮은 중년 남성이 앉아 있었다. 그 생선한테서 빌린 오토바이는 호텔 것과 별반 다르지 않은 고물이었다. 중국풍 사원에라도 가볼까 했지만 엔진에서 불안한 소리가 끊이지 않는 바람에 그만두었다.

그 지경이 되고 보니 나 자신이 참으로 쓸모없는 인간처럼 여겨졌다. 편의점에 들러 간단히 요기를 한 후 강변 카페에 들어갔다. 우리는 두 시간 동안 맹그로브 숲만 바라보았다. 도대체 무엇을 해야 할지 알 수가 없었다. *끄라비*에 오자고 한 것은 나였다. 나는 *끄라비*가 아주 멋진 곳이라고 했다. 그러나 우리가 머물고 있는 곳은 누가 뭐래도 세상에서 제일 한심한 시골이었다.

오후 네 시가 되어갈 무렵, 신경질적으로 하품을 해대는 그녀를 살살 달래어 화석 절벽으로 이끌었다. 멋진 열대 바다를 볼 수 있다는 말에 그녀는 못 이기는 척 오토바이에 올랐다. 하지만 바다란 언제나 제 하늘을 담는 법이다. 찌푸린 날씨에도 아름다운 바다는 세상에 없다. 그 사실을 미리 알고 있었음에도 불구하고 거짓말을 한 이유는 그만큼 초조했기 때문이었다. 혹은 징표로 둘러싸인 그곳에 가면 뭔가 좋은 일이 생길 거라 막연히 희망했던 탓인지도 모르겠다.

처음엔 나쁘지 않았다. 흐린 날씨였지만 제법 괜찮은 경관이었고 멀리서 시원한 파도 소리까지 들려왔다. 우리는 공터의 가장자리를 돌며 리라와디 꽃이 떨어질 때마다 달려가 주웠다. 그리고 야자수에 위태롭게 기댄 채 팽이처럼 돌려 절벽 너머로 던졌다. 바람이 아래에서 위로 불어왔기 때문에 꽃은 한동안 우리 눈높이에 머물러 있었고, 그러다 문득 중력이 생각난 듯 바다를 향해 빠르게 곤두박질쳤다. 꽃을 모두 던진 후에는 바다로 난 의자에 앉아 땀을 식혔다.

그 이십여 분이 여행 전체를 통틀어 우리가 누린 유일한 평화였다. 이십여 분 후에 저 여우 얼굴의 고양이가 찾아왔던 것이다.

고양이는 천천히 다가와 내 발등에 배를 대고 엎드렸다. 가늘게 목젖을 울리며 눈을 감았다. 경계도 위협도 없었다. 마치 네로와 파트라슈의 관계 같아서, 우유 수레를 내놓으면 흔쾌히 일어나 야옹야옹 끌어줄 것 같았다. 그녀가 털을 쓰다듬어주려 슬그머니 손을 내밀었다. 그러자 고양이가 별안간 그 손등을 깊이 할퀴고 도망가버렸다.

허둥거리며 휴지를 구해 왔다. 하지만 그녀는 내가 내민 휴지를 한사코 마다하며 혀로 상처를 핥았다. 호텔에 돌아올 때까지 계속 핥았다. 그녀의 입술 양쪽에 검붉은 피 앙금이 앉았다. 샤워를 마치고 나올 때까지 기다렸다가, 빨간약을 상처에 바른 뒤 밴드를 서너 개 이어 붙여주었다. 그녀는 말없이 침대에 누워 등을 돌렸다. 창밖 거리에선 세찬 비가 박수치듯 쏟아져 내렸다.

다음 날 아침에 보니 그녀의 손등은 푸르스름하게 부어올라 있었다. 밴드를 조심스럽게 떼어냈지만 덜 아문 피딱지가 벌어지면서 그 사이로 누런 고름이 흘렀다. 소독하고 밴드를 갈아주는 동안 그녀는 상처 대신 나를 노려보았다. 처치가 끝나자마자 벌떡 일어나 한 손으로 거칠게 짐을 싸기 시작했다. 벽에 걸어둔 옷가지며 욕실에 있던 세면도구까지 모두 챙겼다. 그리고 침대에 엎드려 숨소리도 내지 않고 울었다. 가슴에 녹슨 아령이 들어와 앉은 기분이었다. 멋진 한 주를 계획해놓았는데, 고작 이틀 만에 모든 걸 포기하고 쫓기듯 떠나야 하는 것이다. 나는 끄라비에게 내 애인을 소개하고 싶었다. 그러지 말았어야 했다.

숙소에서 나올 때부터 바람 소리가 심상치 않더니 이내 먹구름이 하늘을 덮었다. 호텔에서 불러준 택시는 합의한 요금이 뒤늦게 못마땅했는지 중간에 멈춰 서서 타이어를 발로 툭툭 차는 둥 갖은 늑장을 부렸다. 드잡이 직전까지 가서야 비로소 터미널에 내려주었다. 우리는 허겁지겁 버스에 올라 나란히 앉았다.

그때부터 본격적으로 비가 쏟아지기 시작했다. 뭔가 이상했다. 그런 비는 난생처음이었다. 엄청난 폭우가 버스 지붕을 아우성치듯 강타했다. 사위는 순식간에 밤처럼 어두워졌고, 번개가 내리꽂힐 때마다 시시각각 침몰하는 터미널의 모습이 드러났다. 나는 곁에 있는 그녀에게 아무 말도 할 수 없었는데, 왜냐하면 그곳에 도착하기 직전까지 마치 옛 연인을 추억하듯 끄라비의 장점만을 끝없이 나열해두었기 때문이다. 그러할 때 그녀의 눈에 어린 기묘한 질투의 빛마저 나는 우쭐한 마음으로 기억하고 있었다. 하지만 그건 옛날 얘기고, 당장 눈앞에는 뇌우와 거센 물방울이 내 추억의 공간을 난자하는 중이었다.

눈 깜짝할 사이에 터미널 광장엔 진흙탕이 무릎 높이까지 차올랐다. 건물을 따라 놓인 배수구에서 물이 역류하기 시작했다. 그 언저리에는 스티로폼이나 죽은 쥐의 사체, 시커멓게 상한 바나나 등이 한쪽 방향으로 돌았다. 갑자기 생겨난 급류에 젊은 돼지 한 마리가 사색이 되어 떠내려가자 대수롭지 않은 표정으로 앉아 있던 현지 승객들도 동요하기 시작했다. 버스 앞에 걸린 시계는 이미 출발 시각을 넘기고 있었다. 운전기사가 시동을 몇 번

걸더니 고개를 절레절레 저었다. 높은 지대로 버스를 옮기려 했으나 폭우가 그럴 기회조차 주지 않은 모양이었다. 이미 바퀴는 완전히 물에 잠겼고, 객실이 잠기는 것도 시간문제였다. 젖은 유니폼을 입은 키 작은 아가씨가 뭐라 빽빽 소리를 질렀다. 승객들이 일제히 일어나 밖으로 나가는 걸 보고는 우리도 따라나섰다. 흠뻑 젖은 배낭을 건네받은 뒤 허리까지 차오르는 물을 헤치며 건물 쪽으로 이동했다. 앞뒤의 몇몇 승객들이 어딘가에 걸려 넘어졌다. 일단 그렇게 처박히고 나서 고개를 들 때면 꼭 진흙과 함께 온갖 잡동사니를 뱉어냈다. 익사한 개가 눈깔이 뒤집힌 채로 내 옆에 둥실 떠 있었다.

그저 재수가 없는 거라 생각했다. 열대지방에선 누구에게나 닥쳐올 수 있는 불운이며, 이 빌어먹을 소나기만 피하면 모든 게 괜찮아질 거라 생각했다. 하지만 그녀가 발을 헛디뎌 넘어졌을 때, 넘어져 등에 멘 배낭까지 탁류에 잠겼을 때, 그리고 제대로 일어나지 못해 허우적거리는 광경을 보았을 때 나는 그제야 끄라비가 무얼 원하는지 눈치채고 아찔한 전율에 휩싸였다. 미친 듯이 물속을 헤집어 그녀의 손을 잡아챘다. 그리고 죽을힘을 다해 내 쪽으로 끌어당겼다. 그녀는 진흙과 더러운 물이 뒤엉킨 얼굴로 일어나 거칠게 구역질했다. 나 때문에 온 여자였다. 내 책임이었다. 어떻게든 지켜줘야 했다. 그녀의 배낭을 뺏어 어깨에 메는 순간, 굉음과 함께 이 층짜리 매표소 건물이 무너졌다. 물줄기가 높이 치솟으면서 조금 전까지 우리가 타고 있던 버스를 강타해 옆으로 쓰러뜨렸다. 그 무참한 자해 공갈 앞에서 나는 공포가 아니라 수치심을 느꼈다. 그간의 자세를 단순한 호의라 여겼던 순진이 부끄러웠다. 다정한 배려에 미혹되어 있는 동안 끄라비는 제 사랑을 지극히 노골적인 집착으로 발전시켜왔던 것이다.

물이 가슴께까지 올라오자 더는 버티지 못하여 터미널 광장을 빠져나왔다. 몸을 옆으로 비스듬히 돌려 속도를 내는 한편으로 물살에 필사적으로 저항하며 한발 한발 나아갔다. 그녀는 중심을 잃을 때마다 손을 놓으라며 악을 썼고, 그러면 나는 거꾸로 있는 힘을 다해 잡아당기면서 대상이 불분명한 욕설을 뱉었다. 그처럼 유속과 맞서 싸우는 한편으로 서로와도 싸웠기 때문에 우리의 걸음은 어쩔 수 없이 부자연스러웠다. 그녀는 내게 한쪽 손을 붙들린 탓에 더 자주 넘어지고 물속에 처박혔으며 더 많은 토사를 뒤집어썼고 상처를 입었다. 하지만 내가 그러지 않았더라면, 손을 놓았더라면 끄라비는 그녀를 뼈째로 집어삼켰을 것이다. 그리고 주위에 얼마든지 널려 있는 자갈들로 갈기갈기 찢어발겼을 것이다. 맹렬한 위협이 나를 단순하게 만들어준 덕분에 나는 꼭 해야 할 한 가지 일에만 집중할 수 있었다. 그것은 그녀를 산 채로 집에 데려가는 일이었다. 강풍에 나무가 뽑히고 건물이 부서졌다. 칼 같은 폭우가 이마를 두들겼다. 드럼통이나 건물 잔해 따위의 부유물이 가득한 탁류는 우리를 갈라놓으려는 한가지 열망으로만 흘렀다. 때문에 나는 아직 부러지지 않은 전봇대나 가로등을 중간 기점으로 정하여 거기까지 최대한 빨리 나아가고, 이후에는 잠시 상황을 살피며 다음 기점을 결정하는 식으로 이동했다. 분투가 계속될수록 나의 심신은 보다 날렵해졌다. 몇 번의 고비를 넘기면서 위험을 감지하는 눈도 생겨났다. 하지만 여전히 저지대라 그녀가 느닷없이 엎어지거나 수면 아래로 굴러온 돌멩이에 발을 다치는 꼴을 보아야 했다. 그럴 때마다 그녀의 입에서는 침과 비명이 함께 쏟아져 나왔다. 터미널로부터 세 블록쯤 멀어지자 수위가 무릎 아래까지 내려갔다. 몸은 조금 자유로워졌으나 발을 헛디뎌 넘어지면 전보다 심하게 처박혔다. 빗줄기도 여전하고 물살도 그대로여서 나는 속도를 줄이지 않았다. 두 번가량 멈춰 서서 숨을 고르거나 속을 게워낼 때를 제외하고는 끊임없이 그녀를 밀고 당기며 고지대로 내달렸다.

그렇게 간신히 푸따완 리조트에 이르렀다. 타운에서 제일 높은 곳이라 급박한 위험에선 한 걸음 비껴난 것 같았다. 눈에 띄는 아무데나 쓰러져 드러눕고 싶었다. 하지만 그 포악한 땅에 주저앉아 머뭇거릴 여유 같은 건 없었다. 마침 리조트 입구에서 소형 택시 한 대가 떠날 채비를 하고 있었다. 무작정 앞을 막아선 나는 좌석에 앉은 스웨덴 할머니들의 거센 항의 속에서 택시 기사와 흥정했다. 돈을 보여달라기에 돈을 꺼내 보여줬고, 여권을 보여달라기에 여권을 꺼내 보여줬다. 불알을 보여달라 했더라면 지체 없이 불알도 꺼내 보여줬을 것이다. 결국 나와 그녀, 그리고 기사를 포함해 모두 일곱 명이 그 작은 택시에 몸을 이리저리 접은 채로 탔다. 간신히 문을 닫고 나서야 내가 그동안 그녀의 퍼렇게 부어오른 손을 꽉 잡고 있었다는 사실을 알았다. 손가락 틈에 고름 섞인 피가 본드처럼 끈적끈적하게 고여 있었다. 나는 손을 놓았다. 너무 오래 그러쥐고 있었던 때문인지 손가락들이 마음 대로 움직이지 않았다. 힐끔 훔쳐본 그녀의 얼굴은 핏줄이 죄다 보일 정도로 창백했다. 눈빛 또한 전과 완전히 달라져 있었다.

그랬다. 끄라비를 떠나며 멀리 펼쳐진 해안선을 바라보았다. 해변을 집어삼키는 시커먼 해일과 환멸처럼 부서지는 방갈로를 보았다. 등허리가 함부로 쪼개진 야자수와 힘없이 쓸려가는 문명을 보았다. 흐릿한 어둠 속에서도 그 모든 것이 보였다. 끄라비가 천지를 뒤집고 일어나 머리카락을 풀어헤친 채 울부짖고 있었다. 가지 말라며 애원하고 있었다. 나는 고개를 돌렸다. 주 경계를 넘어 시야에서 사라질 때까지, 끄라비의 젖은 시선이 내게서 완전히 떨어져나갈 때까지, 단 한 번도 그쪽을 돌아보지 않았다.

핫야이에 도착해 사천 킬로미터의 검은 바다를 비행하는 내내 그녀는 성층권처럼 침묵했다. 덕분에 나는 위태롭던 상황에서 그녀를 애타게 내 쪽으로 잡아당겼던 힘이 무엇인지 곰곰이 생각해볼 수 있었다. 그건 사랑이 아니었다. 적어도 사랑은 아니었다. 그녀 역시 같은 생각이었을 것이다. 공항에 내려 우린 인사도 없이 헤어졌고, 그대로 연락이 끊겼다. 깔끔한 이별이었다. 그럴 수밖에 없었다. 그녀와 나 사이에는 너무 큰 강이 있었다. 뇌운이 있고 해일이 있었다. 거센 폭우와 익사체와 무너지는 제방이 있었다. 그런 재앙은 억겁의 인연조차 갈라놓는 법이다.

그 일이 있고 나서 삼 년 후 나는 결혼했다. 표현에 대단한 자제력을 지녔거나 혹은 나를 전혀 사랑하지 않는 여자였다. 그때부터 모든 게 내리막길이었다. 우리는 맞는 게 하나도 없었다. 친구들은 위로가 필요한 표정을 짓지 말라고 충고했지만, 그건 노력한다고 되는 게 아니었다. 불행한 결혼 생활은 이 년을 넘지 못하고 끝났다. 헤어지면서 그녀가 한 말이 너무 아팠기 때문에, 나 자신이 남에게 상처만 주고 다니는 개새끼인 것처럼 생각되어 아무도 만나지 않으려 노력했다. 음식을 게워내는 병이 시작된 것도 그 즈음이었다.

끄라비를 잃은 슬픔은 그런 틈을 타 찾아왔다. 하루는 지독한 현기증에 몸을 가누지 못하여 맥없이 자빠져 있었다. 두통이 최고조에 이르자 눈꺼풀 안쪽에서 무분별하게 명멸하던 암녹색 환영들이 차츰 완만한 곡선으로 수렴되었다. 그리고 서서히 어떤 이미지를 갖춰갔다. 그것은 몸에 힘이 남아 있던 시절엔 어떻게든 억누르고 저항해왔던 감각이었다. 그랬다. 귓가에 청명한 바람이 스쳐갔고, 한적한 도로 양편으로는 석회암 산이 늘어서 있었다. 그랬다. 바나나 이파리가 파랗게 빛났으며 이따금 마주치는 아이들은 나를 향해 손을 흔들어주었다. 그랬다. 나는 곧게 뻗은 길을 달려 햇살 부서지는 열대의 바다로 나아갔다. 그러던 어느 순간 두 손을 천천히 들어올렸다. 온습한 대기가 몸의 세포 하나하나를 열어주어, 오토바이의 굉음마저 사라진 그 적막한 길에서 나는 조금씩 떠올랐다. 그랬다.

그랬다. 영하의 새벽이었다. 끔찍한 한기 속에서 바싹 마른 숨을 몰아쉬었다. 몸이 심하게 떨려왔다. 나는 인정할 수밖에 없었다. 저 먼 인도차이나 반도에 내 마음과 공명하는 어떤 인간적인 의지가 도시의 형태로 존재하는 것이다. 그 명료한 각성이 잠시 어지러운 환영처럼 느껴진 까닭은, 받아들이거나 거절하는 대신 짐짓 모른 척을 해왔기 때문이었다. 지문과 체온으로 세운 징표를 그렇게 모욕했다. 산하를 파헤치는 울음도 한사코 외면했다. 끝내 돌아보지 않았다. 그것이 끄라비의 면전에서 내가 취한 자세였다. 그러니 이제 와 도대체 무얼 할 수 있단 말인가. 내가 전부 망쳐버린 것이다.

하지만 그로부터 사흘도 지나지 않아 나는 끄라비 공항에 도착했다. 자정이 훌쩍 지난 시간이었다. 택시를 타고 타운에 도둑처럼 숨어들면서 스스로에게 오만 정이 떨어지는 걸 느꼈다. 호텔에 짐을 모두 풀고 난 뒤에도 무얼 해야 할지, 아니, 무언가를 해도 괜찮은 건지 알 수 없어 한참을 혼란 속에 망설였다. 나 자신의 과오 때문만이 아니었다. 끄라비의 얼굴은 지나치게 창백했다. 고스란히 남아 있는 재앙의 흔적을 배경으로 모든 게 노쇠하고 퇴락해 보였다. 저 은은하던 팜오일 향은 사라져 말기 암환자의 구취 같은 쓸쓸함만이 거리를 잠식하고 있었다. 한때는 그처럼 젊고 뜨겁던 도시가 서서히 멸망해가는 중이었다. 그리고

36

창밖에는 을씨년스러운 비까지 내리는 것이었다. 그게 무슨 의미인지 나는 금세 눈치를 챘다. 그건 내가 끄라비에서 아무것도 아니라는 뜻이었다. 당연한 태도라고 생각은 했지만 그 정직한 반응이 못내 아팠다.

새벽이 되어도 비는 끊임없이 내렸다. 언덕에서 쏟아진 토사가 숨죽인 거리로 흘렀다. 끄라비는 제가 본디 얼마나 아름답고 매력적이었는가를 까맣게 잊어버린 것 같았다. 이틀이 지나 더는 견디지 못하고 밖으로 나왔다. 바람이 불 때마다 낙담한 물방울들이 이리저리 몰려다녔다. 나는 자포자기의 심정이 되어 오토바이를 빌리기로 했다.

비가 와요.

하늘을 보며 따오가 중얼거렸다. 그 목소리는 지난날의 그것과 많이 달랐다. 거북이처럼 등껍질에서 목을 빼는 익살도 부리지 않았다. 나는 그게 서운했다. 끄라비의 일부로서 십삼 년 동안 간직해온 인상이기 때문이었다. 삼십대 후반인 그녀의 이마에는 벌써 주름이 가득했다.

미끄러우니 조심하세요.

나는 오토바이에 앉아 기쁨과 슬픔이 중첩된 끄라비의 거리를 달렸다. 제일 먼저 들른 화석 절벽은 적막했다. 혹시나 하고 기대했던 여우 얼굴 고양이는커녕, 꽃이 모두 진 리라와디 나무 아래 납작 엎드려 '왜 하필 두꺼비야' 하고 신세 한탄을 하는 두꺼비 한 마리 외에는 움직이는 게 없었다. 우기의 상점 역시 모두 닫혀 있었으며 바다는 하늘에 뜬 잿빛 구름만을 되쏘았다.

그랬다. 가장자리에 늘어선 열대 나무와 길가의 돌멩이, 한때 체온을 나눠 가졌던 그 관계의 징표들은 이제 불신과 증오로 뒤덮여 있었다. 망연히 바라보다 몸을 돌려 폭포 쪽으로 향했다. 유량이 많아 멀리서도 소리가 들려왔다. 하지만 화석 절벽이 그랬던 것처럼 그 폭포 역시 내가 알던 폭포가 아니었다. 어쩌다 마주치는 여행객들은 모두 다른 도시로 도망칠 궁리만 하고 있었다. 끄라비적인 건 사방 어디에도 없었다. 타라 공원으로 방향을 돌렸다. 석회암을 스치고 흘러나온 희멀건 토사가 검은 아스팔트 곳곳에 깔려 있었다. 무심한 빗방울이 뺨을 아프게 때렸다.

예상 못한 건 아니지만, 타라 공원은 역시 죽어 있었다. 공원 한쪽 모서리가 강물에 붕괴된 광경이 멀리서도 선명하게 보였다. 오토바이에 기대어 멍하니 비를 맞다가 숙소로 돌아왔다. 몸이 완전히 젖어 무겁게 느껴졌다. 배가 고팠으나 뭔가를 먹을 기분이 아니었다. 그 밤, 나는 심신이 눅눅하게 젖은 채로 편의점에 들러 위스키를 두 병 샀다. 어두운 도로변에 앉아 어느 단절된 과거를 그리며 마셨다. 그리고 모두 게워냈다.

이튿날에도 아침부터 오토바이에 몸을 싣고 돌아다녔다. 비가 잠시 멎었지만 나와 무관하다는 걸 알고 있었다. 잿빛의 하늘은 언제라도 비를 뿌릴 준비가 되어 있었고, 그렇게 내리는 비 역시 나와 무관한 비일 것이다. 시간과 움직임에 대한 감각이 둔해져서 달리는 오토바이에 앉아 있는 게 마치 소파에 파묻혀 지루한 프로그램을 시청하는 기분이었다. 젖은 공기가 별 의미 없이 나를 스치고 지나갔다. 온기라고는 어디에서도 느껴지지 않았다. 우리 사이에 흘러버린 건 시간보다는 마음일 것이다. 바나나 농장이 나올 거라 생각했는데 썩은 저수지였다. 강으로 향하는 중이라 믿었지만 먼지를 뒤집어쓴 짠타 분지였다. 틀렸기 때문이 아니라 잊었기 때문에 나는 서러웠다.

문득 어두워지더니 비가 오기 시작했다. 원숭이 동굴 앞에서 유턴을 해 공항 쪽으로 달렸다. 산과 바위가 뜸해지면서 낮게 깔린 논밭이 펼쳐졌다. 나는 속도를 높였다. 빗줄기가 굵어졌다. 비를 품은 거센 바람이 귓가를 스쳤다. 그 외에는 아무것도 들리지 않았다. 조바심이 나를 지배하고 있었다. 이대로 끝낼 순 없다. 또다시 내뺄 수도 없다. 그러기 싫은 게 아니라, 그럴 수 없는 것이다. 한시라도 빨리 침식된 석회암 언덕의 아득한 냄새를 맡아야 했다. 더 늦기 전에 적막의 갈림길 너머로 보석처럼 반짝이는 밀림, 강에 한 발씩 담근 채 길게 늘어선 반수상 목조 가옥들을 보아야 했다. 그럼으로써 내 외로움은 끝날 것이다. 가까운 곳에서 담쟁이넝쿨 같은 번개가 쳤다. 어두운 하늘 벽에 새하얀 질감과 노란 원뿔이 잔상으로 남았다. 한 치 앞도 보이지 않을 만큼 빽빽한 사선의 비가 쏟아졌다. 그리고 완만하게 포물선을 그리며 내게 달려들었다. 나는 그 모든 혼란스러운 도형들 속에서 아찔한 기시감을 느꼈다. 눈을 감고 천천히 두 손을 들어올렸다. 서늘한 대기가 몸의 세포 하나하나를 열어주어, 그 냉담한 길에서 나는 조금씩 떠올랐다.

오토바이는 저 혼자 이십 미터쯤 미끄러지다 앞바퀴가 꺾이면서 세차게 튕겨 도로 바깥으로 날아갔다. 나는 갓길 자갈밭에 무참히 내동댕이쳐졌다. 충격으로 한동안 숨을 쉴 수 없었다. 가슴이 무섭게 뛰었다. 고통은 한 발짝 늦게 엄습하여, 한기와 열기가 뒤섞인 끔찍한 감각이 전신에 독처럼 퍼졌다. 정확히 어디를 다친 건지 알 수 없었다. 저릿저릿한 고개를 조금 들어 아래쪽을 보았다. 반바지 아래 탈골된 무릎에서 피가 뿜어져 나오고 있었다. 그리고 빗물과 함께 나를 포위하는 중이었다. 지혈하려 했으나 왼손이 전혀 움직이지 않았다. 돌아보니 그쪽도 손바닥 밑동부터 팔뚝까지 피범벅이었다. 찢어진 단면이 삐뚤삐뚤한 게, 어딘가에 베인 것이 아니라 흡사 안에서부터 터져 나온 것 같았다. 벌어진 가장자리에는 누렇게 탈색된 피부가 너덜거리고 있었다. 오른손만으로 어떻게 해볼까 하다 그만두었다. 그럴 힘이 나지 않았다. 인적이 드문 길이었다. 도와줄 요량이면 도와줄 것이고, 아니라면 고아처럼 내버려둘 것이다. 어느 쪽이든 상관없었다. 벼락이 칠 때마다 나를 가둔 피 웅덩이가 시뻘겋게 빛났다. 빗물이 입으로 코로 눈으로 흘러들었다. 내 몸이 끄라비에 젖어들고 있었다. 아니, 끄라비가 내 속을 비집어 들어오는 중이었다. 그럭저럭 따뜻했다. 이것으로 된 것이다. 어쩌면 도둑같이 밤중에 돌아와 끄라비의 표정을 떠볼 때부터 내겐 이러한 대접이 가장 어울렸는지 모른다. 부들부들 떨려오는 고개를 땅에 뉘었다. 그리고 온몸의 힘을 뺐다. 마음이 무언가를 호소하는 길은 아픔뿐이어서, 피의 분출을 따라 모멸과 낙망이 폭풍처럼 맥동했다. 살아나더라도 평생 제대로 걷지 못할 것이다. 만약에 살아난다면 말이다. 그렇지 않을 경우 나는 끄라비를 이루는 한 부분이 될 것이다. 끄라비의 흙이나 바람, 혹은 한 줄기 햇살이 되어 이 도시를 맴돌 것이다. 그리하여 훗날 찾아올 어느 나그네에게 사랑의 인사를 전할 것이다. 어쩌면 끄라비를 처음 만난 순간부터 그걸 바랐는지 모른다. 아니, 나는 틀림없이 그 하나만을 바라왔던 것이다……

비가 멎었다.

지우개로 지우듯 먹구름이 엷어지더니, 통통한 뭉게구름이 되어 바깥쪽으로 떠갔다. 뒤에 남은 하늘은 은총처럼 파랬다. 조금씩 따뜻해지면서 사방의 진창이 마르기 시작했다. 작고 동글동글한 물방울들이 제가 떠나온 곳으로 돌아가고 있었다. 편안했다. 바람에 가볍게 안겨드는 기분이었다. 어딘가에 손이 있다면 거기다 내 손을 대고 싶었다. 그리고 무슨 말이든 들어주고 싶었다. 멀리서 은은한 향이 풍겨왔다. 그것이 과연 팜오일 향인지, 혹은 끄라비가 지닌 천 개의 감미로운 체취 중 다른 무엇인지 알 수 없었다. 애써 구분할 까닭도 없었다. 내 감각은 그런 수고가 무의미할 만큼 충분히 깊고 풍요로웠다. 경적을 울리며 트럭 한 대가 멈춰 섰다. 해진 양키스 야구 모자를 쓴 사내가 뛰어와 외쳤다.

이봐요, 살아 있어요? 살아 있는 거예요?

고마운 사람이었다. 하지만 나는 대답을 할 수가 없었다. 그가 너무 늦게 왔기 때문이었다.

그랬다. 내 육신은 벌써 아스팔트를 지나 땅속으로 스며들고 있었다. 영혼은 대기를 향해 넓게 날아 흩어지는 중이었다. 그랬다. 리라와디 꽃잎에 묻은 바람이 되었고 구름 사이로 반쯤 숨은 열대의 눈동자가 되었다. 증기처럼 피어오르는 아득한 석회암 냄새가 되었으며 맹그로브 숲을 스치는 강물의 속삭임이 되었다. 그와 동시에 나미암 2번 국도에서 부패되기 시작한 이방인의 주검을 안아주러 산들산들 다가가는 폭신한 공기 덩어리가 되었다. 그랬다.

그랬다. 나는 끄라비가 되었다.

아르판

입국 게이트를 빠져나와 두리번거리는 아르판을 보았을 때 내 가슴속에는 십여 년 전 앓았던 미친 열정과 두 개의 산에 도사린 막막한 어둠이 제일 먼저 떠올랐다. 송진으로 시커멓게 물든 밀림, 그리고 밤마다 훔쳐보던 저 갸우뚱한 집을 배경으로.

"도샤, 도미알라."

와카의 인사말을 들은 그가 내 쪽으로 몸을 돌렸다. 입을 짝 벌리며 웃는 바람에 어떤 주름은 펴지고 어떤 주름은 깊어졌다. 예상보다 늙긴 했으나 여전히 장난기 가득하고 여유로운 인상이었다. 천천히 걸어오며 부드러운 비음으로 인사를 받았다. 도샤, 도미알라. 우리는 와카의 방식대로 두 손을 마주 잡은 채 눈을 가늘게 떴다. 아르판이라는 이름만으로도 가슴이 뛰었다. 그를 똑똑히 기억하지만 말을 걸어보는 건 처음이었다. 그를 본 적은 많지만 인사를 나누는 건 처음이었다. 갸우뚱하게 선 자세였음에도 눈을 맞추려면 한참을 올려다보아야 할 만큼 키가 컸다. 돌이켜보면 와카의 사람들은 하나같이 체구가 대단했다.

아르판은 공항의 경관에 깊은 감명을 받은 모양이었다. 와카의 마을에 처음 갔을 때의 내 심정도 그랬다. 부족 이름인 '와카'는 그들의 말로 '높다'라는 의미다. 그 뜻처럼 태국과 미얀마 접경 고산지대에 사는 그들의 자부심은 순전히 높이에 있었다. 와카에서 부자는 넓은 밭이 아니라 키가 큰 가옥을 소유한 사람이었다. 양이 아니라 쌓아 올린 높이로 수확의 풍요로움이 가늠되었다. 공동체 내에서의 지위 역시 방석을 얼마나 교묘하게 높이 쌓아 깔고 앉는가에 따라 구분되었고, 심지어는 결혼 예물까지도 신부가 죄다 머리에 쌓아 올려 시집으로 운반했다. 한국에 온 아르판을 압도한 건 공항이 가진 물리적 높이겠지만, 와카의 땅에서 내가 압도당한 건 높이를 향한 집요한 동경이었다. 험준한 산악 지대에 사는 것으로도 모자라 스스로를 산으로 만드는 사람들에 대한 호기심이 이십대의 나를 그 땅에 머물도록 만들었다.

아르판에게 배정된 숙소는 번화가에 자리 잡은 호텔이었다. 멀미를 하는지 안색이 창백해 보였다. 괜찮냐고 묻자 문제없다는 대답이 돌아왔다. 문제없다, 친구, 난 괜찮다. "도샤, 셰제이 망느."

셰제이 망느, 십여 년 전에 많이 써먹던 말이었다. 와카의 사람들은 나를 볼 때마다 괜찮냐고 물었고, 그러면 나는 버릇대로 '세제이 망느'를 중얼거렸다. 실은 전혀 괜찮지 않았다. 와카의 영토는 이방인에게 있어 혹독할 정도로 무료한 곳이었다. 텔레비전도 없고 신문도 없었다. 전기도 없고 전화도 없었다. 와카족은 새벽에 일어나 밭일을 나가거나 무언가를 높이 쌓아 올렸다. 그러다 저녁이 되면 거처로 돌아와 멸망처럼 깊은 잠을 잤다. 아무렇지 않은 일상에 대한 그토록 성실한 답습이 내겐 너무 낯설었다. 당시 나는 '미슈'라는 이름을 가진 노파의 집에서 잔심부름을 하며 머물러 있었는데, 그건 지금 생각해보면 꽤나 의외의 선택이었다. 왜 나는 인생에 단 한 번밖에 찾아오지 않는 그 뜨거운 청춘의 시간을 자극이라곤 손톱만큼도 찾아볼 수 없는 오지의 적막 속에서 보냈단 말인가. 어쩌면 그건 거꾸로, 내가 그 즈음 막 작가로 데뷔하여 과도한 열정에 휩싸였던 탓일지 모르겠다. 남과 다른 삶, 남과 다른 생활이 바로 예술가의 임무라 생각했던 것이다. 설령 그 길이 세상 모든 사람들이 걸어가는 반대쪽이라 할지라도, 초월에 대한 갈망은 주저 없이 직진의 발걸음을 내딛게 만든다. 다만 견딜 수 없이 외로운 날이면 인적이 드문 산에 올라 눈물이 나올 때까지 소리를 질렀다. 한국에 남겨두고 온 친구들 이름을 부르며 마을의 이쪽 끝에서 저쪽 끝으로 개새끼처럼 뛰어다니기도 했다. 그 구불구불한 길은 거창한 공동의 계획이 아니라 건기의 황혼을 잘 볼 수 있는 쪽으로 모두들 집을 짓다 보니 저절로 생겨난 것이었다.

아르판이 여행의 때를 씻는 동안 나는 창가에 놓인 테이블에 앉아 기다렸다. 들려오는 물소리로 보아 욕실 기구들의 사용법에 애를 먹는 듯했다. 그럼에도 굳이 노크를 하고 들어가 이러쿵저러쿵 참견하지 않은 건, 그게 와카의 방식이기 때문이었다. 나 또한 와카에 있을 당시 갓난아기와 다름없는 무기력한 존재였다. 영어가 먹히지 않아 벙어리마냥 몸짓으로만 대화를 했으니 말이다. 드물게 버마어를 하는 사람도 만났고 타이어를 하는 사람도 만났으나, 버마어나 타이어나 내겐 와카의 말과 똑같은 외계 언어였다. 의사소통이 되지 않아 보름가량을 헤매고 난 뒤 어쩔 수 없이 그들의 말을 배우기 시작했다. 와카의 언어는 유음(流音)이 강한 버마어, 파열음이 강한 타이어와 구별되는 독특한 발음을 지니고 있었다. 그걸 비음이라고 해야 할까, 혹은 이마에서 공명하는 두음이라 해야 할까. 아무튼 코감기에 걸리면 훨씬 좋아지는 그런 종류의 발음이었다. 집주인, 칠순이 넘은 노파 미슈가 선생 노릇을 해주었다. 교재는 그녀의 집에 있던 책 달랑 한 권이었다. 손으로 직접 써서 마 끈으로 엮은 것이었는데, 그 종이 뭉치야말로 와카들에게도 문자가 있다는 유일한 증거였다. 나는 미슈가 잔기침을 섞어가며 한 말을 잊지 못한다.

예전에는 있었지. 하지만 이젠 없어. 누구도 우리 글자를 쓰지 않아. 저기 산 두 개 너머에 사는 바보 아르판 말고는.

무언가를 쓰는 사람이 산다는 말에 가슴이 뛰었던 건, 나 역시 쓰는 사람이기 때문이었다. 그를 만나보고 싶었다. 그래서 물었다.

저기 산 두 개 너머에 뭐가 있는데?

가는 길을 잃을까 봐 눈에 띄는 지형지물을 물어본 것이었으나, 그 뜻을 이해하지 못했는지 아니면 다른 어떤 이유가 있던 건지 미슈가 내 팔뚝을 꼭 붙들었다.

저기 산 두 개 너머? 바보야, 거기엔 아무것도 없어.

아르판을 쉬게 한 뒤 호텔을 나와 향한 곳은 인사동의 찻집이었다. 먼저 도착해 기다리고 있던 세 명의 기자 앞에서 〈제3세계 작가축제〉의 취지에 대해 설명했다. 미리 정리해온 내용을 일방적으로 설명했기 때문에 우리의 인터뷰는 이런저런 질의응답까지 합쳐 반 시간을 넘지 않았다. 그럼에도 나는 어쩐지 그 자리의 삼인칭이 된 기분이었다. 집에 돌아와 잠들기 전, 행사에 초대받은 아홉 개의 나라 혹은 소수민족 작가들과 달리 유독 아르판을 소개할 땐 애매한 적의를 드러낸 것 같아 후회됐다. 진심이 아니었다. 나는 아르판을 세상 누구보다 사랑한다. 하지만 그 사랑의 이면에는 형언할 수 없는 증오 역시 도사리고 있음을 부정할 수 없다. 어쩌면 그것은 극복할 수 없는 원전(原典)을 향한 후대의 혐오와 비슷한 것일지 모른다. 문학의 진화는 바로 거기서 비롯되었기에, 그 적의는 한편으론 시적(詩的)이다. 나는 아르판이 호텔 방에 갇혀 어쩌고 있을까 상상해보았다. 내가 와카의 땅에 머물 때 그랬듯이 그도 새우처럼 누워 무위를 발명하고 있을까? 그럴 것 같았다. 아르판은 내가 상상하는 그대로 행동할 것 같았다. 왠지 그의 마음을 속속들이 아는 것처럼 느껴졌다. 그 이유는 아마도 내가 그의 문장을 통해 와카의 말을 배웠기 때문이리라. 나는 아르판의 책을 달달 외웠다. 처음부터 끝까지, 이야기를 구성하는 문장 하나하나를 그야말로 전부 외웠다. 내가 아는 와카의 언어는 곧 아르판이었다. 생각이 거기까지 미치자 이번에는, 그의 마음을 안다는 게 어쩌면 착각일지 모른다는 의심이 들었다. 세상의 모든 독자가 가진 착각 말이다. 작가와 독자 중에서 상대를 장악하는 것은 독자가 아니다. 독자는 작가가 주는 정보만을 습득한다. 상대의 마음을 들여다보고 이해하고 조종하는 건 오히려 작가 쪽인 것이다. 하지만 주도권이 누구에게 있건, 우리의 대화 자체는 의심할 여지없이 편하고 자연스러웠다. 웃음 속에서 서로의 행간과 어의가 부드럽게 교통했다. 와카의 느낌으로 마음이 말랑말랑해진 건 실로 오랜만이어서, 나로서는 불면의 끝에 다다라 노파 미슈를 떠올릴 수밖에 없었다.

그날 밤 꿈에서 나는 미슈와의 마지막 순간을 몇 번이고 되풀이하여 보았다. 일곱 세대를 거쳐 내려왔다는 와카의 전통 예복을 입고서 미슈가 마당을 걷는다. 늙어 허리가 굽은 노파지만 여전히 호리호리하고 훤칠하다. 각양각색의 동전을 매단 상의가 짤랑거린다. 사뿐사뿐 걸을 때마다 스프링 모양으로 꼬아놓은 바지 솔기가 흔들거린다. 화려하게 치장된 보석과 동전들이 서로 부딪혀 경쾌한 소리를 낸다. 압권은 은과 철과 각종 패물과 가공이 덜 된 보석들이 산더미처럼 쌓인 전통 모자다. 그녀의 키와 맞먹는 높이로 머리에 얹혀 있다. 저건 빠르게 도는 팽이인가, 아니면 커다란 물동이를 인 아낙인가. 기예단의 묘기를 보는 기분이다. 땀을 뻘뻘 흘리면서도 미슈는 행복하게 웃는다. 나를 보며 웃는다. 아니, 내 뒤의 허공을 보며 웃는다. 시선은 점점 위쪽으로 옮겨진다. 빠르게 위로 향한다. 와카의 높은 하늘을 향해 고정된다. 그리고 나는 울음을 터뜨리는 것이다.

행사가 시작되는 건 오후 한 시지만, 새벽잠을 설쳤다는 핑계로 오전 열 시도 되기 전에 호텔에 들렀다. 기름진 아침 식사로 탈이 난 아르판이 화장실에서 끙끙대는 동안 나는 테이블에 놓인 책들을 찬찬히 살펴보았다. 내게도 하나 있는, 수없이 많은 밤에 빠져들었던, 쫓겨나듯 와카의 땅을 떠날 때 품에 지녔던 바로 그 책과 똑같은 세 권이었다. 초청장을 받은 뒤 종이를 구해 저걸 일일이 쓰고 묶느라 며칠 밤을 지새웠을까. 남에게 제 이야기를 들려준다는 건 마약과 같은 작업이어서, 얼마나 많은 시간과 에너지가 소용되는지 따위는 관심 밖이다. 어쩌면 그건 성욕과 다를 바 없을지 모른다. 번식이 육신의 DNA를 보존하려는 욕망의 소산이라면, 예술은 정신의 DNA를 남기려는 욕망의 소산이기 때문이다.

그러나 정성이야 어떻건 간에 그 종이 뭉치를 그대로 독자들에게 나눠 줄 순 없었다. 나는 들고 온 중간 두께의 책자를 아르판에게 보여주었다. 거기에는 동남아의 지도와 와카족을 둘러싼 국제역학적 갈등, 그들이 지닌 고유한 문화가 아르판의 문학 세계와 함께 한국어로 적혀 있었다. 아르판의 책 몇몇 페이지를 정밀하게 스캔한 사진도 들어 있었다. 모두 내 스스로 오랜 시간 공들여 정리한 내용이었다. 한 장 한 장 넘기는 아르판의 눈이 휘둥그레졌고, 나는 그에게 미안함을 느꼈다.

몽골에서 온 시인의 행사가 끝나 행사장이 어수선해졌다. 스무 권가량의 시집에 서명을 해 한국 독자들에게 팔았다. 왕복 사천 킬로미터 여정의 대가였다. 이백 킬로미터마다 한 권이니, 퇴장할 때까지 수심 가득한 인상은 단지 폼을 잡으려는 것만이 아니었던 모양이다. 하지만 무얼 바란단 말인가? 〈나착도르치 문학상〉 받은 몽골 시인 한 분 오셨다고 한국 독자들이 구름처럼 몰려들기를 기대했다면 그놈이 미친놈이다.

우리 차례였다. 준비된 책자를 앞에 놓고 나란히 앉았다. 내가 먼저 마이크를 잡고는 이십여 분에 걸쳐 와카족의 마을에서 지낸 경험, 독특한 풍습, 그곳에서 글을 쓰는 아르판에 대하여 설명했다. 여러 차례 플래시가 터지고 간간이 감탄사도 흘러나왔다. 정말로 감탄한 게 아님을 알기에 그들에게 고마웠다. 이어 지정된 부분을 직접 와카의 말로 낭독하는 순서였다. 아르판이 물을 한 모금 마신 뒤 긴장한 목소리로 한 줄 한 줄 읽어나갔다.

여기저기서 웃음이 터져 나왔다. 비강을 돌아 나오는 와카의 언어는 성대가 노쇠해진 늙은이에게 어울리지 않았다. 처음 들었다면 나 역시 웃었을지 모른다. 내 기분을 상하게 만든 건 그러니까 웃음 자체가 아니라 웃음의 이면에 도사린 무자비한 우월감이었다. 낭독의 와중에 터져 나온 공격적인 조소는 아르판의 발음보다 위쪽, 와카의 문화를 직접 겨냥하고 있었다. 그 무례함은 오 분에 걸친 낭독이 끝나고 독자와의 대화 순서가 되자 더욱 심해졌다. 질문들은 대충 이랬다——당신 종족에게도 책을 읽을 여유가 있는가. 책을 씀으로써 매달 평균 얼마의 수입을 얻는가. 자라는 아이들에게 부족의 문자를 가르치는가, 혹은 이웃한 태국이나 중국, 혹은 미얀마의 글자를 가르치는가. 차라리 과학적이고 우수한 한국어를 가르칠 생각은 없는가.

낮이 달아올랐다. 산 두 개를 넘던 오후는 몹시 더웠다. 등 뒤로 땀이 줄줄 흘렀다. 제대로 난 길이 없어 군데군데 쌓인 코끼리 똥을 따라 두 시간쯤 걸었다. 아무래도 엉뚱한 방향으로 왔다는 생각에 발길을 돌리려던 찰나, 완만한 분지가 눈에 들어왔다. 그 분지를 둘러싸고 대나무 발로 엮은 가옥 세 채가 서로를 향해 엇비슷한 간격으로 늘어서 있었다. 두 채는 그럭저럭 균형을 유지하고 있었지만 나머지 하나는 갸우뚱하게 기울어진 상태였다. 분지의 가운데쯤엔 안정성과 무관하게 최대한 높이 쌓아 올린 사탕수수 무더기가 있었다. 미슈가 틀렸다. 그곳에도 와카의 방식, 뭐든 높이 쌓는 와카의 문화가 있었던 것이다.

오솔길 초입에 앉아 땀을 말리는 사이, 날이 어둑어둑해지면서 서늘한 밤안개가 내려와 산과 사탕수수 무더기와 세 채의 집을 고아한 잿빛으로 뭉쳐놓았다. 그러던 어느 순간 갸우뚱하게 기울어진 집 안쪽이 은은하게 밝아오는 걸 보았다. 오직 그 한 채뿐, 나머지 집들은 아무 저항 없이 어둠에 스며들고 있었다. 나는 불빛이 새어 나오는 창을 향해 홀리듯 이끌려 갔다. 호롱불 등잔 곁으로 가장자리가 매끄럽게 닳은 자그마한 책상이 보였는데, 이제 막 썻고 나온 초로의 사내가 그 앞에 앉아 있었다. 앉아, 세상에서 고작 이백여 명이 말하고 예닐곱 명이 읽는 와카의 문자로 소설을 써 내려가고 있었다. 그에게서 눈을 뗄 수가 없었다. 흐름이 마음에 드는 모양인지 간간이 입가에 미소가 번졌다. 마치 이렇게 말하는 것 같았다.

젠장, 나 되게 훌륭하네.

그 밤, 빛이 지워진 산등성이를 더듬듯 되밟아 돌아오며 이해할 수 없는 황홀에 젖었다. 유성을 닮은 반딧불이 얼마나 시선을 이지러뜨리는지, 아기의 울음을 내는 늑대들이 얼마나 바짝 뒤를 따르는지, 심지어는 갈대로 엮은 신발이 매 걸음마다 무엇을 디디는지조차 느낄 수 없었다. 돌이켜보면 내 슬픔이 시작된 지점은 바로 그 산과 그 밤이었다.

예술은 만인의 것이 될 수 없다. 예술에 필요한 감각은 태어나거나 혹은 훈련되어야 하는데, 누구나 그럴 기회를 잡는 건 아니기 때문이다. 말하자면 청중들의 저열한 질문은 악의도 우월감도 아닌 열등감에서 비롯된 것이라, 마음이 불편하더라도 굳이 화를 낼 필요까지는 없었다. 나는 교묘하게 그들의 질문을 바꾸어 아르판에게 전달했다. 아르판은 진지한 얼굴로 대답했다. 고된 노동을 마치고 집에 돌아와 이야기를 꾸며내는 즐거움에 대하여, 와카족에 전승되는 관용과 초월의 풍습에 대하여, 와카의 영리한 아이들이 들려주는 언어유희에 관하여 설명했다. 나는 그 말을 받아 아르판은 돈이 아니라 내러티브를 사랑하고, 와카의 어린이들은 당연히 와카의 말을 배우며, 와카의 전설이 이 땅에서 완전히 잊힐 때까지 자신들의 언어는 어떠한 오염으로부터도 견뎌낼 것이라고 거짓으로 통역해주었다. 형식적인 박수가 쏟아졌다. 그게 문명사회에서 행해지는 찬사와 경의의 표현이라는 걸 어찌 알았던지, 아르판이 두 손을 모으고 연신 고개 숙여 인사했다.

청중들이 들은 건 내가 즉흥적으로 지어낸 말이었지만 아르판의 입을 통해 나온 말과 별반 다를 것도 없었다. 그를 처음 본 날부터 나는 매일 오후 두 개의 산을 왕복 두 번씩 넘었다. 그리고 어둠에 저항하는 오두막의 호롱불 빛을 들여다보았다. 이야기의 꽁무니를 이어나갈 때마다 아르판의 얼굴에 번지는 행복한 미소는 소설이란 어떻게 쓰여야 하는가를 내게 알려주었다. 그는 공동체의 언어를 가꾸고 다듬는 일에 대가 없는 행복을 느끼는 진짜 작가였다. 막 데뷔하여 글감을 찾아 주유하는 병아리 소설가로서, 나는 밤마다 아르판이 보여주는 문학 강연에 넋을 잃고 몰입했다. 중요한 건 기교가 아니었다. 타인의 자유로운 영혼에 간섭할 고상한 메시지도 아니고, 미래를 포장하는 허황된 웅변도 아니었다. 중요한 건 이야기 자체의 즐거움이었다. 나는 아르판으로부터 그 놀랍고 자명한 사실을 배웠다. 전에는 누구도 가르쳐주지 않은 것이었다. 그에게로 가는 길은 기대에 가득 찼고 머무는 동안은 경탄으로 충만했으며 돌아오는 길은 질투 때문에 괴로웠다. 그렇다, 마지막에 다가온 건 언제나 질투였다. 내가 저 오두막에 웅크린 거대한 산을 넘을 수 있을까? 밀림과 절벽의 미로를 되짚어 숙소로 돌아오는 길이 전과 같이 황홀하지만은 않았다. 나는 막막한 어둠에 이마를 처박고 걸었다. 주먹은 누군가를 힘껏 치려는 것처럼 꾹 쥐어져 있었다. 어둠 속의 강좌는 그로부터 두어 달 뒤, 미슈의 죽음을 계기로 와카를 떠날 때까지 계속되었다.

독자와의 대화 시간이 끝나자 어떤 이들은 이웃한 홀에서 벌어지는 다음 행사에 참석하러 갔고, 어떤 이들은 매대에 들러 아르판의 책을 한 권씩 샀다. 그리고 우리가 앉아 있는 테이블 앞에 와 줄을 섰다. 책값이 비싸다는 투덜거림이 들려왔다. 아르판이 한국어를 할 줄 모르는 외국인, 그것도 검게 그을린 피부의 외국인이라 굳이 감출 필요가 없었을 것이다. 나는 그들의 영혼 깊숙이 들러붙은 천박함을 위해 가격에 동그라미를 하나쯤 더 써넣을 걸 그랬다고 후회했다.

전부 일곱 권이 팔렸다. 혹시나 하는 마음에 테이블 아래에 스무 권을 더 준비해놓은 걸 감안하면 반의 반도 팔리지 않은 것이다. 하지만 서명을 원하는 사람들의 이름과 감사의 인사, 그에 더해 내가 일러준 그레고리력 날짜를 와카의 문자로 적어나가는 아르판의 표정은 오두막에서의 모습 그대로였다. 이리저리 갸우뚱거리고, 무언가 재치 있는 생각이 떠올랐다는 듯이 말미를 살

짝 틀며, 다 쓴 뒤에는 마지막으로 훑어본 뒤 자잘한 미소와 함께
책을 건네주어 상대의 반응을 살폈다.

　사인회가 끝나갈 무렵 청중들은 행사의 주인공인 아르판이 아
니라 내 앞에 몰려들어 줄을 서기 시작했다. 그들은 현장에선 팔
지도 않는 내 소설『자정의 픽션』을 들고 와 사인을 요구했다. 처
음 두어 번쯤은 사양하다 마지못한 척 응했다. 내 직업의 일부였
다. 오래전부터 세워놓은 계획의 일부기도 했다. 줄은 거지같이
길었다. 팔목이 저려올 정도로 서명을 한 뒤에야 우리는 비로소
자리에서 일어날 수 있었다. 행사장을 떠나기 전에 나는 직함과
이름이 새겨진 내 명찰을 데스크에 놓고 나왔다. 다시는 그 저속
한 곳으로 돌아갈 생각이 없었기 때문이다. 행사가 아직 일주일
이나 더 남아 있지만 애초에 기획위원장 자리를 수락한 이유는
오직 와카의 땅에 사는 무명 소설가 아르판을 끌어들이기 위함
이었다. 데뷔도 하기 전부터 나는 문학이라는 이름 아래 부수적
으로 따라붙는 이런저런 행사들, 이를테면 순회강연이나 사인회
등이 필요악이라 생각했다. 그 왁자지껄한 난장판을 통해 한편
으로는 작가의 창작욕이 일정 부분 자극될 것이라 믿었던 것이
다. 그러나 세상의 마지막 전신주로부터 수백 킬로미터나 떨어
진 산등성이 분지에서 아무도 들어주지 않는 이야기를 써 내려
가는 아르판의 모습은 그러한 변명이 타락에 지나지 않음을 호
소하고 있었다. 그러니 나는 행사의 순조로운 진행을 맡은 기획
위원장으로서 주최 측의 취지에 제대로 엿 먹일 인물을 초대한

것이다. 하지만 누구 하나 내 암시를 알아챘으리라고는 기대할 수 없었다.

밖으로 나온 우리는 택시 한 대를 임대해 서울의 명소들을 둘러보았다. 우리가 방문한 장소들은 죄다 높이로 유명한 건축물들이었다. 예상대로 아르판은 주눅이 든 얼굴이었다. 하늘과 맞닿는 꼭대기를 정신없이 올려다보다 휘청거리는 바람에 곁에서 부축해주어야 했다. 아르판 역시 손을 내밀어 내 팔뚝을 꼭 붙들었고, 그럴 때마다 나는 먹먹한 기시감을 느꼈다. 모두 마치고 광화문으로 돌아온 것은 오후 일곱 시가 다 되어서였다. 사찰 음식으로 유명한 식당에 들러 저녁을 먹은 뒤 천천히 거리를 걸었다. 우리의 동행은 그로써 마지막이 될 것이었다. 아르판은 다음 날 아침이면 한국을 떠나야 한다. 비행기를 타고 치앙마이에 가서 버스로 메싸이를 경유해 현지인에게만 허용된 미얀마 국경을 통과한 뒤 이번에는 우마차로 열 시간을 넘게 가야 하는 곳, 키가 큰 와카의 땅으로.

먼 길을 와줘서 고맙다고 말했다. 장시간 오가느라 피곤하겠다는 염려도 덧붙였다. 앵앵거리는 비음이 코끝을 맴돌았다. 내 걱정은 신경도 쓰지 않는 듯, 자기 몫의 사탕수수를 대신 베어놓았을 이웃들에게 미안하다며 아르판이 웃었다. 이번에는 와카의 비음이 내 귀를 살짝 스치고는 늦가을의 대로에 점점이 떨어졌다. 휘황찬란한 곳을 피해 사람 냄새가 나는 곳으로 돌아다녔다. 그러다 명동의 포장마차 거리에 자리를 잡았다. 아이스박스 곁에 놓인 싸구려 스피커에서는 노래가 흘러나오는 중이었다. 남자 가수가 저를 떠나지 말라며 궁상맞게 악을 쓰고 있었다.

막걸리와 곱창볶음을 주문했다. 아르판은 곱창을 맛있게 먹었다. 나 역시 와카의 땅에 있을 때 곱창볶음을 가장 좋아했다. 아니, 다른 건 고린내가 심해 거의 먹을 수가 없었다고 말하는 편이 보다 적확할 것이다. 노파 미슈는 보름에 한 번 정도 염소의 곱창을 구해다 볶음을 만들어주었다. 어떻게 만드는지 요리법을 자세히 일러주기도 했지만, 아무래도 그녀가 하는 것처럼 맛있게 만들 수는 없었다. 옆에서 지켜보아도, 똑같은 재료를 사용해 똑같은 시간을 들여 똑같은 방식으로 만들어보아도 마찬가지였다. 평소 요리에 자신을 갖고 있던 나로서는 환장할 노릇이었다. 결국 그 미묘한 차이를 배우지 못하고 포기했다.

바보야, 이걸 네가 만들었다고 생각해버리면 되잖아.

의기소침해하는 나를 보며 미슈가 한 말이었다. 달래주려는 게 아니었다. 그렇게 말한 뒤 깔깔 웃음을 터뜨리기 전에 꼭 한마디를 덧붙였다.

사실은 내가 만든 거지만.

그 후로는 미슈가 다 만들어놓은 걸 얌전히 받아먹는 신세가 되었다. 미슈는 곱창볶음이 대단한 호의인 양, 온갖 유세를 떨면서 심부름을 시켰다. 마을 중앙에 있는 우물에 가서 물을 길어 오는 건 물론이고 양념이 부족할 땐 말린 나물을 가지고 이웃에 들러 설탕이나 후추로 교환해 와야 했다. 자칫 실수라도 하는 날이면 벼락이 떨어졌다. 하지만 일단 요리가 끝나면 그녀는 맛있는 곱창의 대부분을 내 그릇에 챙겨주었다. 그리고 허겁지겁 먹는 꼴을 보며 자글자글하게 웃었다. 그런 날을 모두 더해 미슈가 도 대체 몇 번이나 내게 물어왔던가.

바보야, 그렇게 맛있어?

많은 사람들이 곁을 지나쳐 갔다. 젊다기보다는 어린 음악이 흘러나왔고 몇몇 패거리가 싸움을 벌이다 겁쟁이처럼 화해했다. 문득 아르판이 내 팔뚝을 꼭 붙들며 말하였다.

"당신은 와카의 말을 하는 최초의 외국인일 겁니다."

와카의 언어에서 '최초'란 언제나 칭찬을 뜻한다는 걸 알기에, 고개 숙여 인사했다. 그러면서도 나는 내가 와카의 말을 하는 최후의 외국인일 거라 생각했다. 이어 우리는 잠시 침묵했다. 그러나 내 속에서 그러는 것과 같이, 아르판의 속에서도 수많은 문장이 소용돌이치는 중임을 나는 어렵지 않게 짐작할 수 있었다. 술과 안주가 반가량 사라진 어느 지점에서 아르판이 슬그머니 입을 열었다.

"그나저나, 당신은 대체 어떤 소설을 썼기에 사람들이 그렇게 좋아하나요?"

바로 그 질문이 나오길 기다리고 있었다. 많은 사람들이 좋아한다는 건 소통이 잘된다는 뜻이다. 그리고 소통이란 모든 작가들의 영원한 화두다—사인회에 길게 늘어선 독자들과의 소통이건, 혹은 창 하나를 사이에 둔 내밀한 소통이건. 나는 잠시 현기증을 느꼈고, 시간을 끌기 위해 곱창볶음을 뒤적거렸다.

"들어보시겠습니까?"

그리고 수십 명의 독자가 사인을 요구했던 그 책, 내 출세작인
『자정의 픽션』의 줄거리를 읊기 시작했다.

외딴 산골 마을에 사는 젊고 가난한 부부가 있다. 낮엔 함께
밭일을 하고 저녁이면 오두막에 돌아와 쉬는데, 일상의 무료함
을 지우려 밤마다 놀이를 한다. 그 놀이란 동일한 주인공이 등장
하는 하나의 이야기를 둘이 번갈아 지어나가는 것이었다. 그런
데 둘의 성향은 완전히 달라서, 남편의 날이 되면 이야기가 즐겁
고 신나게 진행된다. 이어 아내의 날이 되면 감상적이고 슬프게
흐른다. 이야기는 부드러운 굴곡을 따라 즐겁다가도 슬프고, 신
나다가도 감상적이 된다. 부부는 그 리듬이 어디서 나온 것인지
잘 알기 때문에 이야기에 많은 애정을 쏟는다. 설령 둘이 서로의
이야기하는 방식에 길들여지고 싶었다 하더라도 그건 불가능했
을 것이다. 어찌 된 영문인지 남편은 신나는 이야기만 할 줄 알
고, 아내는 슬픈 이야기밖에 떠올리지 못했다. 낙천적인 남편은
현재를 즐기고, 사려 깊은 아내는 미래를 근심했다. 각각이었다
면 양쪽 다 고생깨나 했을 테지만, 둘이 함께함으로써 균형은 낮
의 노동과 저녁의 유희 모두에서 절묘하게 맞추어졌다.

잠시 말을 멈추었다. 내 입에서 흘러나오는 이야기의 구비마
다 와카의 마을이 떠올랐다. 아르판이 존재하는 이상 나는 끝내
삼류에 불과하다는 사실을 깨닫던 어느 깜깜한 밤도 떠올랐다.

그러자 내가 명동의 혼잡한 포장마차 거리가 아니라 여전히 저고적한 와카의 땅에 꼭 붙들려 있는지 모른다는 생각이 들었다. 고개를 저어 그 불길한 감각을 떨쳐내고는 다시 줄거리에 집중했다.

많은 세월이 흘렀다. 언제부터인가 부부 사이에 진행되던 서사가 생기를 잃어간다. 이야기는 점점 감상적으로 진행되고, 오랜 시간 균형 잡힌 리듬 속에서 살아오던 부부의 주인공은 돌이킬 수 없이 비극적인 상황에 처한다. 마침내 참담한 결말이 다가오기 직전, 늙어 머리카락도 희끗희끗해진 아내가 벌떡 일어나 비명을 지른다.

아아, 나는 이러한 이야기를 더 이상 견딜 수가 없어.

오두막 문을 왈칵 열어젖히고 별빛이 부유하는 어둠의 아가리로 달려간다. 그러나 아무도 아내를 뒤쫓지 않는다. 리듬의 다른 축, 사랑하는 남편은 이미 수개월 전 병으로 죽었기 때문이다. 하루 벌어 하루 먹는 이웃의 곰과 토끼와 늑대가 근심스럽게 지켜보는 가운데, 모든 행복이 끝장난 보금자리에서 뛰쳐나간 아내는 이야기의 결말로 영원히 돌아오지 않는다.

나는 잔에 남아 있던 술을 모두 비웠다. 전부 말해버렸다. 결국 이렇게 된 것이다. 나는 도대체 왜 이 남자를 한국으로 불러들였는가? 이런 추악한 자리를 만듦으로써 무얼 바랐단 말인가? 나라는 인간이 얼마나 상대할 가치도 없는 쓰레기인가를 알려주기 위해서? 혹은 고백하고 용서받기 위해서? 아니면, 아니면 나 스스로가 무슨 짓을 저질렀는지 똑똑히 깨닫기 위해서? 혼란스러웠다. 누군가 내 맘속에 들어앉아 멋대로 조종하는 느낌이었다. 울렁거리는 가슴을 진정시키기 위해 일부러 비열한 목소리를 내었다.

"아르판, 제 이야기 어떻습니까. 괜찮나요?"

충격이 너무 컸던 걸까, 아니면 상황을 제대로 이해하지 못한 걸까. 아르판의 눈빛은 전혀 변함이 없었다. 달라진 점이라고는 얼굴에서 색채가 지워졌다는 점뿐이었다. 흐릿한 불빛에 반사된 아르판의 낯은 담담하다 못해 화석 같았다. 그 얼굴은 한때 우리 중의 일부였고 많은 사랑 속에서 거침없이 우주를 노래했으나 이제는 쓸쓸히 퇴장해 무덤조차 찾을 수 없는 호메로스, 그러니까 소설의 신처럼 생각되었다. 아니요, 하고 위대한 화석이 타이르듯 입을 열었다.

"아니요, 그건 내 이야기예요. 내가 쓴 이야기란 말입니다. 아까 일곱 명이나 사 간, 바로 그 이야기잖아요."

한국에 돌아온 나는 그간 보고 듣고 경험한 일들을 바탕으로 예닐곱 편의 단편소설을 썼다. 최선을 다했지만, 그저 이국의 풍물을 단조롭게 서술한 가이드북에 지나지 않는다는 혹독한 비판에 시달려야 했다. 정당한 지적이었다. 한국으로 돌아왔으나 내 눈은 높이 쌓아 올린 와카의 풍습을 보고 내 귀는 계곡 사이로 불어오는 와카의 바람을 듣고 내 입은 미슈가 만들어준 와카의 요리를 씹고 있었다. 몸은 한국의 빌딩 숲을 거닐되 정신은 아

직 저 머나먼 은둔의 땅에 그대로 붙잡혀 있었던 것이다. 거기서
벗어나기 위해 당시 유행하던 추리소설까지 시도해보았다. 하지
만 아무리 머리를 굴려보았자 살인 현장에서 부화된 새끼 오리
가 범인을 엄마로 착각해 쫓아다닌다는 등의 구질구질한 스토리
밖에 내놓지 못했다. 그것들은 내가 읽기에도 언짢았다. 거지꼴
이 되어 여기저기 창작촌을 전전하며 장편소설도 두 권 썼지만,
그나마 호의적이었던 어느 편집자한테까지 욕을 얻어먹고는 출
간을 포기했다. 간간이 들어오던 기업 사보의 콩트 청탁마저 약
속이나 한 듯이 끊겨버렸다. 오랜 습작 기간 동안 의욕적으로 메
모해놓았던, 내 고향의 산하와 다양한 군상을 배경으로 한 이야
기는 건드리지도 못한 채 나는 문단에 발끝만 살짝 걸친 가짜 작
가가 되어 있었다.

책장의 가장 밝은 곳에 꽂혀 있던 아르판의 책을 꺼내어 한국
어로 번역하기로 마음먹은 건 그처럼 암담한 시기를 지나는 중
이었다. 내게도 뛰어난 이야기를 알아볼 눈이 있다는 걸 증명하
고 싶었다. 요리는 못해도 미각은 있다는 점을 증명하고 싶었다.
그 증명에서 시작해, 나 자신에 대한 신뢰부터 되찾고 싶었다. 나
는 와카어의 지식을 되짚어가며 정성껏 번역했다. 극심한 가난
과 조울증의 고통 속에서 그 작업은 한 해 넘게 계속되었다.

자세를 똑바로 잡았다. 등을 등받이에 밀착시키고 꼬았던 다
리를 풀어 내렸다. 감정을 최대한 지운 목소리로 말했다.

"아르판, 지금 이 노래 들리지요?"

이번엔 여자 가수가 떼로 출동해 저를 떠나지 말라며 악을 쓰고 있있다. 아르판은 아무런 대답을 하지 않았다. 고개를 끄덕이거나 젓지도 않았다. 그건 내 예상과 아주 많이 다른 것이었다. 정적이 흘렀다. 견디기 힘들었다. 나는 차라리 그가 벌떡 일어나 화를 내길, 울부짖거나 원망하길, 혹은 주먹을 들어 내 곪은 영혼에 매질을 해주길 바랐다. 하지만 그는 가만히 나를 노려보기만 했다. 아니, 소름끼치는 눈으로 찬찬히 관찰했다. 표정을 읽어낼 수 없어 답답했다. 나는 힘겹게 말을 이었다.

"한국에서 요즘 유행하는 노래입니다. 그런데 사실 이건 번안 곡이에요. 원래는 삼사 년 전에 일본, 아, 그런 나라가 있습니다, 아무튼, 그 일본에서 만들어진 곡이거든요. 그러나 알고 보면 일본 것도 아니지요. 선진 문명을 받아들이던 시절에 일본이 흠모하던 영국의 동요가 그 뿌리니까요. 하지만 영국 이전에는 네덜란드의 서민 음악이었고, 그 음악은 17세기 중국 광동 지방으로부터 흘러나온 전통 리듬에 뿌리를 두고 있답니다. 자, 그렇다면 중국 광동 지방의 어느 중국인이 이 노래의 원작자일까요?"

아르판은 대답하지 않았다. 속내를 짐작할 수 없는 시커먼 눈동자가 무서웠다. 답답했다. 나는 부탁하고 싶었다. 무슨 생각을 하는지 알려달라고 부탁하고 싶었다. 하지만 그렇게 말하지 않았다. 다르게 말했다. 그렇지 않아요, 하고 나는 쫓기듯 말했다.

"그렇지 않아요. 비록 광동의 리듬을 차용했지만, 이 곡에는 자신이 거쳐 온 네덜란드나 영국, 일본, 그리고 우리 한국의 고유한 향수가 모두 담겨 있습니다. 게다가 알려진 게 그 정도라 그렇지, 더 깊이 파고들다 보면 전혀 다른 지역으로까지 소급해야 될지도 모릅니다. 그러니 이 복잡한 노래의 마디마디에서 원작자를 찾는 건 불가능할 뿐 아니라 옳지도 않습니다. 더 자세히 얘기해봅시다. 이 음악은 칠음계를 사용하고 있군요. 또 리듬의 중심엔 일렉트릭 베이스가 있네요. 그렇다면 칠음계의 수학적 원리를 고안한 피타고라스, 베이스 기타의 발명자인 폴 톳말크Paul Tutmarc를 불러다 이 음악에 관한 창조의 권리를 부여해야 할까요? 그건 어리석은 짓입니다. 피타고라스가 숫자를 발명했나요? 톳말크가 소리를 발명했어요? 그렇지 않아요. 인간의 예술은 단 한 번도 순수했던 적이 없습니다. 우리가 벌이는 모든 창조는 기존의 견해에 대한 각주와 수정을 통해 나옵니다. 그렇게 차곡차곡 쌓이는 겁니다."

나는 아르판이 모를 게 분명한 온갖 장르와 지역과 사람의 이름을 난잡하게 혼용함으로써 문화와 예술의 차이를 구분하지 않은 내 논리의 허점을 감추려 노력했다. 높이 쌓는 행위가 문화라면 아르판이 써나간 건 예술이다. 하지만 나는 그 차이를 일부러 무시했다. 무시하고, 어떻게든 동일시하기 위해 애썼다. 행사가끝난 뒤 수직으로 솟은 고층 건물 위주로 끌고 다닌 건 높이 쌓아 올리는 와카의 문화를 깔아뭉갬으로써 아르판이 가진 견고한 자부심에 상처를 입히고, 진작부터 패배감을 주고, 그래서 쉽게 체념하도록 만들려는 의도였다. 생각이 거기까지 미치자 이 만

남을 위해 내가 얼마나 공을 들였는지 깨닫고는 비릿한 수치심을 느꼈다. 처음부터 모든 게 계획이었다. 행사에 아르판을 초대한 것도, 이야기의 구체적인 줄거리보다는 빛바랜 사진이나 와카족이 처한 환경에 초점을 맞춘 책자도, 혼잡한 포장마차의 거리도, 술과 안주도 모두 계획이었다. 어쩌면 행사장에서 내게 사인을 받으려 길게 늘어섰던 사람들도 계획의 일부였을 것이다. 직접 시키지는 않았지만 나는 처음부터 그렇게 될 줄을 미리 알고 있었기 때문이다. 만약 조금이라도 그렇게 진행되지 않을 가능성이 있었다면 노숙자 몇을 매수해 동원했을지도 모른다. 나는 내 인생 전체에 관한 것보다 더한 안달과 강박으로 아르판과의 만남을 계획했다. 그럴 수밖에 없었다.

아르판의 책을 번역하는 동안, 사악한 유혹이 고개를 쳐들었다. 와카의 땅에서 무심코 읽을 때에도 좋았으나 한국어로 번역해놓고 나니 정말 눈부신 이야기였다. 앞으로도 오랫동안 살아남을 이야기였다. 이야기 자체에 관한 이야기면서 우리의 척박한 삶에 왜 이야기가 필요한지를 말해주는 이야기였다. 번역이 끝나감에 따라 내 맘속에는 쥐와 원숭이의 아우성이 울려 퍼졌다. 이 이야기를 훔치고 싶다. 이 아름다운 이야기를 내가 갖고 싶다. 무슨 짓을 해서라도 꼭 내 것으로 만들고 싶다……

표절은 어느 날 갑자기 방문하는 유혹이 아니다. 제 자신의 한계를 절감하는 순간 스며드는 병균이다. 일단 한번 감염되면, 뇌가 썩어 문드러지기 전까지 헤어날 수 없다. 결국 나는 책에 군데

군데 등장하는 와카의 지방색을 한국의 것으로 대체한 뒤 내 이름으로 발표했다. 어느 초겨울의 일이었다. 이듬해 나는 한국에서 가장 유명한 작가가 되어 있었다. 그때부터 준비해뒀던 타락의 논리를 아르판 앞에서 하나씩 하나씩 부려놓았다.

"고유한 문화를 지켜야 한다고들 합니다. 듣기 좋은 얘기지요. 하지만 자기 문화만 고집하면 어떻게 될까요? 사라집니다. 얼마나 많은 사람들이 와카의 언어를 사용할 줄 압니까? 그렇다고 영어나 타이어, 버마어 등 외국의 말을 할 줄 아는 와카의 젊은이는 얼마나 되지요? 당신 고향에서 말입니다, 그 무거운 전통 머리 장식 때문에 목이 부러진 할머니를 본 적이 있어요. 자기 문화를 지키는 건 훌륭한 일입니다. 하지만 세상은 그렇게 간단하지 않아요. 생존만을 목적으로 하는 인간은 오히려 살아남지 못합니다. 자기 스스로에게만 영향을 받고 자기 스스로에게만 영향을 주는 인간은 살아남지 못합니다. 문화란 본디 섞이는 것입니다. 하나의 문화가 영원히 살아남는 방법이 뭔 줄 아세요? 남의 문화를 흡수하거나, 아니면 더 큰 문화에 흡수되는 길뿐입니다. 우리가 미국 문화라 할 때, 그것이 오로지 미국만의 문화겠습니까? 인디언, 에스키모, 더 나중에 온 아프리카 흑인들, 유태, 몽골 등 얼마나 많은 이민족의 문화가 그 안에 포섭되었겠습니까? 그중 인디언 하나만 해도, 정말 그것을 인디언의 문화라고 간략히 불러도 될까요? 어느 부족, 어느 시대를 살았던 누구의 영혼이 생산한 문화인지는 몰라도 될까요? 네, 몰라도 됩니다. 문화

68

란 그런 식으로 쌓여 후대에 전해지는 것이기 때문입니다. 소유에 집착하다간 저 와카의 머리 장식에 목이 부러진 노파처럼 죽어버리고 마는 겁니다."

그 문장의 끝에서 나는 울컥 목이 메었다. 보름달이 뜬 와카의 명절이었다. 노파 미슈의 쪼글쪼글한 뺨은 어릴 적 시집가던 날을 떠올리듯 분홍빛으로 물들어 있었다. 옷에 주렁주렁 매달린 각양각색의 보석과 동전들이 서로 부딪혀 짤랑거렸다. 제 키에 달하는 전통 모자는 행여나 벗겨질까 봐 굵은 산양의 힘줄로 턱에 단단히 고정시켜놓았다. 미슈는 붉은색 염료로 마당에 정성껏 그려놓은 축복의 문양을 밟으며 힘겹게 걸었다. 그렇게 십 분쯤 지났을까, 미슈의 호흡이 불규칙하게 들려왔다. 미슈, 하고 그녀를 불렀다.

미슈, 이제 그만 이리 와요. 내가 도와줄게요.

그러자 그녀가 깔깔 웃으며 말했다.

바보야, 나 바쁜 거 안 보여?

그 웃음을 마지막으로 몸이 갸우뚱 기울더니, 높이 솟은 머리 장식과 함께 뒤쪽으로 와르르 무너졌다. 놀라 달려갔을 땐 목이 완전히 부러진 뒤였다.

와카의 풍습에 의하면, 전통 의상을 입은 채 사망할 경우 착용한 의상은 주인과 더불어 화장된다. 화장되어 주인의 심신과 나란히 세상에서 가장 높은 곳으로 올라간다. 아마 그 때문이었을 것이다. 화장터에서 마지막으로 훔쳐본 미슈의 얼굴은 얄미우리

만큼 행복한 표정이었다. 와카의 조문객들은 타오르는 불길에서 등을 돌린 채 동그랗게 서 있었다. 눈을 부릅뜨고 앞만 바라보는 모양이, 밖에서 다가올지 모르는 적으로부터 합심하여 망자의 승천을 보호하려는 것 같았다. 시간이 얼마나 흘렀을까? 젊은 한 시절 미슈를 사모했었다는 호리호리한 노인이 별안간 하늘을 가리켰다. 봐라, 하고 탁한 고음으로 외쳤다.

봐라, 저기 미슈가 간다!

망자를 태운 연기가 서쪽 하늘에 길게 걸쳐 있었다. 모두들 해바라기마냥 높은 곳을 올려다보는 내내, 땅에 고개를 처박고 눈이 퉁퉁 붓도록 운 건 나 혼자였다.

알아요, 하고 말했다. 스피커에서는 다른 남자 가수가 나와 저를 떠나지 말라며 악을 쓰고 있었다. 스피커를 박살내버리고 싶었다. 알아요, 하고 말하면서 나는 두 개의 산을 넘던 어느 밤에 그랬듯이 주먹을 꾹 쥐었다.

"알아요. 당신들은 높습니다. 감히 그 끝머리를 쳐다볼 수도 없을 만큼 높습니다. 그러나 하부가 튼튼하지 않아, 이제 곧 무너질 수밖에 없어요. 우리에게 기댄다면 무너지지 않고 영속할 수 있습니다. 화내지 마세요. 나는 그 이야기를 진심으로 사랑합니다. 물론 아 르 판 하고 당신 이름을 쾅쾅 찍어 출판할 수도 있었습니다. 하지만 그러면 어떻게 되었을까요? 당신은 열댓 개의 문장을 발음하는 앵무새처럼 유명해졌겠지요. 딱 그 정도의 관심으로 끝이랍니다. 당신 혼자잖습니까? 와카의 문자로 책을 쓰는 사람은 당신 혼자잖습니까? 당신 뒤로는 한 명도 남지 않게 되잖습니까? 문명 세계는 와카의 문학을, 와키에도 문학이 있었다는 사실을 기억하지 않을 겁니다."

아르판이 뭐라 대꾸하기 전에 말을 이었다.

"그 이야기를 살리기 위해 내 이름을 붙였습니다. 어떤 결과가 나왔지요? 이것이 바로 체온으로 이루어진 공동체의 감각이라고, 농경과 정착의 문화가 빚어낸 아시아의 정신이라고 사람들이 말합니다. 이제껏 수십 개의 언어로 번역되었어요. 와카의 이야기는 이제 영원히 살아남게 된 것입니다."

나는 거의 화를 내고 있었다. 바락바락 대드는 심정으로 말했다.

"네, 나는 당신 것을 훔쳤습니다. 하지만 난 그 이야기의 주인공들에게 한국의 문화를 덧칠함으로써 더욱 멋지게 살려냈습니다. 내가 훔치지 않았더라도 당신 이야기가 살아남을 수 있을까요? 세상에 드러날까요? 아닙니다. 내가 훔치지 않았다면 그 이야기는 머지않아 당신과 함께 영원히 묻혀버릴 겁니다. 그렇다면 어느 쪽입니까? 불멸하는 것과 영원히 묻히는 것, 어느 쪽을 원합니까? 당신은 당신이 창조해낸 인물들을 사랑합니까, 아니면 필경 수년 내에 쓰러져 묻힐 저 갸우뚱한 오두막에서의 명예를 사랑합니까?"

옳지 않은 것을 설득하기란 어려운 일이다. 하지만 전혀 불가능한 것도 아니다. 그에게 윽박지른 논리는 내가 발명할 수 있는 최선의 것이었다. 말을 끝낸 뒤, 묘하게 고정되어 있는 아르판의 까만 눈을 피해 곱창볶음만 바라보았다. 부끄럽다기보다는 겁이 났다. 와카의 땅에서라면 이런 짓을 한 나는 그의 거친 손에 붙잡혀 죽었을지 모른다. 그리하여 취향도 뭣도 아닌 대중성으로 요란히 장식된 한국산 기성복과 함께 화장터에서 불살라졌을지 모른다. 하지만 이곳은 문명 세계고 나는 이곳의 주민이어서, 어느 순간 아르판의 눈빛이 맥없이 풀리리라는 것을, 제 피조물과 이야기를 영원히 살리는 쪽으로 동의하리라는 것을, 그래서 내가 이기리라는 것을 알고 있었다. 과연 아르판이 눈을 몇 번 깜박이더니, 그윽하게 감는 것이었다. 스피커에서는 떠나지 말라며 악을 쓰는 목소리가 쉬지 않고 흘러나왔다. 나는 차라리 모든 것이 떠나가주면 좋겠다고 생각했다. 말 없는 아르판도, 나를 가난과 질병의 고통으로부터 구해준 저 책도, 불멸을 향한 아찔한 기만도, 저주받을 욕망과 열정도, 죄의식에 억눌려 살아가야 할 앞으로의 나날도 모두, 모두.

조금 지나 아르판이 눈을 떴다. 맑고 굵은 눈에 형언할 수 없는 복잡한 빛이 어려 있었다. 잠시 나를 보더니, 천천히 일어났다. 일어나고 일어났다. 다 일어났다고 생각한 뒤에도 한참을 더 일어났다. 고급 승용차의 자동 안테나처럼 위로 쭉쭉 올라갔다. 그는 이제까지와는 달리 갸우뚱하게 서 있지 않았다. 엄청난 신장을 과시하듯, 자신이 얼마나 더 커질 수 있는지 아느냐고 묻는 듯 똑바로 기립했다. 그 상태로 나를 내려다보았다. 부드럽게 미소 지으며 입을 열었다.

"이만 돌아가 쉬어야겠군요. 여러 가지로 수고해주셔서 고맙습니다."

그렇게 말하는 아르판의 얼굴에는 놀랍게도 아무런 분노나 절망을 찾아볼 수 없었다. 아니, 겉으로만 보자면 오히려 정말로 고마워하는 것 같았다. 뜻밖의 반응에 당황한 나는 오금으로 의자를 밀치고 일어났다. 어정쩡하게 작별의 인사를 건넸다.

"도샤, 도미알라"

아르판도 고개 숙여 인사했다.

"아리, 도미알라"

두 손을 마주 잡고 잠시 눈을 가늘게 뜬 뒤, 망설임 없이 돌아서 명동의 저편으로 걸어갔다. 큰 키로 휘적휘적 걸어갔다. 붙잡지 않았다. 붙잡을 수 없었다. 준비해둔 말은 거기까지였다. 나자신의 구차함에 견딜 수 있는 시간도 거기까지였다. 그 위대한 인간을 모욕하는 허세도, 앞에 앉혀놓고 뻔뻔하게 나불댈 수 있는 기백도 거기까지였다. 그래서 아르판이 먼저 작별 인사를 던졌을 때 나는 기뻤다.

어둠 속으로 퇴장하는 길쭉한 등을 보자니 맥이 쭉 풀렸다. 내가 모르는 무언가를 오랫동안 대답해주던 등이었다. 그러나 이번엔 어떤 가르침도 담겨 있지 않은 것 같았다. 그가 맹렬하게 화를 내지 않아 서러웠다. 그가 나를 통째로 부정했더라도 나는 수긍했을 것이다. 아니, 그렇게 해줌으로써 내 마음에는 오히려 값싼 평온이 깃들었을 것이다. 하지만 그는 그러지 않았다. 대신에 몸을 쭉 펴고는 나를 떠났다. 자부심 강한 와카의 사내가 등을 보이며 그렇게 가버렸다.

스피커의 목소리는 떠나지 말라고 쉴 새 없이 지랄이었지만, 자책에 사로잡힌 내 정신은 육신도 떠나고 명동도 떠나 화장터의 한 줄 연기처럼 흔들렸다. 아르판이 짙게 깔린 밤 속으로 스며들고 있었다. 마치 처음부터 존재하지 않았던 듯, 그렇게 밤 자체가 되는 중이었다. 문득 두 개의 산을 더듬어 돌아오던 와카에서의 밤이 떠올랐다. 그때와 마찬가지로 눈앞에는 막막한 어둠뿐이었다. 한 가지 다른 점이라면, 그 계절의 난 어떻게든 원래의 자리로 돌아가려 끈질기게 몸부림쳤었다는 사실이다. 암흑에 포위되어 밑도 끝도 없이 '셰제이 망느'를 중얼거리면서도, 내딛는 한 걸음 한 걸음마다 짜낼 수 있는 최대치의 열정을 담았다. 비록 와카의 거인들 눈에는 터무니없이 얕고 앙상한 발자국에 지나지 않았을지라도 말이다. 그때까지만 해도 나는 진짜 작가였······

그런데.

그런데 그 순간, 자책으로 웅크려든 의식을 향해 섬광처럼 내리꽂히는 무언가가 있었다. 의아한 귀가 수 분 전 이미 바람의 일부가 된 그의 마지막 인사말을 돌려세웠던 것이다. 전과 달랐다. 나를 부른 호칭이 분명 전과 달랐다. 아르판은 친구를 의미하는 '도샤' 대신 아들 또는 후손을 뜻하는 '아리'를 사용했다. 아리, 내게서 생명을 받아간 자. 내게서 모든 걸 물려받은 사람.

어리둥절한 기분이었다. 관계를 지칭함에 있어 은유를 경멸하는 와카의 언어 습관에 비추어보아 이례적인 말투였다. 게다가 내 쪽에서 일방적으로 느끼는 친밀감이라면 몰라도, 우리의 관계 자체는 그 정도로 가깝지가 않다. 따지고 보면 고작 이틀을, 그것도 초대 작가와 운영위원장으로서 만난 형식적인 관계다. 어떻게 그가 나에게 '아리'라 부를 수 있단 말인가? 아니, 도대체 왜?

혼란스러워진 나는 급히 고개를 돌렸다. 세계의 바깥으로 미끄러져가던 아르판의 흔적을 샅샅이 쫓았다. 하지만 그는 벌써 은둔으로 곧장 회귀해버린 후였다. 갈피를 잡지 못해 이리저리 떠돌던 눈이 테이블 위 곱창볶음에 닿았다. 거기서 한 올의 증기가 예리하게 피어올랐다. 바보야, 하는 그리운 미슈의 목소리였다.

바보야, 이걸 네가 만들었다고 생각해버리면 되잖아. 사실은 내가 만든 거지만.

이 몸은 힘없는 공백인데, 길 저편의 어둠이 시커멓게 밀려오고 있었다. 등줄기에 소름이 돋았다. 어디선가 불쑥 손이 튀어나와 내 팔뚝을 꼭 붙들었다. 돌아보면 와카에 매혹되었던 시절부터 나를 꼭 붙들고 있던 익명의 손이었다. 겁에 질린 머릿속에서 뭔가가 자꾸만 재생되었다. 그리고 제멋대로 맥락을 이었다. 갸우뚱한 오두막, 이야기의 결말로부터 뛰쳐나간 리듬의 한쪽, 어수룩한 이방인에게 펼쳐놓는 창작의 시범 공연, 사명감을 품고 자기 나라에 돌아온 꼭두각시, 이어 제 정신의 DNA가 어떤 식으로 세상에 간섭했는지 확인한 뒤 자랑스럽게 허리를 펴 퇴장하는 아버지의 뒷모습.

오래전 어느 날이었다. 와카의 궁벽함에 지친 나머지 마당에 개처럼 드러누워 불평하고 있었다. 이게 다 뭐람? 바깥은 씽씽 돌아가는데 여기 숨어 저희들끼리만 높이 쌓으면 장땡인가? 그러자 곁에서 볕을 쬐던 미슈가 대꾸했다.

와카에는 와카의 방식이 있단다.

기묘한 울림이 느껴졌으나, 당시로서는 이해할 수 없었다. 그 짤막한 정오의 대화가 수많은 산맥을 넘고 광야를 지나 내게 다시 들려오고 있었다. 무슨 뜻이냐는 물음에 미슈가 깔깔 웃었다. 그리고 자부심 가득한 목소리로 이렇게 덧붙였다.

"바보야, 세상 모두가 와카라니까."

무한의 흰 벽

객실에 들어서자마자 열차가 움직이기 시작했다. 서울을 출발하여 한 시간 후 대전에 닿는 KTX 131호 열차였다. 범수는 휴대폰을 바지 뒷주머니에 넣은 뒤 좌석에 앉았다. 7호차 6D, 창가 쪽이라 통유리 너머의 여름이 쨍쨍했다.

미처 자리를 잡지 못한 예닐곱 명이 통로를 오갔다. 빠르게 한 번만 지나가는 사람이라면 신경 쓸 필요 없다. 제 좌석을 찾아 가는 중이기 때문이다. 하지만 어슬렁거리며 두 번 혹은 세 번 지나치는 사람이라면 뭔가 꿍꿍이가 있다고 봐야 한다. 아니나 다를까, 그중 한 명이 범수의 옆자리 6C에 덥석 앉았다. 감옥깨나 드나든 듯 험악한 인상이었다. 편안한 자세를 고르는 척하며 통나무 같은 팔뚝을 멋대로 팔걸이에 올려놓고 범수의 옆구리를 압박했다. 무례한 사내였다. 팔걸이는 팔을 걸어두는 도구가 아니다. 인접한 좌석 사이의 경계를 나타내는 지표다. 그걸 모를 리 없으니, 사내는 의도적으로 범수와 범수의 영역을 얕본 것이다.

하지만 그게 전부였다. 정말로 강한 사내라면 과시할 이유도 없다. 허세를 부리는 꼴로 보아 영락없는 뜨내기였다. 이런 부류의 인간들은 더러운 인상과 건방진 태도를 단련하는 데 평생을 허비한다. 멀리 쫓아버리는 게 정답이다. 범수는 왼쪽 뒷주머니에서 휴대폰을 꺼내며 팔꿈치로 사내의 옆구리를 푹 찔렀다. 그리고 사내가 움찔하여 몸을 빼자 팔걸이를 날름 받아 챙겼다.

째려보는 눈빛이 느껴졌다. 뒤늦게 공중도덕을 어필하고 싶은 모양이었다. 범수는 잠시 뜸을 들인 후 휴대폰으로부터 사내의 일그러진 면상을 향해 천천히 눈을 돌렸다. 둘의 시선이 정면에서 마주쳤다. 어지간한 배포가 아니라면 그처럼 노골적인 상황을 오래 견디긴 어려운 법이다. 1, 2, 3. 정확히 3초 후 사내가 먼저 눈길을 거두었다. 신경질적으로 콧구멍을 후비고는 뭐라 씨부렁대는지 들리지도 않는 소리를 흘리며 다른 객실로 가버렸다.

잊어버리기로 했다. 조금이나마 존중할 만한 가치가 있었다면 그렇게 도망치도록 놔두지도 않았을 것이다. 짐작건대 사내는 위험을 감지하는 능력만 기형적으로 발달한, 붙잡고 본때를 보여줘봤자 오히려 경력에 누가 되는 작자였다. 범수에게는 맞붙을 상대의 면면이 중요했다. 이기는 것만큼 중요했다. 머지않아 이 모든 게 기억으로만 남을 예정이기 때문이었다.

한 해 전까지만 해도 상상할 수 없던 일이었다. 기댈 곳 하나
없는 외로운 승부의 세계가 곧 범수의 생활공간이있다. 일상과
취미와 투쟁과 휴식이 그 안에서 영위되었다. 떠나 다른 어딘가
로 가는 건 불가능하다고 생각해왔다. 그런데 지난겨울, 대전으
로 향하는 고속버스에서 누군가를 만났다. 최고는 아니었지만
존중하여 상대할 가치가 있는 아가씨였다. 여성성을 이용한 기
술이 어찌나 섬세하던지, 까딱하면 추행범으로 몰릴 뻔했다. 범
수는 차분히 서너 가지 기술을 섞어 대응했고, 결국 아가씨의 공
간을 변이한계선인 50% 가까이 빼앗았으며, 팔꿈치를 사용한
마지막 일격만을 남겨놓은 지점에 도달했다. 단 한 번의 타격으
로 아가씨는 이름과 외모와 영혼을 잃고 서울 – 대전을 왕복하
는 고속버스의 빨간 좌석이 될 참이었다. 그런데 바로 그때 범수
의 마음에 한 줄기 망설임이 피어올랐다. 한 번도 경험해보지 못
한 달짝지근한 감정이었다. 범수는 적잖게 당황했다. 찰나였지
만 그 틈을 놓치지 않고 아가씨가 압박에서 벗어났다. 그리고 호
기심 가득한 눈으로 범수를 바라보았다. 둘은 사랑에 빠졌다.

사랑은 인간을 약하게 만든다. 가장 위대한 승부사들이 지킬
것 하나 없는 외톨이였다는 사실은 널리 알려진 바다. 누구든 사
랑에 빠지면 빈틈을 보이기 마련이다. 욕망이 생겨나고 인내심
은 줄어든다. 집착이 늘어나고 판단력은 떨어진다. 무엇보다도
겁이 많아지며 그에 대한 반작용으로 쉽게 무모해진다. 아가씨
가 생긴 후 범수는 함부로 굴러다니는 시정잡배들의 별것 아닌

손짓 발짓에도 문득문득 공포를 느꼈다. 지나치게 긴장하는 바람에 이기더라도 지독한 피로에 시달려야 했다. 결국 빳빳한 고개를 꺾고 도망치기로 마음먹었다. 남이 밀면 밀리는 대로, 남이 누르면 눌리는 대로 살아가기로 결심했다. 그 맹세를 공유하기 위해 아가씨가 사는 대전에 가는 길이었다.

사내가 도망치고 일 분도 되지 않아 새로운 상대가 나타났다. 둔부에 무게중심이 단단히 잡힌 오십대 초중반의 여성이었다. 살집을 들썩일 때마다 퀴퀴한 효모 냄새를 풍기는 걸로 보아 완전 맹탕은 아니었다. 악취를 발산하는 기술은 땀이 줄줄 흐르는 살갗을 들이대는 기술처럼 상대로 하여금 간격을 유지하게 만드는 효과를 낸다. 다만 그 기술에는 두 가지 곤란한 문제가 있다. 우선 그처럼 혐오스러운 인간이라면 일대일 승부가 아니라 집단 구타를 당할 확률이 크다. 다른 하나는 만약에 상대 역시 같은 전술을 사용할 경우 승부가 산으로 가버린다는 사실이다. 의자에 밴 악취와 습기 때문에 앉을 수가 없다면 애초에 자리를 탐낼 까닭도 없다.

그녀는 마치 자기 자리에 찾아온 양 차창 위의 좌석 번호를 확인하고는 고개를 끄덕이는 시늉까지 냈다. 물론 그럴 리는 없다. 범수가 두 좌석을 나란히 예약했기 때문이다. 선반에 올려놓은 배낭 앞주머니에 승차권 두 장이 곱게 접혀 들어 있다. 범수는 잠시 주저했다. 가장 이상적인 방식은 빈자리로 놔두는 것이다. 그러면 범수와 통로 사이에 놓인 빈자리가 일종의 해자(垓子) 역할을 한다. 즉각적이고 직접적인 공격이 불가능하기에 조금 방심하더라도 치명적인 위험에 빠질 가능성은 석나. 반면에 중년 여성을 쫓아낼 경우, 천안아산역을 지날 때까진 누군가 계속해서 그 자리를 넘볼 게 틀림없다. 번잡함을 피하기 위해 한 명 앉혀놔야 한다면 차라리 그처럼 별 볼일 없는 중년 여성이 나을지 모른다. 통로를 배회하는 어중이떠중이들을 막기 위해 악취 방패를 하나 고용하는 것이다.

처음엔 나쁘지 않았다. 효모 냄새도 그럭저럭 익숙해졌다. 그런데 삼사 분쯤 지나자 중년 여성이 서서히 본색을 드러냈다. 신발을 벗고 오른쪽 다리를 접어 왼쪽 다리 위에 올렸다. 그런 자세라면 뭉툭하게 접힌 무릎이 나란히 앉은 상대의 공간으로 침입할 수밖에 없다. 처음에는 떠볼 요량인지 슬금슬금 5%가량 잡아먹더니, 별 반응이 없자 15%에 이를 정도로 점유율을 높였다. 급기야는 제 발바닥을 긁는 척하면서 오른쪽 무릎에 힘을 주어 범수의 허벅지를 압박했다.

평범한 승부사라면 즉각 응징에 나섰을 것이다. 하지만 범수는 서두르지 않았다. 대결을 원하는 사람과 천성이 무례한 사람은 구별된다. 범수가 보기에 중년 여성은 대결을 원하는 게 아니라 그냥 무례한 사람이었다. 대놓고 제압할 필요까지는 없다. 기면증에 걸린 듯 꾸벅거리며 어깨를 마구 들이받는 머리 기술 한 가지면 그만일 뿐.

주효했다. 미친 건지 시비 거는 건지 구분이 되지 않아 당혹한 표정이었다. 게다가 범수처럼 연기력이 좋을 경우 따지고 들어 봤자 소용이 없다. 불쌍한 기면증 환자를 괴롭힌다고 주변 승객들에게 욕이나 먹기 십상이다. 공공장소에서의 자리다툼엔 주위 모든 사람들이 심판이기에 나쁜 인상을 주어선 안 된다. 중년여성이 벌떡 일어났다. 젊은 사람이 싹수가 노랗다는 둥 묻지도 않은 인상비평을 흘리며 휘적휘적 다른 객실로 건너갔다. 민첩한 손익계산이었다. 아직 군데군데 빈자리가 남아 있는 터라 크게 미련을 가질 이유가 없는 것이다.

광명역에 도착한다는 안내 방송이 흘러나왔다. 그곳에서 역시 수많은 사람들이 저마다의 사연을 품고 남행 열차에 올라탈 것이다. 개중 일부는 범수에게 너무 가까이 다가올지도 모른다. 고단한 일이다. 범수는 아무도 침범하지 않고 아무에게도 침범당하지 않으면서 목적지까지 가고 싶었다. 조금쯤 밀리고 조금쯤 눌리더라도 큰 다툼 없이 넘어가길 바랐다. 하지만 범수가 평화를 소망한다 해서 세상이 조금이라도 호의적으로 대해주는 건 아니었다. 그런 적은 한 번도 없었다. 오히려 그 소망이 약점이라도 되는 양 집요하게 물고 늘어지곤 했다. 그때마다 범수는 죽을 힘을 다해 응전해왔다. 살아남기 위해 그럴 수밖에 없었다. 우리는 신이 아니어서, 세상 어디에든 머물려면 공간이 필요하다. 존재할 공간을 빼앗기면 존재 또한 사라진다. 그동안 많은 이들이 범수의 자리를 원했고 범수 역시 마찬가지로 남의 자리를 원했다. 공간은 유한하니 차지하기 위해선 격렬하게 다툴 수밖에 없다. 범수는 그간 무수한 상대를 의자로 만들어 그 위에 올라탔다. 격돌하는 순간에야 이기기 위해 혼신의 힘을 다했으나, 따지고 보면 범수에 의해 거꾸러진 그들 또한 하나하나 누군가의 소중한 자식이고 부모고 연인이었다. 생존이란 무릇 그처럼 비정한 법이다. 늦지 않게 안전한 곳으로 떠나간 중년 여성의 뒷모습에서 범수는 어쩔 수 없이 제 어머니를 떠올렸다. 기회가 있었다면 어머니 역시 부리나케 도망치는 편을 택했을 것이다. 실제로 어머니에 대한 기억의 대부분은 그를 등에 꼭 업은 채 열심히 도망치는 모습이었다. 그럴 때면 범수의 귀에까지 들려오는 중얼거림이 하나 있었다.

도망이다.

창피하지도 않은 모양이었다. 아닌 게 아니라 전혀 창피해하지 않았다. 다치기 싫으면 도망치는 게 당연한 일이다. 어머니는 터럭 한 올도 판돈으로 내놓으려 하지 않았다. 그런 좀생이는 도박판에 낄 수 없다. 가까운 데서 판이 벌어지면 부리나케 도망쳐야 한다.

도망이다.

기회만 생겼다 하면 열심히 도망쳤다. 집에서 직장에서 버스에서 거리에서 식당에서 맹렬히 도망쳤다. 굳이 그럴 필요가 없는 경우에도 기필코 도망쳤다. 한동안은 열심히, 맹렬히, 기필코 도망친 덕에 별 문제 없이 살아갈 수 있었다. 아들 범수에게 문제가 생기기 전까지는 그랬다.

열차가 광명역에 정차했다. 출입문이 열리자마자 한 떼의 승객이 밀어닥쳤다. 일단 올라탄 뒤에는 제 발에 맞는 구두를 고르듯 객실 넓게 시선을 던졌다. 아직 군데군데 빈 좌석이 남아 있었다. 어떤 이는 점령하듯 앉고, 어떤 이는 훔치듯 앉았다. 어떤 이는 확신에 차서 앉고, 또 어떤 이는 매우 신중하게 앉았다. 나머지는 통로를 따라 순례자처럼 걸었다. 빈자리가 빠르게 채워졌다. 여기저기서 눈싸움이 벌어졌고, 승차권을 샀다면 아무 자리에나 앉아도 된다고 믿는 천치들과 좌석의 지정 번호란 신성불가침한 고유 권리라 믿는 꼰대들 사이에 언쟁이 터졌으며, 나란히 착석한 승객들 간에는 팔걸이의 점유권을 두고 사소한 소란이 일어났다. 그처럼 별 볼일 없는 반편이들이 떼로 아우성을 치는 속에서도 재빠르게 상대를 의자로 만들어 다툼을 끝내버리는 승부사들이 이따금 눈에 띄었다. 그들은 망설임 없이 목표를 정한 뒤 신속하게 기술을 걸어 장애물을 제거했다.

범수는 서 있는 승객들의 면면을 신중히 관찰했다. 그중 누구와도 맞붙을 가능성이 있었다. 물론 일부러 싸움을 걸 생각은 전혀 없었다. 회피하지 않을 뿐이었다. 그러한 범수의 심경 따위는 안중에도 없는지, 열차가 출발하기 직전에 머리가 희끗희끗한 노인장이 불쑥 앉아버렸다. 세포에 축적된 노화 물질의 냄새로 미루어보아 육십대 후반이었다.

전혀 뜻밖의 인물은 아니었다. 서울에서부터 광명에 이르기까지 15분에 걸쳐 이미 두 차례나 곁을 지나갔기 때문이다. 한 번은 열차 진행 방향의 앞쪽에서 뒤쪽으로, 다음은 뒤쪽에서 앞쪽으로 지나갔다. 그리고 마지막으로 나시 잎쪽에서 뒤쪽으로 지나가다 그 자리에 앉은 것이다. 15분 동안 앞뒤의 객실에서 짧은 승부를 몇 판 벌였을 수도 있고, 15분 내내 괜찮은 자리 혹은 상대를 탐색하며 돌아다녔을 수도 있다. 어느 쪽이든 가능하지만, 그다지 실력이 출중해 보이지 않고 또 별로 신중한 것 같지도 않아서 범수가 멋대로 추측한 시나리오는 이러했다. 서울역에서 무임승차한 노인장은 자리에 앉았다가 열차가 출발한 뒤 나타난 좌석 주인에게 쫓겨난다. 무안해져서 객실을 빠져나와 다른 빈자리를 찾기로 한다. 그때 앞쪽에서 뒤쪽으로 옮겨가며 범수 옆의 사내를 첫번째로 지나친다. 새로운 객실에서 빈자리를 찾아 앉는다. 그런데 조금 뒤, 화장실에 갔던 원래 좌석 주인이 돌아온다. 노인장은 또 쫓겨나고, 또 무안해진다. 객실을 빠져나와 다른 빈자리를 찾기로 한다. 이때 뒤쪽에서 앞쪽으로 옮겨가며 범수 옆의 중년 여성을 두번째로 지나친다. 좀 전에 무안당한 객실을 건너뛰어 한 칸 더 간 노인장은 마음에 딱 드는 빈자리를 발견한다. 드디어, 하는 마음으로 앉는다. 그 순간 열차는 광명역에 도착하고, 좌석의 진짜 주인이 올라탄다. 노인장은 또 쫓겨나고 또 무안해진다. 그야말로 일진이 더럽게 꼬인 날이 아닐 수 없다. 객실을 빠져나와 다른 빈자리를 찾기로 한다. 이때 앞쪽에서 뒤쪽으로 옮겨 가다가, 마치 운명처럼 범수 옆의 빈자리를 발견한다……

끝내 앉지 못한 일군의 무리들이 통로를 서성거렸다. 보아하니 객실당 대략 너덧 명이 선 채로 가야 하는 모양이었다. 같은 처지의 무리에 섞여 수치심을 나눌 수 없기 때문에 입석 승객들의 심성이 가장 사나워지는 분포다. 이와 같은 상황에서는 자리다툼이 노골적이고 뻔뻔해지는 경향을 보인다. 통로 쪽 팔걸이에 엉덩이를 슬쩍 걸치는 건 양반이고, 심할 경우 남의 좌석에 먼저 앉고는 냅다 혼절한 척하는 이들도 있다. 하지만 대부분의 다툼은 분노를 정식으로 표출하기 애매한 선에서 중단된다. 서로 불편해하고 미워하지만 양쪽 모두 그럭저럭 참을 만한 수준이다. 평범한 사람이라면 일생을 그와 같은 타협 속에서 살아간다. 그러면서도 제가 얼마나 운이 좋은지 모른다.

범수는 어린 시절, 어머니와 함께 바깥 세계를 떠돌았다. 범수 모자가 머문 공간은 사흘이 멀다 하고 약탈당했다. 버스터미널에서, 다리 밑에서, 재건축 현장에서, 방과 후의 공립학교에서 도망쳐야 했다. 심지어는 아파트 옥상에서도 머물 수가 없었다. 그곳은 텅 비었으며 그저 하늘에서 내리는 비와 눈의 공간일 뿐이었는데도 말이다. 어머니에게는 쫓아내는 사람을 불편해하고 미워할 여유조차 없었다. 그럴 시간에 어서 다른 공간을 찾아야 했다. 아들을 등에 꼭 업으면 달릴 준비는 일단 끝났다. 그러할 때 어머니의 입에서 흘러나오던 중얼거림을 범수는 또렷이 기억하고 있다.

도망이다.

몇몇 이들이 호사롭고 안락한 공간을 독차지하는 건 이해할 수 있는 일이었다. 가능하다면 자신도 그러고 싶었다. 하지만 한 뼘의 빈 땅조차 회수하려 드는 모습은 도무지 납득할 도리가 없었다. 누구도 공터 따위를 원하진 않는다. 그러니 누군가 굳이 공터에 엎드려 있다면, 거기엔 그럴 만한 사정이 있다고 봐야 한다. 마구잡이로 몰아세워 쫓아내는 건 어디든 보이지 않는 곳에 가서 뒈지라는 소리다. 고달픈 유년기를 거치며 세상에 대한, 타인에 대한, 한자리 차지한 계층에 대한 범수의 증오는 겹겹이 쌓여 암반처럼 단단해졌다. 그러나 가장 큰 원망 한줄기는 언제나 어머니를 겨냥했다. 세상에 그처럼 비루하고 한심한 사람은 다시 없을 것 같았다.

도망이다.

도망이라고? 어제도 오늘도 도망이라고? 매일매일 도망이라고? 한 번만이라도 머리끄덩이 후려잡고 싸워주시면 안 될까요, 어머니? 구질구질해서 진저리가 날 정도였다. 그러다 여덟 살이 되던 해 별안간 모든 게 바뀌었다.

작은 도시들을 이으며 열차는 달렸다. 창밖 풍경에서 뭐라도 발견했는지 동반석의 여대생 네 명이 자지러지듯 웃기 시작했다. 어떻게든 진정하려고 애쓰는 모양이었으나 좀체 가라앉지 않았다. 잠시 쉬었다가 다시 폭소를 터뜨릴 때는 그간 참은 웃음까지 더해져 소리가 더욱 커지곤 했다. 그 소음에 박자를 맞춰 어른들이 혀를 차고 아기들은 울었다. 여기저기서 승객들이 목을 빼 동반석을 노려보았다. 범수 곁에 앉은 노인장도 그랬다. 앉은 채로 허리를 쭉 펴 두리번거렸다. 그러더니 고개를 절레절레 흔들며 좌석에 몸을 파묻었다. 바로 그 순간, 범수는 공간 분할 구도에 미묘한 변화가 생겼음을 깨달았다. 노인장이 다리를 벌려 범수의 영역으로 3% 넘어온 것이다.

처음에는 그것이 무얼 의미하는지 알아차리지 못했다. 그 정도야 열차가 덜컹거리거나 곡선코스를 돌 때 쉽게 발생할 수 있는 변화기 때문이다. 하지만 원래대로 돌려놓으려 노인장의 무릎을 슬쩍 미는 찰나, 툰드라의 숲에 벼락이 내리꽂힌 것처럼 정황이 선명하게 드러났다. 버티는 힘이 통상적이지 않았다. 범수의 얼굴이 급격히 빨개졌다. 입을 꽉 다물고 발가락에 힘을 주어 폐활량을 조절했다. 그러지 않고서는 웃음을 참을 수 없었다. 등에 땀이 배어나올 정도였다. 노인장, 이 비루한 노인장이 승부를 원하고 있었다. 알아차리지도 못할 만큼 소심한 방식으로 도발하는 중이었다.

도전은 자유지만 응전은 그렇지 않다. 노인장이 다리에 힘을 주고 있었다는 걸 알아버린 이상 열차에서 내리기 전까지 경계를 늦추어선 안 된다. 아무리 하찮은 상대일지라도 정식으로 도전해온다면 성심성의껏 응전해주는 게 예의다. 범수는 시간차 공격을 벌여 빼앗겼던 영역을 가벼이 돌려받았다. 노인장의 허벅지가 부들부들 경련을 일으켰다. 밀리지 않으려고 노쇠한 사타구니에 과도하게 힘을 준 모양이었다. 안쓰러웠다. 더 치고 들어갈 의욕이 일지 않아 원래의 공간을 회복하는 선에서 멈추었다. 아무튼 이제 뜻은 전달이 되었나. 호락호락하게 당하지 않겠다는, 그러니 다시 도발하려면 무엇을 걸지 확실히 하라는 경고였다. 아니면 기회가 있을 때 어서 꽁무니를 빼거나.

여덟 살 생일 선물로 소아마비를 받았다. 뼈마디가 풍선처럼 부어올라 통증이 어마어마했다. 바이러스성 질환이어서 항생제는 소용이 없고, 안정된 환경에서 보살핌을 받는 게 최선의 치료법이었다. 안정된 환경, 그것은 범수 모자에게 없는 수천 가지 중 하나였다. 막막해진 어머니는 범수를 업고 종합병원에 갔다. 그러나 원무과 맞은편에 있는 대기실보다 안쪽으론 한 발자국도 들어가지 못했다. 눈물까지 뚝뚝 흘리며 간호사에게 통사정을 해보았지만 그런 게 통할 리 없었다. 소란이 커지자 병원 직원 몇이 나서서 어머니를 끌어냈다. 빼빼 마른 거지 어머니는 병원 밖으로 맥없이 내동댕이쳐졌다. 이어 거지 아들 차례였다. 범수는 의자를 붙잡고 열심히 버텼다. 그럴 수밖에 없었다. 사지를 못 쓰는 병신이 되기 싫으면 버텨야 했다. 어머니를 애타게 부르며 버텼다. 그러다 더 이상 버틸 수 없게 되었을 때, 눈물도 비명도 의술의 신을 향한 기도도 아무 소용이 없어졌을 때, 어머니가 돌아왔다. 뭔가 이상했다. 도망 염불을 외우던 평소의 어머니가 아니었다. 눈에서 귀기가 줄줄 흐르는 낯선 어머니였다. 범수의 허리를 껴안고 씨름하는 직원에게 다가가 두 손으로 밀었다.

비켜.

직원은 허리를 펼 틈도 없이 제 공간을 빼앗겨 의자가 되었다. 곁에서 돕던 다른 직원 한 명도, 옆에 서서 뒷짐을 진 채 허허 웃고 있던 나이 많은 직원 한 명도 마찬가지였다.

어머니는 반쯤 탈진한 범수를 업고 소아과 병동의 진단방사선실로 들어섰다. 급히 호출되어 온 직원과 간호사, 회진 중에 구경 온 전문의, 부모와 함께 진료 대기 중이던 아이들이 구름처럼 몰려들어서는 범수 모자를 에워쌌다. 어머니는 범수를 한쪽 구석에 내려놓은 뒤 그들 사이로 지나가 문을 등졌다. 이어 한 명씩 멱살을 잡고는 차곡차곡 의자로 만들었다. 문에 가까이 선 사람부터 처리했기 때문에 아이건 어른이건 도망칠 길이 없었다. 범수는 벽에 기대어 전부 다 지켜보았다. 그건 승부가 아니었다. 학살이었다.

옆자리의 노인장이 다리를 수직으로 떨기 시작했다. 두 무릎이 나란히 붙어 있는 상태에서 다리를 떠는 속셈은 보통 한 가지, 상대의 근육 피로도를 증가시켜 다음번 공격의 파괴력을 끌어올리기 위해서다. 범수는 노인장과 동일한 진동 패턴으로 다리를 떨어 그 수법을 무력화시켰다. 하지만 이번에도 역시 거기서 멈추었다. 노인장보다 강하게 떨거나 혹은 수직 대신 수평으로 떨어 반격을 가할 수 있었으나 그러지 않았다. 노인장의 수작이 정말 도전인지, 아니면 가정교육을 제대로 받지 못해 그러는 건지 아직은 확신할 수 없기 때문이었다. 그러나 오래 망설일 필요가 없었다. 노인장이 기지개를 켠 것이다. 두 팔을 벌리면서 순식간에 범수의 공간을 24%나 약탈했다. 범수는 재빨리 기립하여 공격을 걷어냈다. 선반의 배낭을 능청스럽게 만지작거린 뒤 슬그머니 자리에 앉으며 속으로 중얼거렸다. 좋아, 이제 시작이다.

시작이다.

짧게 내뱉는 어머니의 표정은 얼음장처럼 차가웠다. 학살이 끝난 진단방사선실엔 열 개 남짓한 의자가 나뒹굴었다. 의사용 의자도 있고 간호사용 의자도 있고 직원용 의자도 있고 환자용 진료 의자도 있었다. 어머니는 그 의자들을 차곡차곡 구석에 쌓고 의료 장비를 한쪽으로 밀어 치운 뒤 범수가 누울 공간을 만들었다.

그날 이후 모든 게 바뀌었다. 어머니는 진단방사선실을 탈환하러 온 이들은 물론이거니와 몰래 염탐하러 온 자들, 혹은 밀회 장소를 찾아 숨어 들어온 젊은 남녀들까지 묻지도 따지지도 않고 의자로 만들었다. 상대의 공간을 낚아채는 신속한 모습으로만 본다면 대량생산 공장의 자동화 로봇과 별반 다를 게 없었다. 그러나 광포하게 각진 표정이 잠시나마 흐트러진 자리엔 어울리지 않게도 방금 전 영겁의 폭풍우를 헤치고 온 듯 텅 빈 그림자가 겹겹이 드리워져 있었다. 범수를 간호하고 범수를 바라보았지만 시선은 매번 범수 너머 무한의 흰 벽을 멍하니 흘러 다녔다. 그래서 범수는 언젠가 그 강건함과 그 나약함이 각자의 세포막을 뚫고 나와 흰 벽 위에서 이리저리 뒤섞이는 시기가 올 거라 예감했고, 그때가 되어도 어머니는 여전히 어머니로서 곁에 머물러줄 것인지 불안한 마음으로 자문해보곤 했다. 답은 석 달 뒤에야 모습을 드러냈다.

시작했으면 이겨야 한다. 이기기 위해 제일 먼저 해야 할 것은 상대의 기술을 파악하는 일이다. 보아하니 노인장은 주로 발기술을 사용하는 모양이었다. 그렇다면 별로 걱정할 게 없다. 하체의 힘은 연령에 반비례한다. 노인장은 늙었고, 늙음은 어느 영역에서나 초라한 법이다. 무서운 건 젊거나 어린 치들이다. 존재를, 존재에 필수적으로 수반되는 공간을 막 알아가는 그들이 가장 무서운 상대다. 범수 역시 젊은 시절엔 눈에 보이는 게 없었다. 그러나 벌써 스물일곱, 하루가 다르게 근력이 줄어드는 나이에 이르렀다. 웅전의 위엄을 잃고 싶지 않지만 내리막길이라는 사실은 부정할 수 없었다. 불과 두 달 전에도 콧수염이 막 나기 시작한 어느 소년과 서울 홍대 앞에서 힘겨운 승부를 벌였다. 간신히 그 아이를 교실용 걸상으로 만들어놓은 뒤 가쁜 숨을 몰아쉬며 고민해보았다. 이만한 재능을 가진 아이가 세상에 달랑 한 명은 아닐 것이다. 새싹들은 무럭무럭 자란다. 머지않아 꼼짝없이 당할지 모른다.

열차가 조금 덜컹거렸다. 노인장이 마치 실수로 그런 것처럼 범수에게 기대왔다. 가볍게 받아 더 크게 되돌려주었다. '이리 흔들' 했으면 머지않아 '저리 흔들' 하는 게 버스나 열차 같은 육상 교통수단들의 이치다. 막으려고 용을 써봤자 부질없다. 온 것은 갈 수밖에 없고, 들어온 것은 나가기 마련이다. 세상의 어느 해변도 온종일 썰물을 유지할 순 없다. 그런데 말은 이처럼 간단하지만, 인정하고 받아들이는 건 또 별개의 일이다.

표정이 죽어버린 어머니는 사흘에 한 번씩 밖에 나가 부탄가스며 생수, 라면 등을 구해왔다. 진단방사선실에 홀로 남겨지는 그때가 제일 위험한 시간이었다.

자, 이렇게 하는 거다.

어머니는 상대를 제압하는 기본동작을 하나씩 알려주었다. 소아마비로 관절이 굳어 있던 범수로서는 제대로 따라 하기 어려웠다. 특히 하체를 쓰지 못했기에 수업은 주로 손동작에 국한되었다. 어머니의 기술은 투박하고 즉흥적이었다. 계산이 부족했으며 상대의 힘을 회피하거나 이용하는 법 없이 무작정 밀고 들어갔다. 필요하다면 턱의 저작근이나 항문의 괄약근까지 주저 않고 동원했다. 어찌 보면 무례의 극치 같았다. 그렇지만 강력했다. 자기 공간을 지키고 남의 공간을 빼앗는 어머니의 기술은 메두사처럼 끔찍한 표정에서부터 시작되었다. 그 악랄한 표정을 보고도 덤벼들 배짱을 가진 용사는 없었다. 그러니 썰물이 무한정 지속되리라 믿었다 한들 크게 터무니없던 건 아니었다.

평택시 경계를 막 벗어난 지점이었다. 어쩐 일인지 열차가 속도를 높였다 줄였다 하면서 불규칙하게 운행했다. 그 바람에 일정하게 달릴 때와는 미묘하게 다른 진동이 좌석에 전달되었다. 이처럼 불안정한 상황에서는 상대의 전략을 예측하기가 어려워지기 때문에 변칙적인 공격에 노출될 수 있다. 노인장은 기회를 놓치지 않았다. 범수가 창밖을 보려 잠시 고개를 돌린 틈을 타 저역시 바깥이 궁금한 척 가슴으로 밀고 들어왔다. 그 상태로는 돌아볼 수도, 밀쳐낼 수도 없다. 순식간에 벌어진 일이었다. 그래서 범수는 노인장의 발기술에 집중했던 게 실수였음을 깨달았다. 누군가가 발을 많이 사용한다고 해서 발기술만 가진 건 아니다. 범수 자신도 손기술이 주특기지만 조금 전엔 중년 여성을 머리기술로 퇴치하지 않았던가. 다행인 건 너무 늦지 않게 알아차렸다는 점이다.

범수는 왼쪽 뒷주머니에서 휴대폰을 꺼내는 척하며 노인장의 8번과 9번 갈비뼈 사이에 팔꿈치를 꽂아 간격을 확보했다. 그리고 홈쇼핑 발신 전용 번호로 문자메시지를 보내면서 팔을 넓게 벌려 상대를 압박했다. 곧이어 열차가 제 속도를 내기 시작할 때는 오른쪽 어깨를 차창에 붙이고 무릎으로 노인장의 하체를 멀리 밀어냄으로써 중심을 공략했다. 범수 쪽으로 쓰러지지 않으려면 물러설 수밖에 없는 자세였다. 별 도리가 없었던지 노인장이 제자리로 후퇴했다. 전체적으로 보면 범수가 오히려 노인장의 공간을 17% 잠식했다. 빤한 수작을 건 바람에 본전도 못 찾은 것이다.

석 달이 지나 열도 내리고 관절의 부기도 많이 빠진 어느 날이었다. 범수 혼자 지키고 있던 진단방사선실에 한 남자가 들어왔다. 안면마비가 온 듯 무표정한 얼굴이었다. 그런 얼굴과 대조적으로 몸가짐은 일수를 걷으러 온 것처럼 시원시원하고 자연스러웠다. 고개를 좌우로 갸우뚱거리며 범수를 빤히 보았다. 위험을 직감한 범수가 손을 들어 방어 자세를 취했다. 남자는 고개를 갸우뚱했다. 승부는 손이 아니라 마음으로 하는 거라고 훈계하는 듯 했다. 범수를 무시한 채 구석에 쌓인 의자 중 하나에 앉았다.

몇 분 후 어머니가 들어왔다. 침입자를 발견하자마자 그대로 돌진했다. 남자의 무릎 위에 덥석 앉았다. 의자에 딱 겹쳐지도록 깔아뭉개버릴 심산이었다. 그 순간 믿지 못할 광경이 펼쳐졌다. 눈 깜짝할 사이에 남자와 어머니의 위치가 뒤바뀌었던 것이다. 어머니가 마구 몸을 뒤틀며 저항했지만 남자는 표정 하나 변하지 않고 그녀를 짓눌렀다. 저녁 메뉴를 고르듯 태연한 얼굴이었다. 어머니의 몸이 빠르게 의자와 겹쳐졌다. 그리하여 마침내 투박한 나무 의자로 변이되는 찰나, 고개를 돌려 구석에서 바들바들 떨고 있는 범수를 망연히 바라보았다. 도망 다니던 시절에 비해 몇 배나 늙어버린 눈이었다.

남자에게 덤벼드는 건, 복수를 한답시고 부실한 하체로 버티고 서서 손기술을 거는 건 쉬운 일이었다. 반면에 깨끗이 항복하고 목숨을 구걸하는 건 어려운 일이었다. 범수는 어려운 일을 했다. 무릎을 꿇고 싹싹 빌었다. 어느새 안전하다고 소문이 났던지 흰 가운을 입은 의사, 간호사, 직원 그리고 정체를 알 수 없는 구경꾼 들이 진단방사선실에 꾸역꾸역 몰려들어 호기심 어린 눈으로 구경했다. 범수는 그들 하나하나에게 모두 빌었다. 이마로 바닥을 찧으며 빌었다. 그토록 비굴하게 애원한 덕분에 의자까지

챙겨 걸어 나올 수 있었다. 정결히 태워 강에 뿌렸다. 그러며 이
제 세상에 없는 어머니의 등을 생각했다. 절대로 잃지 않을 것만
같던 단 하나의 자리였다. 고단했던 모성의 온기가 봄의 아지랑
이와 엉켜 흘러갔다. 딱 그만큼의 유량(流量)이 고아에게 할당된
애도의 공간이었다.

승패는 결국 무게중심에 달려 있다. 한번 중심을 잃어버리면
이를 회복하기 위해 체중을 급히 재배치해야 하고, 이 과정에서
몸은 상대가 있는 순방향이나 역방향으로 움직이게 되며, 순방
향이라면 지지하고 있던 상대가 몸을 확 뺄 경우 바닥에 나뒹굴
게 되고, 역방향일 경우 물러난 만큼의 빈 공간을 곧장 점유당한
다. 일반적인 싸움에서야 매너 좋은 놈이 진다는 말도 있듯이 무
조건 공격이 능사지만, 이와 같은 이유에서 승부사들끼리의 정
치한 대결에서라면 공격보다는 반격이 유리할 수밖에 없다. 이
미 한 번 서둘다가 당한 이상, 노인장은 초반 기 싸움에서 어지
간히 밀렸다고 보아야 할 것이다. 이럴 때 도망치는 건 수치가
아니다.

어머니가 정말로 강했던 건 도망치던 시절이었다. 당시엔 그
걸 몰랐다. 소아과 병동의 진단방사선실에서 포효하기 시작하
자, 범수는 그제야 제 어머니가 굉장히 강해졌다고 생각했다. 세
상 누구라도 능히 대적할 만큼 강해졌다고 믿었다. 사실은 정반
대였다. 도망치기를 포기한 순간부터 어머니는 추락해갔다. 필
사적으로 지킨다고 해서 실력이 더 나아지는 건 아니다. 빼앗길

때의 고통만 심해질 뿐이다. 평소였다면 고개를 갸우뚱거리는 남자를 보자마자 범수를 꼭 업고는 부리나케 도망쳤을 것이디. 하지만 지키는 데 혈안이 된 어머니는 아무 정보도 전략도 없이 남자에게 달려들었다. 그러지 말았어야 했다. 사람들은 어머니가 변이한계선을 넘는 순간 즉변(卽變)했다고 믿었다. 심지어는 고개를 갸우뚱거리는 남자조차 그만 어머니에게서 눈을 떼고는 태평하게 여유를 부렸다. 그러나 범수는 보았다. 어머니는 심장이 목질화(木質化)되어가는 와중에도 싸움을 포기하지 않았다. 최후의 한숨까지 아껴가며 필사적으로 저항했다. 그 탓에 변이가 늦어지고 고통 또한 길어졌다. 범수는 그걸 모두 보았다. 그러지 말았어야 했다. 눈을 꽉 감았어야 했다.

서울역을 출발한 지 반시간이 넘어서고 있었다. 범수는 노인장의 인내와 의지에 진심으로 감탄했다. 그는 언제부터인지 전신 뒤척거리기 기술을 통해 꽤 많은 영역을 수복하는 중이었다. 범수가 점유한 공간은 이제 5%에도 못 미쳤다. 그 정도로 끈질기게 공격을 막아낸 자는 거의 없었다. 일찍이 스승이었던 유씨 할머니의 기술을 보는 것 같았다.

어머니를 잃은 후 이태 동안 정처 없이 방황했다. 반듯한 기차역에라도 둥지를 틀면 다행이겠지만 사실 그곳은 온갖 영락한 고수들이 모이는 위험 지대였다. 신원을 점거하려는 경찰, 호주머니를 장악하려는 불량배, 기껏해야 개미나 파리 따위에게 주어진 공간이나 훔치는 코흘리개 꼬마들에게도 쫓겨 다녔다. 복수는 무슨, 생존을 도모하기조차 벅찰 지경이었다. 그러다 만난 게 충남 서산의 유씨 할머니였다. 경로당의 다른 노인들이야 양 달에 고꾸라져 혀를 빼물건 말건 그늘이 잘 드리워진 평상 중앙에 홀로 앉아 정갈히 가부좌를 튼 첫인상부터가 남달랐다. 마침 먼 길을 걸어오느라 피곤했던 범수는 별 생각 없이 평상 한쪽 구석에 엉덩이를 붙였는데, 저만치 있던 할머니가 눈 깜빡할 사이에 날아와 범수 옆에 바짝 붙어 앉았다. 그녀의 감색 월남치마 한 귀퉁이는 벌써 범수의 무릎을 덮고 있었다. 내 꺼야, 하고 무릎을 가져가기라도 하면 큰일이었다. 기겁해서 재빨리 손기술로 치마를 걷어내고 일어섰다. 유씨 할머니가 깔깔 웃었다. 괜찮아. 괜찮아. 이어 호기심 가득한 눈으로 범수의 손을 훑어보며 말했다. 너, 여기 앉고 싶니?

그렇게 범수는 유씨 할머니의 제자가 되었다. 말이 좋아 제자지, 실상은 노리개였다. 하루에도 수십 번씩 범수의 공간을 변이 한계선 가까이 뺏었다 돌려주었다 하며 독하게 장난쳤다. 까딱하면 의자가 될 판이라 밤에 잠을 잘 때조차 한낮에 곤두섰던 머리카락이 가라앉지 않았다. 하지만 복수를 한시도 잊어본 적이 없던 범수는 묵묵히 가르침을 받아들였다. 시중의 무협지에 의하면 뜻이 있는 곳에 길이 있다고 한다. 서너 달쯤 지나자 유씨 할머니가 사용하는 기술의 특징이 하나둘 눈에 들어오기 시작했다. 그녀가 승부하는 방식은 어머니의 그것과 전혀 달랐다. 어머니의 싸움은 생계형이었고 신경질적이었다. 그에 반해 유씨 할머니의 싸움은 취미형이었고 쓸데없이 계산적이었다. 근육으로 밀어붙이는 대신 관절과 인대의 잠재력을 최대한 이용하여 예리하게 파고들었기 때문에, 당하는 입장에서는 존재를 완전히 멸실하는 순간까지 무슨 일이 벌어졌는지조차 모르기 일쑤였다. 삼 년이 지나도록 내리 당하기만 하던 범수는 마침내 스승께 큰절을 올리고 계룡산으로 지옥훈련을 떠났다. 열네 살 때의 일이었다.

천안아산역에 도착할 즈음 옆자리에 앉은 노인장이 기술을 걸어왔다. 다리 벌리기, 역시 틀에서 못 벗어난 정공법이었다. 다만 이번에는 중간에 있는 강화플라스틱 팔걸이에 제 몸을 딱 붙이고 보란 듯이 용을 써댄 탓에 빼앗긴 공간을 대부분 회복했고, 어느새 범수의 공간까지 날름날름 간을 보는 중이었다. 범수는 신발 속의 발가락들을 직각으로 세워 하부가 밀리지 않도록 고정시켰다. 일단은 그 상태로 버티면서 팔꿈치나 손등 기술을 쓸 참이었다. 그때 갑자기 뒷주머니에서 딩동댕, 하고 벨소리가 울렸다. 아가씨의 번호에 지정해둔 실로폰 벨소리였다. 대전 어디어디에서 기다린다는 사실을 알리려 전화한 것이었다.

반가운 통화였지만, 그러느라 방심한 사이 노인장의 다리가 범수의 공간을 무지막지하게 침범해버렸다. 정확히 계산하자면 27%를 약탈당했다. 기분이 몹시 상했다. 물론 정식으로 대결하는 와중에 전화를 받은 게 실수였다. 손아귀에 들어온 기회를 이용했다고 해서 얍삽하다는 등 치사하다는 등 비난할 수는 없었다. 기분이 상한 이유는 그게 아니고, 노인장이 어느새 자신의 구두를 꽉 밟고 있었기 때문이다. 승부에 열중하다 보면 간혹 그런 실수가 벌어지기도 한다. 하지만 오므린 발가락들을 잘근잘근 짓이기는 걸로 보아 실수가 아니었다. 상대의 버팀목 주춧돌을 제거함으로써 제 다리를 더 벌리려는 수작이었던 것이다. 이럴 때 정색하고 화를 내면 지게 된다. 아픈 발이 자기 발이 아닌 척 웃어야 한다.

지옥이 따로 없다. 계룡산의 눈에 띄는 길목마다 남의 자리를 갈취하려는 인생들, 빼앗아야 존재할 수 있는 욕망들, 플러스를 갈망하는 음전하들이 득실거렸다. 깊고 험준한 계곡으로 갈수록 별 희한하고 괴이한 기술을 가진 승부사들이 도사리고 있었다. 그들에게 도전했다가 불리해지면 잽싸게 도망쳤고, 멸종 위기의 반달곰이나 멧돼지를 상대로 연습했으며, 기술이 어느 정도 보완됐다 싶으면 곧바로 덤벼들어 숨통을 끊어놓았다. 아홉 달 동안 범수가 휩쓸고 지나간 자리에는 각양각색의 의자만이 덩그렇게 남았다. 모두 합하면 사십을 헤아렸다. 그 의자들은 인근 양화리 반상회에서 알뜰하게 수거해갔다는 소문이다.

범수는 오른쪽 팔꿈치를 차창에 붙인 채 버팀목인 왼쪽 다리의 위치를 비스듬히 안쪽으로 기울였다. 그리고 횡력(橫力)을 이용해 노인장의 무릎을 밀었다. 그렇게 하면 추력을 세 배가량 끌어올릴 수 있다. 마침 천안아산역에 열차가 정차하면서 불규칙한 진동이 발생한 터라 조금은 노골적일 정도로 밀어붙였다. 그런데 뭔가 이상했다. 전과 달랐다. 부들부들 떨기는커녕 단 1*mm*도 밀리지 않았다. 다리 벌리기가 바로 노인장의 주특기였던 것이다. 버티는 힘이 어찌나 대단하던지 범수로서는 만리장성을 미는 기분이었다. 그러나 큰 문제는 아니었다. 힘은 기술을 도울 뿐이다.

지옥훈련을 마친 범수는 지체 없이 충남 서산으로 돌아갔다. 텅 빈 경로당에서 목 빠지게 기다리던 스승 유씨 할머니가 버선발로 맞아주었다. 길고 긴 포옹을 한 뒤 둘은 서산장로교회로 향했다. 문을 걸어 닫았다. 예배당의 긴 의자에 나란히 앉았다.

이윽고 하늘을 찢고 땅을 쪼개는 대결이 시작되었다. 계룡산을 평정하고 돌아온 범수는 몰라보게 강해져 있었다. 그러나 스승의 섬세하고 예리한 기술은 여전히 넘기 어려운 벽이었다. 왜소한 근육임에도 불구하고 유씨 할머니의 다리 벌리기 기술을 막기 어려웠던 이유는, 그녀가 손은 물론이거니와 자신의 어깨, 목덜미, 옆구리, 귓불, 쪽진 머리까지 모조리 동원해 정신 사납게 밀고 들어왔기 때문이었다. 현란해서 넋이 달아날 지경이었다. 시간이 갈수록 불리해진다는 사실을 깨달은 범수가 최후의 무기를 꺼내들었다. 단단히 지탱하던 무릎의 힘을 한꺼번에 쭉 빼버렸다. 순식간에 47%에 이르는 공간을 빼앗겼다. 3%만 더 내주면 반격할 힘조차 잃게 되는 아슬아슬한 상황이었다. 하지만 유씨 할머니의 오른쪽 다리 역시 갑작스레 너무 많이 나가버린 탓에 후방의 지원을 받지 못하여 균형이 분산되고 말았다. 범수가 그 틈을 놓치지 않고 왼쪽 다리를 들어 유씨 할머니의 허벅지 위에 올렸다. 그리고 떡방아 찧듯 짓이겼다. 계룡산 지옥훈련의 결과로 탄생한 저 강력한 다리 덮기 기술이 세상에 처음으로 모습을 드러낸 순간이었다.

불의의 일격을 당한 유씨 할머니가 깜짝 놀라 하체를 뒤틀었다. 범수는 경계가 해제된 스승의 복부에 재빨리 팔꿈치를 밀어넣어 갈비뼈 네 대를 부러뜨렸다. 이어 의자에 깔아 눕힌 뒤 배위에 올라탔다. 마침내 변이한계선을 넘어서기 직전, 둘의 시선이 비스듬히 마주쳤다. 범수는 스승이 영면에 들어가며 건네는 평온한 작별의 눈빛을 읽었다. 천애고아였던 저를 거둬 이만큼 훌륭하게 키워준 분이었다. 돌연 울컥했고, 그 바람에 스승의 손이 살금살금 등 뒤로 파고드는 걸 하마터면 놓칠 뻔했다. 대단한 할머니였다. 아무리 이기고 싶기로서니 열다섯 살짜리 제자한테 눈빛 기술까지 쓰리라고는 상상도 못했다. 종합병원에 살던 시절 어머니와 나누었던 대화가 떠올랐다. 그때 어머니는 길을 잃어 실수로 진단방사선실에 침입한 너덧 살 꼬마 여자아이의 공간을 우적우적 잡아먹고 있었다. 얼마나 먹어야 배가 부를까요? 어머니는 대답 대신에 영원이 씽씽 곁을 지나가도록 범수를 노려보았다. 그리고 물었다. 내가 누구지? 당황해 대답을 못하고 머뭇거리자 어머니가 피식 웃었다. 쇳덩이처럼 저온의 목소리가 흘러나왔다. 네 어미라 해서 우리 사이에 뭔가 통한 걸로 착각하지 마라.

그 말은 진실이었다. 더 많은 공간을 차지하려는 욕망은 제어할 수 없는 법이고, 그토록 강렬한 욕망은 내밀할 수밖에 없으며, 설령 다정한 모자간이라 해도 아무렇지 않게 소통될 수 있는 성질의 것이 아니다. 세상에는 제 자식의 공간을 빼앗아 허기를 채우는 부모도 득실거린다. 범수는 스승이 더 깊이 파고들기 위해 손등을 구부린 틈을 놓치지 않고 힘껏 체중을 실어 등받이에 기댔다. 손가락 관절이 누룽지 긁는 소리를 내며 으스러졌다. 스승이 외마디 비명과 함께 손을 빼려 할 때, 범수가 즉각 상체를 반 바퀴 돌려 골반 뼈와 팔꿈치를 일직선으로 만들어 사정없이 짓이겼다. 그리고 살점 하나 남지 않을 때까지 서산장로교회의 예배 의자를 꾹꾹 눌러 다졌다.

그날의 감각은 범수의 뇌리에 선명히 남았다. 몇 번이고 재연할 수 있을 정도로 생생했다. 범수는 노인장의 사타구니 힘이 최고조에 달할 때까지 기다렸다. 서로 무심한 척 안간힘을 쓰는 가운데 두 무릎이 서로를 미는 합력은 0의 언저리에서 대치하고 있었다. 그러던 어느 무작위의 순간에 왼쪽 다리의 힘을 쫙 뺐다. 장애물이 사라지자 뉴턴 물리학 제1법칙에 의해 노인장의 무릎이 속수무책으로 밀려왔다. 범수는 그 즉시 제 무릎을 한 뼘 가량 들어 올리면서 반시계 방향으로 $90°$ 꺾어 노인장의 허벅지와 팔걸이 사이에 단단히 틀어넣었다.

그제야 범수는 실수를 깨달았다. 예상대로 전개되긴 했으나, 노인장의 허벅지는 푹신한 쿠션과 범수의 무릎 사이에 놓여 있었다. 반면에 범수의 무릎은 노인장의 허벅지와 딱딱한 강화플라스틱 팔걸이 사이에 끼어 있었다. 목제 예배 의자의 경우와는 반대로, 다리 덮기를 시도한 쪽이 오히려 불리해지는 환경이었던 것이다. 전세가 유리해졌음을 간파한 노인장이 온 체중을 실어 팔걸이를 단단히 누르는 한편으로 열차의 진동을 증폭시켜 허벅지를 위아래로 마구 흔들었다. 범수의 무릎 연골이 팔걸이에 짓눌려 짜부라지기 직전이었다. 엄청나게 아팠다.

도망이다.

있는 힘껏 무릎을 잡아 빼고는 자리에서 일어났다. 잠시 시간을 벌어 흐름을 바꿔놓아야 했다. 쩔뚝거리는 와중에도 통로로 나올 땐 노인장의 오른쪽 발등을 제대로 한번 밟아주었다. 노인장 역시 가만히 있을 상대가 아니어서 범수가 고작 한 걸음을 옮기는 그 짧은 동안 무려 세 번이나 다리걸기를 시도했다.

화장실은 열차 진행 방향의 뒤쪽이었다. 들어가 화장실 문을 닫아걸었다. 깊게 한숨을 내쉬었다. 거울을 보니 얼굴이 시뻘겋게 달아올라 있었다. 가슴도 심하게 뛰었다. 바지를 내려 무릎을 살펴보았다. 시커멓게 멍이 들긴 했어도 연골이나 인대의 손상은 없었다. 그나마 다행이었다. 조금 전 오송역을 지나쳤으니 아직 시간은 충분하다. 잠시 후퇴하긴 했으나 차분히 전열을 가다듬고 돌아가 복수하면 된다. 복수하면 다 끝난다.

칠 년 전 가을이었다. 춘천댐 인근의 소규모 가두리 낚시터엔 밤안개가 자욱했다. 범수에게는 그 꿉꿉한 안개가 모두 제 마음 밑바닥에서 피어오르는 것 같았다. 오른쪽으로 다섯 걸음 떨어진 곳에 백발의 낚시꾼이 한 명 앉아 있었다. 그는 낚시에도, 안개 자욱한 날씨에도, 몇 시간 동안 미끼 한 번 갈지 않는 범수에게도 별 관심이 없어 보였다. 안개에 달빛이 난반사되어 주위를 뿌옇게 적셔놓았다. 그 몽롱한 달빛으로 인해 몇 가지는 기억에서 지워졌고 몇 가지는 선명하게 남았다. 지워진 것은 누가 먼저 말을 꺼냈고 그때 상대는 무어라 호응하며 대화를 이었는지, 어쩌다 낚시 얘기에서 승부 얘기로 화제가 옮아갔는지, 남자가 무용담이라고 떠벌이는 게 얼마나 허섭스레기 같았는지 따위였다. 선명하게 남은 것은 젊은 시절부터 사술(邪術)을 배워 해결사로 벌어먹게 된 사연, 오직 돈 때문에 남의 자리를 걷어찬다고 말하면서도 전혀 부끄러운 표정이 없던 낯짝, 특히 고개를 좌우로 갸우뚱거리는 그만의 독특한 버릇 등이었다. 둘 사이로 안개가, 침묵이, 자정이 지나갔다. 남자의 얼굴은 형편없이 늙어 있었다. 당연한 소리지만, 잠깐 차지했다 해서 그 자리를 영원히 소유하는 건 아니다. 어느 누구도 청담동 칵테일 바의 회전의자와 성북구 1014번 마을버스의 경로석에 동시에 앉을 순 없다. 보다 나은 이의 도전에 의해 혹은 보다 나은 의자에 도전하기 위해 우리는 매번 자신의 성채를 떠나야 한다. 그것이 비정한 하루하루를 살아가는 승부사의 운명이어서, 남자가 지난 수 년 동안 폭삭 늙어버린 건 매우 자연스러운 현상일지 모른다. 희미한 새벽 어스름이 번져올 무렵 범수가 물었다. 내가 누군지 아시겠어요? 남자는 수면에 떠 있는 찌를 주시한 채 고개를 두어 번 끄덕였다. 그럼 이

제 뭘 하려는지도 아시겠네요? 범수가 다시 물었다. 이번엔 고개를 끄덕이는 대신 범수를 향해 사지를 넓게 벌려 방어 자세를 취했다. 그리고 제 영역을 지키는 사마귀처럼 전신을 건들거렸다.

　그냥 허세였다. 무작정 찍어 내리는 힘만 평균보다 강할 뿐 횡력이나 관절 기술에 대한 이해는 대체로 형편없었다. 남자는 범수의 첫번째 기술조차 제대로 받아넘기지 못했다. 그토록 인상적이었던 냉정함 역시 저보다 하수와 겨룰 때에나 써먹는 모양이었다. 범수가 손이건 발이건 까딱할 때마다 백발을 휘날리며 꽥꽥 비명을 질렀다. 그 처절한 비명은 무려 한 시간이 넘도록 낚시터를 뒤흔들었다. 끈질기게 버텨서가 아니었다. 범수가 질질 끌며 최후의 일격을 미루었기 때문이었다. 하체의 근섬유막이 조각조각 찢겨나갈 땐 어찌나 있는 힘을 다해 악을 써대던지, 낚시용 간이 의자로 변한 뒤에도 뼈대를 이루는 알루미늄 파이프의 구멍에서 여전히 지질한 잔향이 들려오는 것이었다. 아침 새가 첫 울음을 울기 전에 범수는 승부를 마쳤다. 이어 큼지막한 자갈을 주워 뼈대를 깡깡 우그러뜨렸다. 폴리에스테르 천도 모조리 찢어발겼다. 그러고도 분이 풀리지 않아 더 모욕할 거리가 남아 있는지 이리저리 쏘아보았다. 어머닌 도대체, 하고 제 머리카락을 쥐어뜯었다. 도대체 왜 이따위한테 당한 거죠? 더 잘할 수 있었잖아요.

　화장실에서 나왔다. 입석 승객들 틈을 요래조래 뚫고 좌석 가까이 이동했다. 노인장은 아직 범수가 근처에 온 걸 눈치 못챈 상태였다. 오른쪽 허벅지로 범수의 좌석을 절반 가까이 점거하고는 태평하게도 휴대폰 조작에 열중이었다. 범수는 통로에서 껑충 도약해 자기 자리로 몸을 던졌다. 포물선을 그리며 빠르게 낙하하다가 골반 뼈의 모서리로 노인장 허벅지의 내측광근을 정확히 찍어 뭉갰다. 그것은 대단히 치명적이며, 또 그만큼 무례한 공격이었다. 평소라면 그런 투박한 기술은 사용하지 않았을 것이다. 하지만 예의를 차릴 때가 아니었다. 인정사정 봐줄 때도 아니었다.

불의의 일격을 당한 노인장이 급히 다리를 거두고는 끙끙거리며 제 공간으로 물러섰다. 그러면서도 기지개를 켜는 척 허리를 왼쪽으로 크게 돌려 팔걸이에 올린 범수의 팔뚝을 툭 미는 견제는 잊지 않았다. 범수 역시 가차 없이 노인장의 팔을 걷어내면서 괜히 기립해 배낭의 멜빵을 매만진 후 자리에 앉았다. 그러는 사이 노인장의 오른쪽 발끝이 대담하게 범수의 두 다리 사이로 침투해 들어왔고, 범수는 즉각 왼쪽 발목을 오른쪽 무릎에 올려 노인장의 허벅지를 밀며 균형을 빼앗았으며, 그와 동시에 시야가 가려진 틈을 타 아직 회수되지 않은 노인장 발목의 장비골근을 냅다 걷어찼다. 눈부신 공수전환이었다.

열차가 세종시를 통과하고 있었다. 한 시간도 못되는 짧은 여정이지만 벌써 수많은 날이 지나간 기분이었다. 피곤했다. 노인장은 우습게 볼 상대가 아니었다. 사실을 말하자면 굉장한 상대였다. 하나 다행인 건, 노인장의 움직임이 지나치게 교과서적이라는 사실이었다. 그에 반해 범수는 어려서부터 실전으로 단련되어왔다. 스승을 꺾은 후부터는 우연히 이웃한 상대와 겨루는 방식에서 탈피해 적극적으로 공간을 확보하고 다녔다. 떡볶이 가게, 전자오락실, 회전초밥집, 단란주점, 만원 버스, 지하철, 유람선, 극장, 기차, 비행기, 대학로 야외무대는 물론이거니와 청와대 비서실에, 이건희 집무실에, 비무장지대에, 여의도 순복음교회에, 고려대 문창과 사무실에 저만의 사적인 공간을 구축하며 살아왔다. 좌석표도 없이 KTX를 타고 다니는 촌부와는 비교될 수 없는 이력이다.

얼마나 먹어야 배가 부를까요? 유씨 할머니에게도 물어본 적이 있다. 새로 온 멋쟁이 할아버지의 공간을 뼈째 갈아먹고 있던 스승은 뜨악한 표정을 지었다. 혀를 쯧쯧 차며 반문했다. 배가 어떻게 부를 수 있다는 거니? 그 짧은 대화를 떠올릴 때마다 범수의 머릿속에는 경로당 앞 평상에서 오도카니 홀로 저물어가는 유씨 할머니의 모습이 배경처럼 겹쳐지곤 했다. 당시의 범수는 딱히 부정할 논리를 찾지 못했다. 아마 찾지 않았을 것이다. 복수를 향한 일념이 나머지를 모두 시시하게 만들었기 때문이다. 하지만 서산장로교회를 나와 수 년 동안 전국을 주유하면서 생각이 많이 바뀌었다. 세상에는 강한 사람이, 범수보다 훨씬 강한 사람이 많다. 그들 중 어떤 이는 개인이 아니라 집단이나 지역을 통째로 깔고 앉기도 한다. 그런데 그들 모두가 광활한 공간을 독차지한 채 외톨이로 살아가는 건 아니다. 최고로 강한 이들은 오히려 주변에 수많은 동료를 대동하고 인솔한다. 그런다고 공간의 소유권이 동료한테로 넘어가진 않는다. 그렇게 보이지도 않는다.

대전에서 기다리는 아가씨를 떠올렸다. 어느 비범한 밤의 기운을 빌려 서로가 서로에게 틈입해 들어가던 순간을 회상했다. 절정의 순간이 되자 아가씨의 내밀한 공간은 범수의 소유가 되고 범수의 섬세한 공간은 아가씨의 소유가 되었다. 그렇게 상대를 자신의 성에 초대함으로써 두 존재는 공평하게 중첩된 영혼의 형태로 새벽을 맞이했다. 범수가 밤새 깊은 숨을 몰아쉬었던 까닭은 공유라는 흥미로운 개념을 그날 처음 발견했기 때문이었다. 오랫동안 암송해오던 사칙연산과는 전혀 다른 수학이었다. 이제 범수는 그 밤 이전으로 돌아갈 수 없게 되었다.

열차가 드디어 세종시를 벗어나 대전 경계로 들어서는 중이었다. 역에 도착하기까지는 10분도 남지 않았다. 물론 시간은 별 의미가 없다. 승부가 갈리기까지 1초가 채 안 걸릴 수도 있고, 서너 시간의 노력이 필요할 수도 있다. 그것은 흔히 승부의 균형에 의해 좌우된다. 범수는 나무랄 데 없이 강했지만, 노인장도 결코 뒤지지 않았다. 사수하고 약탈하려는 두 승부사의 팽팽한 의지가 100km 넘게 유지되고 있었다. 서로가 서로에게 만만치 않은 상대였다. 하지만 의자의 주인이 둘일 수는 없는 법이다. 하나는 남고, 다른 하나는 사라져야 한다.

서로의 무릎 뼈가 빈틈없이 맞물려 혈류가 정지되었음에도 불구하고 다리 벌리기 기술을 유지하는 노인장의 사타구니 힘은 어처구니없이 강력했다. 대둔근과 연결된 장경골인대가 화강암으로 이루어진 모양이었다. 이 정도의 밀어내는 힘이라면 KTX에 무임승차할 게 아니라 지진 현장에서 빌딩 잔해를 들어 올려 수많은 인명을 구조할 수도 있을 것이다. 속절없이 버티기만 하던 범수의 왼편 반건양근이 부들부들 떨리더니 급격히 힘을 잃어갔다. 이미 너무 많은 근력을 손실한 탓에 자리에서 일어날 기운도 남아 있지 않았다. 게다가 노인장이 자기 팔을 팔걸이에 올려놓고는 수직으로 세워 턱에 괴어놓았기 때문에 주특기인 손기술 또한 시도할 수 없었다. 물론 노인장 역시 손기술을 쓰지 못하는 건 마찬가지였다. 다리기술의 한계는 하체에 힘을 과도하게 집중시키느라 팔의 전완굴근과 전완신근이 동시에 수축된다는 점이다. 손기술로 공격할 수도 없고 손기술로 방어할 수도 없다. 손을 움직이는 것 자체가 어려워진다. 그러니 만약의 곤경을 피할 요량으로 노인장이 자신의 척골을 이용해 단단히 결계를 쳐놓은 것이다. 무너뜨리려면 팔걸이와 연결된 팔꿈치 하부의 끄트머리를 먼저 공략해야 한다. 성공할 경우 노인장의 주관절은 좁은 팔걸이로부터 미끄러져 안쪽으로 향하며, 축적된 힘만큼의 맹렬한 속도로 저 자신의 대퇴직근을 찍어 누르게 된다. 몸의 무게중심이 일순 무너지리라는 건 말할 필요도 없다.

결정했다. 범수는 기지개를 켜듯 두 팔을 올렸다. 그리고 계산된 경로를 따라 가속해 끌어내리며 뾰족하게 접어 노인장의 팔꿈치를 가격했다. 제대로 들어갔다. 노인장의 주관절이 팔걸이를 벗어나 제 몸 방향으로 빠르게 미끄러졌다. 하지만 예상내로 진행된 건 거기까지였다. 팔꿈치가 봄 안쪽으로 들어온 만큼 손목관절을 바깥 방향으로 회전시켜 범수 쪽으로 쭉 뻗었던 것이다. 무슨 오징어도 아니고, 정상적인 신체를 가진 인간이라면 도저히 흉내 낼 수 없는 고난도의 기술이었다. 그 상태로 손목을 뒤로 젖혀 범수의 왼쪽 겨드랑이를 앞에서 뒤쪽으로 농염하게 파고들기 시작했다. 상체의 각도 또한 범수 쪽으로 22° 기운 상태였다. 이제 그 손목이 등을 타고 올라와 목에 닿으면 범수의 경추가 으스러지는 건 시간문제일 것이다. 귀에 대고 속삭이는 목소리에서 벌써 여유가 느껴졌다.

대전이네. 대전에 다 왔네.

엄청난 구취가 풍겼다. 하품 한 번 없이 입을 꾹 닫아 구강 세균의 독성을 축적해놓은 모양이었다. 그 독에 노출되면 기미가 끼고 모공이 넓어진다. 범수는 저도 모르게 고개를 반대편으로 돌렸다. 그 바람에 하체가 마비되고 왼쪽 어깨마저 장악당한 상황에서 시야조차 확보할 수 없게 되었다. 심각한 열세였다. 차창에 흘러가는 건물들의 고도가 점점 높아지고 있었다. 도심에 다가서는 중이었다. 새로운 나날이 약속된 도시였다. 거기에 모두 준비되어 있다. 범수를 위해 거기 모두 준비되어 있다. 열차에서 훌쩍 뛰어내리기만 하면 되는 것이다. 노인장의 손가락이 목 언저리에 닿았다. 으스러뜨리기에 적당한 제2경추, 축추(軸椎)를 찾아 더듬거렸다. 전율이 일었다. 흡사 벼락을 맞은 기분이었다. 벼락이 칠 땐 몸을 낮추는 게 안전하다. 천산갑처럼 웅크렸다. 파고 들어올 틈새를 최대한 줄인다면 무승부로 끝내는 것도 가능할 것이다. 범수는 호흡은 물론, 심방과 심실의 확장조차 제어하면서 몸을 단단히 수축했다.

그때 딩동댕, 하고 벨소리가 울렸다. 아가씨의 번호로 지정해 둔 실로폰 벨소리였다. 먹구름 가득한 하늘에서 한 오라기 은총을 발견한 심정이었다. 통화를 하는 동안에는 대응력이 심하게 약해질 수밖에 없는데, 대소변이 급할 때와 마찬가지로 그 불공정함을 내세워 잠시 휴전을 요청할 수 있기 때문이다. 한숨만 돌린다면 어떻게든 반격의 발판을 마련할 기회가 생긴다. 어쩌면 통화를 질질 끌어 대전역까지 무사히 갈 수도 있다. 이 괴물 같은 노인장에게서 멀리 도망치는 것이다. 벌써 객실의 스피커에서는 대전역에 도착한다는 안내 음성이 흘러나오고 있었다. 벨소리가 두번째 울렸다. 그저 휴대폰을 꺼내 보여주면 된다. 범수는 노인장을 향해 어깨를 으쓱해 보였다. 상황이 이러하니 별 수 없지 않겠느냐는 의미였다. 자진해서 공격력과 방어력의 수준 모두를 노인장이 알아차릴 만큼 대폭 낮췄다. 벨소리가 세번째 울렸다. 겨드랑이 안쪽을 파고들던 노인장의 완력이 살짝 느슨해졌다. 그걸 합의의 신호로 받아들인 범수는 붙잡힌 왼쪽 팔을 잽싸게 빼 의기양양하게 휴대폰을 꺼내 들었다.

눈앞이 컴컴해졌다. 머리카락을 비롯한 전신의 체모, 심지어는 내장의 융털까지 빳빳하게 곤두서버렸다. 아가씨가 아니었다. 아가씨한테서 전화 온 게 아니었다. 그렇다고 다른 사람한테서 온 것도 아니었다. 아예 제 휴대폰의 벨소리가 아니었다. 왼쪽 뒷주머니에서 꺼내 든 휴대폰은 격렬한 대결 중에 일찌감치 액정이 깨지고 배터리도 분리되어 있었다. 범수는 먹통이 되어버린 휴대폰을 망연자실 바라보았다. 노인장이 턱을 바짝 들이대고 깐죽거렸다.

아니네. 전화 온 거 아니네.

누렇고 끈적끈적한 구취가 거미줄처럼 뿜어져 나와 뺨에 얽혔다. 노인장의 팔은 어느새 범수의 겨드랑이 깊숙이 파고들어 전보다 단단하게 옭아매는 중이었다. 벨소리가 다시 울렸다. 소란 속에서 객실의 승객들이 하나둘 일어나 출입문 앞에 늘어서기 시작했다. 열차가 속도를 줄이며 대전역으로 진입하고 있었다. 벨소리가 다시 울렸다. 사정은 명백했다. 천안아산역에 닿을 무렵 울렸던 범수의 실로폰 벨소리, 도망쳐 화장실에서 머무른 몇 분, 그리고 다시 자리에 돌아와 공격을 재개할 시점에 노인장의 손에 들려 있던 휴대폰…… 벨소리가 또 울렸다. 노인장의 휴대폰에서 벨소리가 울리고 있었다. 딩동댕, 하고 실로폰 벨소리 알람이 울리고 있었다.

창밖 시가지를 구경하듯 태연한 주제에 밀고 들어오는 기세는 해일처럼 맹렬했다. 그러나 범수는 방어도 반격도 할 수 없었다. 벌써 절반 넘게 약탈당한 상태였다. 벨소리가 울렸다. 변이한

계선이 무너져 이제는 도망조차 불가능했다. 그럼에도 노인장은 범수가 혹시 빠져나갈까 봐 조바심이 나는지 퇴로를 차단하며 온몸으로 압박해왔다. 말랑말랑한 목소리로 중얼거렸다.

이거 그쪽으로 기우네. 늙으니까 몸이 자꾸 기우네.

지독한 늙은이였다. 경로사상을 자극해 우위를 다지려는 속삭임이 아니었다. 패자에게 던지는 비열한 조롱일 따름이었다. 기운이 썰물처럼 빠져나가고 있었다. 숨을 쉴 수가 없었다. 소화기관에 이어 호흡기관까지 멈춘 탓이었다. 벨소리가 울렸다. 내분비기관은 진즉에 당한 터라 값싼 눈물 한 방울 흐르지 않았다. 머지않아 감각기관마저 유린될 것이다. 그러할 때 의식은 바깥으로 완전히 미끄러지고 육신은 텅 빈 공간이 되어 의자에 겹쳐진다. 의자가 된다.

그 몇 초를 기다려주기도 아까웠던지 노인장이 서둘러 6D로 옮겼다. 그리고 불과 조금 전만 해도 범수의 무릎, 범수의 사타구니, 범수의 허벅지였던 공간을 깔고 앉았다. 시끄럽게 울리는 휴대폰 알람을 마침내 해제한 건 그 뒤였다.

영혼이 빠르게 달아나고 있었다. 온몸이 수직으로 도약하는 느낌이었다. 그 와중에도 범수는 가슴에 명멸하는 의식을 낱낱이 엮어, 대전 아가씨와 꼭 함께 머물길 꿈꾸었던 예쁜 카페와 인적 드문 거리와 달빛에 젖은 백사장을 그려보았다. 하지만 그것들은 어디로든 도망칠 수 있을 때에나 가능한 풍경이어서, 갖은 애를 다 써보아도 정작 떠오르는 건 구획도 분할도 없이 무한히 펼쳐진 새하얀 벽에 지나지 않았다. 그러니 쩔뚝거리는 여덟 살 아이의 어머니는 정말 이럴 수도 저럴 수도 없었겠구나, 하고 생각했다.

한 떼의 승객들이 빠져나가고 새로운 승객들이 몰려왔다. 노인장이 좌석에 몸을 깊이 파묻으며 범수의 팔꿈치를 꾹 눌렀다. 범수는 허리를 12° 뒤로 젖혀 아늑한 기울기를 제공했다. KTX 131호 열차가 대전을 떠나고 있었다.

티마이오스

내 이름은 초아, 네가 아는 세상의 저자야

자기공명 영상이 중앙 광장에 투사되었다. 제타의 대뇌피질 모식도였다. 기기의 감도를 확인하려 모두들 분주하게 움직였다. 만사브다르 한 명이 송출 장치를 잘못 건드리는 바람에 홀로그램이 조금 흔들렸다. 초아가 원래대로 맞추고서 괜찮다는 신호를 보냈다. 곁에 있던 하임달이 농담조로 말했다.

그것도 처음부터 예정되어 있던 거야.

초아는 언젠가 똑같은 상황에서 똑같은 농담을 들은 적이 있는 것 같았다. 하임달이 말하면 뭐든 그렇게 들렸다.

이윽고 렘수면 사인이 들어왔다. 제타의 무의식 속으로 미끄러지듯 진입한 초아가 준비한 서사를 흘리기 시작했다. 생물학적 종간(種間) 간섭에 관한 내용이었다. 수많은 핵심어들이 전자기 자극으로 바뀌어 제타의 측두엽으로 모여들었다. 베르니케 영역 전체가 빠르게 활성화되었고, 후두엽과 심지어는 두정엽까지 깨어나 공명했다. 그 분포는 무척 혼란스럽게 보였지만 늘 그랬듯 고유한 질서가 담겨 있었다. 자기 영상에 신탁처럼 마크가 올라왔다. 측두엽 내에서의 범주화 작업이 끝났다는 신호였다. 곧바로 전두엽 브로카 영역의 활동이 전개되는 동시에 제타의 중얼거림이 문자로 전환되어 수신되었다.

생물 간에는 감염을 통해 서로의 형질이 전파되어…… 새의 유전자에 적응한 감기 바이러스가 인간에게 옮겨오면서 다시 인간의 유전정보와 결합…… 긴 과정을 거쳐 이종 간의 유전적 장벽이 모두 사라지……

지켜보고 있던 만사브다르들이 일제히 만족한 표정으로 고개를 끄덕였다. 제타가 초아의 서사를 받아들인 것이다.

하지만 정작 초아의 얼굴은 굳어 있었다. 제타의 무의식에서 빠져나온 초아는 브레인스캔 데이터를 매 단락마다 반복해가며 관찰했다. 서사가 제대로 먹혀들었는지에 집중할 수 있으면 좋으련만, 초아에게는 어딘가에서 엿보고 있을 적대자 가야바를 방어할 책임까지 있었다. 사소한 오류라도 있다면 가야바보다 먼저 찾아내야 했다. 그러지 못할 경우 제타가 치명적인 위험에 빠질 수도 있기 때문이었다. 같은 영상이 여러 번 반복되었다. 서사의 종결, 그리고 제타의 독백, 서사의 종결, 그리고 제타의 독백.

뭔가 있다.

모두들 숨을 죽인 가운데 초아의 목소리가 중앙 광장에 울려 퍼졌다. 교차 감염을 진화의 핵심으로 보는 관점은 제타가 그간 알고 있던 지식과 상당 부분 충돌할 수밖에 없었다. 편도체의 반발 없이 납득하려면 대단히 긴 추론 과정이 필요했다. 당장 받아들이지 못하고 망설였다 하더라도, 그건 제타가 못난 게 아니라 합리적인 의심일 것이다. 하지만 제타의 뇌에서 발견된 것은 망설임이 아니라 추론의 명백한 단절이었다.

데이터에 의하면 시작은 순조로웠다. 서사가 측두엽에서 전두엽으로 흐를 때 뉴런 사이에 대량의 시냅스 회로가 형성되었고, 흥분전도 역시 전격적으로 활성화되었다. 제타의 뇌는 아무런 거부반응 없이 초아의 서사를 납득하고 확장했다. 첫번째 서사가 끝나자마자 곧바로 가로채서 자기만의 예를 들고 논리를 보충하여 아직 입력도 되지 않은 상위 단계의 서사에까지 도달했다. 거기까지의 눈부신 속도는 이제껏 흔히 보아오던 경이였다. 문제는 추론이 출력되는 독백의 과정에서 발생했다. 짧게 이어지는 독백 사이사이에 시냅스 회로가 폭발적으로 증가하는 부분이 있는데, 독백에 반영되지 않았을 뿐더러 심지어는 핵산 내에 기억흔적조차 남기지 않았다. 그 부분에 해당하는 내용만 감쪽같이 탈락한 것이다.

지도자 입실론 역시 눈치챈 모양이었다. 스스로 기기를 조작해 과정을 재생시킨 후 하나씩 검토했다. 그러다 문득 데이터의 흐름을 정지시켰다. 초아가 살펴보던 바로 그 부분이었다. 거기에 무언가 있었다. 제타의 무의식 영역에 사고의 일부를 삼켜버리는 뭔가가 숨겨져 있었다. 그리고 그 불순한 먹보는 분명히 제타 스스로에 의해 구축된 것이었다. 도대체 이 아이의 머릿속에서 무슨 일이 벌어지는 거지? 중앙 광장을 높이 둘러싼 천장에서 웅웅거리는 불길한 소리가 들려왔다. 먼 곳에서 날아온 힉스 구름이 우주의 중심, 가온에 부딪치는 소리였다.

제타의 꿈에 들어가 생명 진화에 관한 서사를 들려주기 시작한 게 고작 이틀 전이었다. 초아는 기존의 유전법칙에 오류가 있다는 의심을 심어놓았고, 그때부터 잠든 제타의 시냅스 회로는 깨어 있을 때만큼 활발히 성장하기 시작했다. 그와 같은 과정은 모두 뇌세포 내 핵산에 선명한 기억흔적으로 남았으며, 그래서 각성의 진행이 정상 범위를 넘어 가속될 때에도 누구 하나 걱정하지 않았다. 저 베일에 싸인 적대자 가야바만 제외하고는 가온의 만사브다르 모두가 그랬다. 신생 우주의 신이 될 아이라면 그 정도의 재능은 충분히 예상할 수 있는 일이기 때문이었다. 하지만 고작 두 번의 밤이 찾아오는 동안 조류독감이라는 단순한 실마리를 통해 유인원 계통도에 온갖 종류의 외부 생명체, 즉 타조와 쥐와 모기와 들개와 푸른곰팡이의 RNA 교환이 누락되어 있음을 설명하는 수준에 도달하자 분위기가 묘해지기 시작했다. 그리고 이제는 그 추론 과정의 일부가 어디론가 사라지고 있다는 사실까지 드러났다.

신호와 함께 메인시스템이 분석 결과를 알려왔다. 예상대로였다. 제타의 독백에서 대칭적 은유화 패턴이 발견되었다. 그런데 은유라니, 제타는 왜 하필 은유를 사용해 추론을 무분별하게 가속하는 걸까? 초아는 의아했다. 그 질문에 대한 답은 금방 얻을 수 있었다. 발견된 패턴을 입력해 추론 전체를 재구성하자 전두엽 피질의 규칙적 개입이 드러났다. 은유를 통해 무리하게 가속하느라 추론의 일부를 빼먹은 게 아니라, 은유를 이용해 추론의 일부를 고의로 감춘다는 뜻이었다.

그로써 의도성은 파악이 되었다. 이제 알아내야 할 건 은폐된 내용이었다. 독백에 포진한 은유 체계의 규모를 파악하기 위해 초아가 짧은 서사 몇 개를 추가로 전개해보았다. 하지만 입실론이 한발 앞서 교육을 종료시켰다. 흔치 않은 일이었다.

머쓱해진 초아는 하임달과 함께 가온의 옥상에 올랐다. 둘이 오랫동안 공유해온 버릇이었다. 탁 트인 옥상에서는 누구의 방해도 받지 않고 서로에게 속마음을 털어놓을 수 있었다. 까마득한 과거에 둘이 처음으로 대면한 장소도 바로 그곳이었다. 우주가 아직은 아기였고, 몸집을 불리기 위해 사방팔방으로 거대 성운을 쏘아 올리던 시절이었다. 하임달이 걱정스럽게 말했다.

가야바가 알게 될 거야.

벌써 알고 있겠지. 초아는 난간에 기대어 하늘을 쳐다보았다. 잠시 후 아쉬운 듯 덧붙였다. 그래도 조금 더 시도해볼 여지가 있었던 것 같은데.

서사를 통한 교육, 그것은 초아가 전적으로 담당해온 영역으로서 누구의 방해도 받지 않을 권한이 있었다. 물론 지도자 입실론의 판단을 의심하는 건 아니었다. 그의 논리는 언제나 아름다웠고 견해는 놀라우리만치 호소력이 있었다. 그가 조금은 지친 듯이, 다른 도리가 없지 않느냐는 듯이, 그러면서도 과감하고 단호하게 결정을 내리는 모습을 보고 있노라면 그 정도 수준까지 숙련하는 데 필요한 시간은 영겁에 달할 것 같았다. 초아는 이제껏 수없이 태어나고 죽어간 깨알 같은 후보들이 아니라 입실론이 바로 유일신에 가장 가까운 존재라 생각해본 적이 있었다. 그와 잠시라도 같이 있어보면 누구든 그렇게 생각할 것이다. 그런 입실론이 한걸음 쉬어 가는 게 낫다고 판단했다면, 일단은 믿고 따르는 게 현명한 자세다. 하지만 이번엔 못내 찜찜했다.

둘은 말없이 하늘을 바라보았다. 작은 별빛 하나 없이 온통 새카맸다. 우주가 오래전에 확장을 멈추고 붕괴의 단계로 돌아섰기 때문이다. 천체가 가온을 향해 광속에 근사한 속도로 오그라드는 터라 별빛에 흠뻑 젖어 노닥거리던 밤들은 흐릿한 추억이 되어버렸다. 이제 밤하늘을 보는 건 그저 목 근육의 긴장을 풀어주기 위함에 불과했다. 그럼에도 티 없이 순수한 어둠 속에는 저 옛날 우주가 맹렬하게 확장될 때의 장엄한 풍경을 떠올리게 만드는 무언가가 존재하고 있었다. 이성이나 경험이랄 게 거의 없었던 당시의 초아는 경악에 가까운 감동에 휩싸여 하임달의 삐쩍 마른 손을 붙잡고 가온의 옥상을 깡충깡충 뛰어다니곤 했다.

이제 그러한 날로부터 영원에 가까운 시간이 흘렀다. 많은 것이 쌓이고 겹치면서 중요한 것들은 더욱 중요해졌고 사소한 것들은 더욱 사소해졌다. 흥분한 아이를 가르치면서 자제와 인내를 배웠고 슬픈 아이를 가르치면서 위로와 공감을 배웠다. 그렇게 쌓아올린 기억이야말로 초아가 품고 있는 자부심의 원천이었다.

그러나 얼마 남지 않았을지언정, 미래는 여전히 다가오는 중이었다. 머지않아 초아를 비롯한 가온의 만사브다르 누구도 예상할 수 없는 일들이 벌어질 것이다. 대붕괴의 순간 중력은 무한에 가깝다. 내부 온도 역시 무한에 가깝다. 중력과 온도가 동시에 무한에 가깝다는 것은 심각한 물리적 모순을 의미한다. 즉 중력의 무한대는 절대온도처럼 입자의 움직임을 극도로 제한한다. 반면에 온도의 무한대는 입자들을 마음껏 날뛰게 만들고, 심지어는 고유한 진동 패턴까지 바꾸어 전혀 다른 성질을 가진 입자로 전환시켜버린다. 그 터무니없는 지점을 통과할 수 있는 존재는 단 하나뿐이다. 그리고 이제 그 단 하나의 존재, 제타가 준비를 거의 마쳐가고 있었다.

그래서 좋은 걸까?

하임달이 중얼거렸다. 무너지는 우주, 흑체가 되어 아무 빛도 반사하지 않는 하늘을 정처 없이 방랑하는 목소리였다. 보이지 않는 먼 곳에서 두 개의 해변이 만나고, 크고 작은 역사들이 사라지고, 물과 불이 뒤섞이면서 우주의 중심인 가온을 향해 빠르게 몰려오고 있었다. 이비자의 반짝이는 미소도, 치앙마이의 새벽

공양도, 룩소르의 굵은 모래, 천 년을 애송되어온 연가, 일곱 종류의 변증법, 조로아스터교와 원주율과 자본주의와 근친상간과 패러독스와 아우슈비츠가 급격히 오그라들어 좁은 공간에 겹쳐질 것이다. 그리고 그때가 되면 우주에는 유일신만이 남아 홀로 사유하게 될 것이다.

문득 하임달의 옆얼굴이 일그러진 것처럼 보였다. 하지만 그것은 근래 들어 빈번하게 발생하는 공간 왜곡에 의한 착시일 뿐이었다. 잠시 뒤 재배열된 하임달의 얼굴은 전과 다를 바 없이 개구쟁이 같아서, 초아는 그가 장난이라도 친 게 아닐까 생각했다.

모든 건 처음부터 이렇게 될 예정이었어

거대한 힉스 구름이 가온의 천장을 강타해 질량 폭발을 일으킨 다음 날이었다. 교육을 담당하는 만사브다르 수십 명이 중앙광장에 모여 제타의 중얼거림에 귀를 기울였다.

뛰어난 것들의 출현은 하찮은 것들의 출현과 마찬가지로 오류…… 그 계기는 우연이고 그 방식은 감염……

곧 졸업이네. 거의 다 온 거야.

하임달이 말했다. 초아는 고개를 끄덕이는 대신 독백에 담긴 의식의 연쇄를 하나하나 검토해나갔다. 하나의 의식이 다른 의식과 연결되는 과정에는 일정한 도약이 존재하기 마련이다. 그렇지 않다면 '왕이 죽자 왕비도 죽었다'와 같은 간단한 이야기를 작성할 때조차 무한에 가까운 페이지가 필요하게 된다. 지능이 낮은 존재라면 그 간격이 매우 좁고, 반대라면 횡설수설로 오해 받을 만큼 간격이 넓다. 제일 까다로운 건 간격이 멋대로 변하는 경우다.

제타의 중얼거림이 바로 그랬다. 지난 브레인스캐닝 과정에서 발견된, 추론의 맥락을 단절시키는 비대칭적 은유화 패턴은 더 이상 사용되지 않았다. 이번 중얼거림에는 그보다 훨씬 진화한 형태의 은유 체계가 적용되어 있었다. 광장 바닥에 매립된 연산장치가 핵심어 입력 순서에 따른 해마의 활성화 방식을 분석해 간격을 일정하게 조정함으로써 은폐된 내용을 해독하는데, 시간이 오래 걸리는 까닭은 제타의 은유 체계가 해부대와 시체와 메스로 이어지는 패턴 알고리즘, 해부대와 우산과 재봉틀로 이어지는 랜덤 알고리즘을 동시에 사용한 탓이었다. 제타는 수면 상태에서 그토록 복잡한 방식의 은유를 마치 모국어를 말하듯 작성해냈다. 더욱 놀라운 사실은, 전에도 그랬다시피 이 방식 역시 며칠 지나지 않아 변할 것이라는 점이었다. 하임달이 짜증을 냈다.

저 혼자 진화하는 은유라니, 대체 누가 가르쳐준 거야?

하나마나한 말이었다. 아무도 가르쳐주지 않았다는 건 하임달 스스로가 제일 잘 알고 있는 사실이었다.

짧게 신호가 울렸다. 단어들을 서로 치환해 범주에 따라 재배열하는 제타의 연산 속도가 임계치를 넘어서는 중이었다. 제대로 통제되고 있다면 제타의 독백은 초아가 입력한 서사를 납득하는 수준에서 멈춰야 하고, 꿈에서 깨어나는 즉시 알레고리로 변환해 몇 개의 단편적인 인상으로 남겨두어야 하며, 이후로는 거쳐 온 자질구레한 과정을 모두 잊어버려야 한다. 하지만 눈앞에서 실제로 벌어지는 것은 그보다 훨씬 정밀하고 논리적인 브레인스토밍이었다. 그래서 초아는 제타가 서사를 역행적으로 수용하는 게 아닐까 의심할 수밖에 없었다. 시간의 추이에 따라 주어진 서사 정보를 퍼즐 조각처럼 맞춰나가면서 결과와의 조응 관계를 분석하는 순행적 수용 방식과 달리, 역행적 수용 방식은 결과를 미리 알거나 추론한 상태에서 그에 필요한 서사 정보가 어떤 규칙에 따라 배분되는지를 거꾸로 파악한다. 예를 들어 한 아이가 물병을 깨뜨렸을 때, 그 사실을 모르는 부모는 아이가 말하는 바를 따라가다 결국 물병이 깨졌다는 결과를 인지하는 반면 그 사실을 미리 아는 부모는 아이가 어떤 식으로 변명하는지 유심히 관찰하며 들을 수 있다. 일반적으로 청자의 지적 능력이 화자에 비해 훨씬 우월한 경우에만 가능한 작업이어서, 초아로서는 앞으로의 남은 교육을 위해서라도 이 추측이 사실인지 여부를 확인할 필요가 있었다. 만약에 사실이라면 그것은 근사한 일일뿐만이 아니라 걱정스러운 일이기도 했다. 제타가 가온의 수준을 넘어서고 있다는 얘기가 되기 때문이었다. 첫돌을 맞을 무렵의 어느 백일몽에서 '운동'이라는 개념을 습득할 때에 비하면 천지 차이였다. 당시 초아는 자전거가 앞으로 나가는 방식을 제타에게 납득시키는 데에만 자그마치 이틀 분량의 서사를 작성해내야 했다. 그 아이를 새로운 후보로 지명한 입실론의 안목을 믿지 못했다면 당장이라도 손을 털고 가야바에게 넘겼을 것이다.

마침내 은유 체계의 해독이 끝나 독백에서 은폐된 데이터가 추출되었다. 공식도 아니고 문장도 아니었다. 그것은 이미지였다. 눈을 감고 있는 제타 자신의 얼굴 이미지였다.

이게 뭐지?

만사브다르들이 홀로그램을 보며 웅성거렸다. 초아는 이미지 대신 이미지의 매트릭스데이터를 훑어보았다. 그 데이터는 고정된 값이 아니라 변화하는 파동함수였다. 사진처럼 보이긴 하지만 동영상이라는 뜻이었다. 그러나 너무나 느린 속도여서 그 움직임이 무슨 의미가 있는지, 심지어는 의미가 있기나 한 것인지조차 알 수 없었다.

초아가 재생 속도를 올렸다. 일 년에 해당하는 움직임이 일 초에 흘러갔다. 영상에 변화가 없었다. 초당 백 년으로 올렸다. 역시 별다른 변화가 없었다. 초아는 연달아 단위를 끌어올렸다. 천년, 만 년, 억 년, 십억 년…… 그쯤 되자 움직임이 조금씩 감지되었다. 초당 100억 년. 이미지에 나타난 제타의 눈꺼풀이 부드럽게 열렸다가 다시 닫혔다. 잠시 망설이던 초아가 재생 속도를 초당 330억 년에 맞췄다. 그러자 제타의 눈이 번쩍 떠지고, 정확히 일 초 후에 다시 감겼다.

모두들 말을 잃고 제타의 얼굴 이미지를 바라보았다. 330억 년, 그것은 바로 대폭발에서 대붕괴로 이어지는 우주의 온전한 생애 주기였다. 어디에서 얻은 정보일까? 초아는 당황스러웠다. 자신이 들려준 내용은 분명히 아니었다. 하지만 짚이는 데가 있었다. 초아는 제타를 교육시키는 모든 서사의 저자였다. 만물이 태어나고 늙고 병들고 죽는 과정 전반에 대한 물리적이거나 영적인, 객관적이거나 주관적인, 일시적이거나 항구적인 서사 전부가 초아의 작품이었다. 그처럼 통제된 테두리 내에서 제타는 조금씩 세상을 학습해온 것이다. 그런데 초아가 준비해둔 서사 중에는 우주의 생몰이 330억 년 주기로 반복된다는 내용도 포함되어 있었다. 제일 상위 단계여서 아직은 미처 들려주지 않은 내용인데, 그걸 들켰을 수 있다. 요컨대 제타는 수면 중에 받아들인 부분만으로 전체 구조를 파악해 결말에 해당하는 내용까지 정확히 예측한 것이다. 서사 자체가 불필요해지는, 역행적 수용 방식의 가장 높은 단계였다. 말이야 그럴싸하지만 실제로 가능할 거라 생각해본 적은 없었다. 그저 이론일 뿐이라고 생각해왔다. 하지만 그 일이 방금 눈앞에서 벌어졌다. 초아는 제타의 깜빡이는 검은 눈동자를 망연히 바라보았다.

축하해야 하나?

정적을 깨고 하임달이 농담조로 중얼거렸다.

우린 지금 신생 우주의 유일신을 보고 있는 거야.

자정이 조금 지나 가온의 중앙 광장에서는 예정에 없던 파티가 열렸다. 도저히 자리를 비울 수 없는 몇몇을 제외한 대부분의 만사브다르들이 한자리에 모였다. 약속이나 한 듯 저마다 자신에게 제일 의미 있는 옷차림을 하고 온 탓에 우주가 일생 동안 드러냈던 갖가지 형태와 색이 한자리에 모인 것 같았다. 그들 모두는 제타가 보여준 경이에 몹시 들떠 있었다. 이리저리 흘러 다니며 대화를 나누었고, 대화가 끝나면 말없이 서로 악수하고 포옹을 했다. 그러한 접촉이 갖는 의미는 간결했다. 드디어 가온의 임무가 끝나가는 것이다. 현 우주에 집중한 이들은 우주의 응축이 곧 끝날 것이라 표현했고, 다음 우주에 보다 많은 관심을 가진 이들은 제타의 각성이 곧 완성될 것이라 표현했다. 어느 쪽이든 마찬가지였다. 그 둘은 반드시 함께 일어나기 때문이었다. 요컨대 하나는 다른 하나의 원인이자 동시에 결과였다. 함께 일어나는 사건은 한 가지 더 있으니, 바로 우주의 중심인 가온과 그 안을 거닐던 무수한 만사브다르들의 완전한 소멸이었다. 그들 각각은 위대한 유일신의 스승과도 같은 존재여서, 마땅히 일어날 일에 대해 슬퍼할 필요가 없음을 잘 알고 있었으나, 한편으로는 그러한 사실이 곧 라그나뢰크라는 시공간의 진정한 절멸 앞에서까지 굳게 평정을 유지할 수 있다는 뜻은 아니었다. 오랜 시간 동안 누적된 기억에 의해 감성이 마모되었다 해도 닥쳐올 미지의 상황에 대한 두려움은 어디 가지 않고 남아 있었다. 밤이 깊어질수록 분위기는 점점 비장해졌다. 모두들 제 앞에 선 이를 더욱 길고 애잔하게 껴안았다.

초아는 벽에 기대어 서서 천장 한가운데 적힌 가온의 문장을 물끄러미 바라보았다.

〈신은 태어나지 않고 길러진다.〉

유일신을 찾아내고 교육시켜 다음 우주에 대비하는 것이 가온의 유일한 임무이니 만큼, 천장에 붙여놓기에 이보다 적절한 문장은 없을 것이다. 또한 바로 그 때문에 초아는 평소처럼 다른 만사브다르와 어울리지 못하고 의기소침해하며 가온의 문장을 계속해서 바라보는 것이었다. 그런 사정을 알아차린 이는 많지 않았다.

자책할 필요 없다.

어느 틈에 곁에 다가온 입실론이 말했다.

제타 정도라면 첫 단어를 접하자마자 이야기의 결말을 알아차릴지도 모른다. 네가 부주의한 복선을 깔았던 게 아니다. 너의 실수가 아니다.

초아는 정중하게 고개를 끄덕였다. 그러나 제가 실수했다는 생각을 떨쳐버리기는 여전히 어려웠다. 그에 더해 초아의 마음속엔 한 가지 의문이 여전히 풀리지 않고 남아 있었다. 은폐된 내용이 해독되어 모두들 대수롭지 않게 지나친 모양이지만, 초아는 은유에 의해 가려진 내용보다 애초에 은유를 사용했다는 사실 자체가 의아했다. 은유란 사물의 상태나 움직임을 암시하여 지시 내용을 확장하거나, 혹은 지시하려는 정확한 내용을 암호화하여 외부로부터 보호하려는 목적을 가진 수사 전략이다. 렘수면을 통한 교육 방식이 전체에서 부분으로 진행된다는 점, 즉 확장된 상태로 들려준 내용이 학습자의 뇌에서 구체적 지시 대상으로 쪼개져 분석된다는 방향성을 감안한다면 전자보다는 후자일 가능성이 높다. 그렇다면 제타는 과연 누구로부터 제 의식의 흐름을 보호하려는 걸까? 설마 자신이 관찰되고 있다는 걸 눈치챈 걸까? 혹시 이 모든 게 가야바의 짓은 아닐까?

이런저런 생각을 하다 슬그머니 광장에서 빠져나왔다. 옥상에는 하임달이 무표정한 얼굴로 허공을 쳐다보고 있었다. 곁에서서 시선을 나란히 했다. 새카만 하늘이었다. 전엔 그렇지 않았다. 적색으로 빛나던 때도 있었고, 파란 별빛이 우박처럼 쏟아지던 때도 있었다. 어쩌다 새로운 은하가 광채를 쏟으며 태어날 때면 수많은 별똥별이 천구를 가르곤 했다. 그런 날의 하늘은 누가 뭐래도 최고였다. 하지만 언제부터인가 약속이나 한 듯 모든 빛이 사라졌다. 어쩌면 하임달의 정신에 있어 '종말'에 대한 자각은 그 무렵 이미 시작되었는지 모른다. 초아는 아무리 둘러보아도 어둠뿐이던 밤, 하임달의 낯에 들러붙어 지워지지 않던 텅 빈 표정을 떠올렸다. 그런데 정작 하임달은 다른 날을 떠올리고 있던 모양이었다.

많은 아이들이 나타나고 사라졌어.

하임달이 말했다.

나는 이놈이건 저놈이건 모두 좋아했기 때문에, 시스템에서 삭제되면 항상 내 가슴에 묻었어. 걔네들, 그 시간들 전부 아직 여기에 있어.

손가락으로 제 가슴을 톡톡 건드리며 하임달이 말을 이었다.

하지만 입실론이 어린 제타를 데려와 보여주었던 그날부터 많은 게 바뀌었지. 우리의 임무는 오랫동안 계속되었지만, 이 모두가 제타와 함께한 지난 십칠 년을 위한 거였어. 낯설어. 이런 이상한 기분은 처음이야. 내 가슴에 더 이상 아이들이 묻히지 않을 거란 사실도, 너와의 시간이 끝나간다는 사실도.

뭐라 대꾸를 해야 좋을지 알 수 없었다. 초아의 이성이 닿는 한 우주에는 낯설거나 처음이라는 게 존재하지 않는다. 그러니 하임달이 말하는 '이상한 기분'이라는 거, 그 역시 무한히 여러 번 반복되어온, 그러나 전혀 기억하지 못하는 어떤 정서일 것이다.

초아는 가만히 하임달을 바라보고 가슴을 내밀었다. 하임달도 초아를 바라보았다. 둘은 발밑의 중앙 광장에서 수많은 동료들이 그러하듯 서로를 껴안았다.

우리가 언제 다시 포옹할 수 있을까?

초아가 물었다.

하임달이 웃으며 대꾸했다.

330억 년 후, 우리의 제타가 막 각성에 도달하기 직전.

그것은 논리보단 신앙에서 나온 대답이었다. 초아도 웃으며 덧붙였다.

맞아, 바로 이 옥상에서.

하늘이 새카맣게 무너지고 있었다.

그래서 좋은 걸까?

하임달이 문득 중얼거렸다. 힉스 구름이 가온에 바짝 다가와 있었다. 노출되면 곧바로 질량 폭발을 겪기 때문에 더 이상은 옥상에 올라와 노닥거릴 수 없었다. 그 밤이 마지막이었다.

다른 밤은 남아 있지 않았다.

네가 웃으면 온 우주가 따라 웃었지

원형 천장에 균열이 생기기 시작했다. 벌어진 틈새로 온갖 종류의 원시 이온이 쏟아져 들어왔다. 이따금 메인시스템이 오작동을 일으켰고, 신체의 크고 작은 이상을 호소하는 만사브다르들도 늘어났다. 곡률의 급격한 증가로 인해 시공간이 왜곡되는 경우 역시 적지 않았다.

라그나뢰크가 다가오는 중이었다. 이제 곧 물은 증발한 채로, 불은 타오르는 채로 얼어붙을 것이다. 위대한 가온도 대붕괴의 운명에서 벗어날 수 없다. 단지 그 순간 멸망 속에서 창조의 질서를 주관하는 존재가 그 아이, 제타이기만을 바랄 뿐. 그러한 단 하나의 희망이 어수선한 분위기 속에서도 가온의 구성원들을 흔들림 없이 결속시켜주고 있었다.

죽은 별들이 몰려오는 속도가 광속에 가까운 탓에 평범한 관측으론 언제쯤 그들이 가온에 도달할지 알아낼 수 없었다. 다만 빛보다 빠른 전달 물질이 존재하지 않는다는 건 평면 우주에나 적용되는 말장난일 뿐이어서, 곡률이 무한대로 팽창한다면 물리적 거리 너머에 분포하는 단자(單子)의 밀도에도 변화가 생기기 때문에 이를 측정해 우주 공간이 중첩되는 속도를 유추할 수 있었다. 그와 같은 계산에 의하면 우주의 전 경계가 한 점에 모이는 대붕괴 시점까지의 남은 시간은 고작 일주일에 불과했다. 하지만 그 값은 정확한 시각이 아닌 예상 시각을 나타내고 있어서 초아로서는 제타와의 마지막 수업 일정을 정하기가 어려웠다. 초조함과 지루함 사이를 하루하루 종횡할 따름이었다.

딱 한 가지 서사가 남아 있었다. 제타가 은유를 이용해 자신의 얼굴 이미지로 표현한 놀라운 형상은 결말 부분에 해당하는 서사였지 결말 그 자체가 아니었다. 제타가 알아야 할 마지막 서사는 여전히 들키지 않고 순서를 기다리는 중이었다. 그것은 무한한 반복, 반복의 영원이었다. 가온의 어느 만사브다르도 이해할 수 없는 내용이었다. 서사의 화자인 초아 역시 이해하지 못하는 건 마찬가지였다.

모든 것이 반복된다. 하지만 의식의 자유로움이, 그 방향과 순서가 330억 년 전에도 똑같았고 330억 년 후에도 똑같을 것이라는 사실을 이해하기란 몹시 어려운 일이다. 그것은 이성이 아니라 감성의 문제다. 이성은 그걸 어렵지 않게 받아들일 수 있다. 요컨대 우주에 존재하는 만물은 서로 연결되어 있어 상호 긴밀한 영향을 미치고, 그 고리를 추적하다 보면 항상 대폭발 시점에까지 거슬러 올라가게 된다. 그런데 대폭발 직전에 우주가 작은 씨앗 속에 갇혀 있을 때는 그 밀도가 무한이라서, 소립자의 다른 배열이 있을 수 없다. 오직 한 가지 방식, 그러니까 무한을 허락하는 단 한 가지 방식의 배열만이 있을 뿐인데, 그래서 대폭발은 매번 똑같고, 그로서 생겨난 우주도 매번 똑같고, 그렇게 진행되어 다시 대붕괴로 이어지는 역사도 매번 똑같다. 완전히 동일한 조건에서 발사되어 날아간 총알이라면 완전히 동일한 지점에 떨어질 수밖에 없는 것과 같은 이치다. 물리적으로는 이처럼 설명이 가능하지만, 여기에는 상식을 거스르는 난처한 문제 하나가 숨어 있다. 미래에 내려질 판단까지 모두 예정되어 있다는 그리 유쾌하지 않은 사실을 온전히 받아들여야 하는 것이다.

신 이외엔 어느 누구도 이해할 수 없는 무한한 반복, 반복의 영원에 대한 시적인 암시. 그것이 바로 초아가 수행해야 할 마지막 수업인 동시에 그 스스로도 이해하지 못한 채로 들려주어야 할 유일한 서사였다. 초아는 제타를 믿었다. 이제껏 그가 어린 제타를 가르쳐왔지만, 제타가 알아야 할 모든 내용을 직접 전수해왔지만, 제타가 머지않아 초아 자신조차 궤변이라 여기는 것까지 이해하는 수준에 도달할 것임을 믿었다. 초아를 비롯한 가온의 만사브다르들은 바로 그 직전까지만 동행할 뿐, 대붕괴를 가로지를 최후의 성찰은 오롯이 제타의 몫이었다. 그게 언제냐 하는 문제만 남아 있을 뿐이었다. 기나긴 오후가 어느덧 밤으로 바뀌면 초아는 또 한 번의 안도한 마음이 되어 제타의 가지런한 심장박동에 귀를 기울였다. 그럴 때면 밀물처럼 쏟아지는 우주의 신음 소리까지도 잠시 시간의 틈새에 침잠하는 것 같았다.

추론 과정의 일부가 은폐되었던 일을 트집 잡아 가야바가 움직일 거라고 예상은 했었다. 그러나 실제로 벌어진 일은 모두의 생각보다 과격했다. 화재가 발생해 제타의 가옥 일부를 허물어버린 것이다. 불은 삼십 분 만에 진화되었지만 아끼던 도서를 비롯해 특히 개인용 컴퓨터에 담긴 모든 프로그램이 소실된 바람에 제타가 크게 낙담했다.

초아는 화재의 원인으로 전력 과부하에 의한 누전이라는 서사를 부여했다. 제타는 별다른 저항 없이 납득했다. 이어 가온의 동료들이 제타의 생체 신호를 상세히 주시하는 한편으로 무기력한 상태에 오래 갇혀 있지 않도록 일광을 비롯한 기상 환경에 가중치를 주었다. 그렇게 나흘이 지나 안팎이 얼추 정리되자 제타는 전보다 성능이 뛰어난 새 컴퓨터를 구입했다. 그리고 직접 고안한 자동 연산자를 돌려 코딩을 시작했다. 프랙탈 전개의 알고리즘을 복소수 체계와 연동시켜놓았기 때문에 자동 연산자가 어떤 소스 코드로 구동될지 가온에서는 정확히 예측할 수 없었다. 가온의 기술이 부족해서가 아니었다. 그 불확정성이 바로 만물의 거스를 수 없는 법칙이었다. 제타의 자동 연산자는 제타가 잠이 들거나 심지어는 컴퓨터의 전원이 차단된 상태에서도 자연에 존재하는 가장 순수한 우연보다 더 우연적인 방향으로 기능을 확장해가며 컴파일러의 오류를 수정하고 오브젝트 파일의 효율성을 갱신했다. 하루가 지나기도 전에 전보다 훨씬 강력한 성능과 보안 기능을 갖춘 실행 파일 하나가 만들어졌다. 제타가 손가락

끝으로 탁, 엔터키를 눌렀다. 가야바가 졸지에 바보가 되어버리는 순간이었다.

과연 대단한 일이었지만, 그걸 보며 초아는 불편한 기시감을 느꼈다. 물론 기시감이란 초아와 같은 가온의 만사브다르에겐 썩 잘 어울리는 단어가 아니다. 우주의 전 생애에 해당되는 기간 동안 누적된 기억은 그 무게로 인해 저절로 붕괴할 수밖에 없기 때문이다. 그러할 때 전부를 기억한다는 말은 전혀 기억하지 못한다는 말과 동일한 의미가 된다. 개별 현상에 대한 경험적 지식이 아니라 온전한 통찰로 바뀌는 것이다. 그럼에도 불구하고 몇몇 특정한 기억은 결코 다른 형태로 변질되지 않은 채 가슴 한구석에 선명히 남아 있었다. 이를테면 그간 명멸했던 수많은 유일신 후보 중 '그'에 대한 기억처럼 말이다. '그'는 이미 십대 초반에 질량의 허구성을 간파하여 자기장이건 복사파건 방사능이건 단일한 에너지의 각기 다른 양식임을 이해했고, 물질이란 잉여의 에너지가 우연히 뭉친 형태임을 터득했으며, 이십대에 들어서면서부터는 영혼이 관점의 집합이라는 사실까지 깨달았다. 이처럼 '그'는 제타만큼 혹은 제타보다 명민한 지성을 가진 데다가 섬세한 감응력까지 타고난 청년이었으나, 결국 가야바가 만든 함정에 빠져 스스로 죽음을 택했다. 당시 초아가 발산한 절망과 분노는 가온을 뒤덮고도 남아 입실론조차 통제할 수 없을 정도였다.

이제 초아는 '그' 또한 결국 사라질 운명을 지닌 한 명의 후보였을 뿐이라고 생각하기에 이르렀다. 눈앞에 제타가 있기 때문이다. 제타와의 만남처럼 불멸의 사건은 '그'를 비롯한 모든 파괴적인 감정의 격랑을 한낱 에피소드로 만들어버리는 법이다. 그러할 때 기시감 따위는 오히려 교활한 복선처럼 여겨지기도 한다. 무엇보다도, 신생 우주의 유일신을 교육시키는 작업은 일말의 동정이나 애정 따위가 허용되지 않는 엄중한 임무라는 사실을 오늘의 초아는 잘 알고 있었다. 숱한 장례를 치르고 나서야 얻어낸 교훈이었다.

이야기의 모든 절은 언제나 마지막 한순간을 위해 나열되니까

힉스 구름에 의한 내벽의 균열이 메인시스템의 안정성을 빠르게 잠식해갔다. 디지털 신호가 교란되어 가온 바깥에 파견된 만사브다르들과의 소통이 어려워졌고, 분당 수십 요타바이트에 달하는 제타의 브레인스캔 데이터 통신도 툭하면 끊어졌다. 그처럼 시스템이 정지된 시간이면 초아는 하릴없이 중앙 광장에 남아 마음을 졸이는 대신 공회당에 들어앉아 너덜너덜한 편지 한 장을 수없이 되풀이해 읽었다. 언제인지 기억도 나지 않을 만큼 오래전에 작성한 그 편지는 유일신에게 건네는 다정한 인사의 말로 시작되어 동일한 문장으로 끝났다. 초아는 편지를 받아든 유일신의 표정을 상상하고, 유일신의 눈으로 한 문장 한 문장 읽어나가며, 다 읽은 후에는 유일신의 입장에서 이해해보려 노력했다. 하지만 그러는 동안에도 초아는 제 편지가 결코 전달되지 못할 것임을 분명히 알고 있었다. 유일신 후보가 초아의 존재를 알아차리는 순간이 바로 모든 것이 끝나는 순간이며 동시에 모든 것이 시작되는 순간이기 때문이다. 때가 되면 편지는 수신자의 손에 닿지 못한 채 입자의 증기가 되어 무한히 작은 공간 속으로 겹쳐 들어갈 것이다. 그러니 애초부터 유실될 운명을 지닌 편지를 굳이 쓴 이유는 들어주길 바라서가 아니라 말하고 싶어서, 알아주길 바라서가 아니라 표현하고 싶어서였을지 모른다.

제타가 컴퓨터와 밀회하는 시간이 늘어날수록 디지털 분석실의 일감은 기하급수적으로 늘어났다. 근래 들어 수면을 통한 교육에서의 중얼거림이 잦아들었기 때문에 제타의 진도가 얼마나 나갔는지 확인하는 작업은 주로 컴퓨터에 저장된 메모의 은유를 풀어내는 방식으로 진행되었다. 물론 렘수면 상태에서의 중얼거림마저 은유화할 능력을 지닌 아이인지라 컴퓨터의 단순 연산 기능까지 더해진 은유는 전보다 훨씬 난해했다. 게다가 그 은유 체계 역시 64 연산 단위당 한 번꼴로 스스로 패턴을 바꾸며 진화해갔다.

해독이 진행될수록 은유의 형태는 더욱 복잡해져 중앙 광장에선 분석팀의 한숨 소리가 끊이지 않았다. 제타가 항시 분비하는 호르몬의 구성 비율과 브레인스캐너에 포착된 온갖 전기신호, 사소한 몸짓언어, 심지어는 홍채의 변화에 대한 분석 같은 기존의 업무까지 병행해야 하는 탓에 분석팀에 속한 만사브다르치고

혈색이 정상인 자는 없었다. 그것이 바로 어느 날 제타가 보낸 그토록 빤한 신호를 아무도 알아채지 못한 배경이었다. 그날 오후, 제타는 어떠한 사전 징후 없이 집을 나옴과 동시에 병든 할머니를 만나러 요양원으로 향했다. 가온의 입장에서 볼 때 요양원은 힉스 구름의 영향으로 사망자와 환자들이 가장 많이 발생한 구역이라 일손이 부족했다. 유휴 인력을 동원해 잽싸게 건물 내부를 정리한 뒤 주변 인물들을 배치하고 나자, 어찌된 일인지 제타의 변연계가 급격하게 활성화되기 시작했다. 전형적인 공포 반응이었다. 그러는 와중에 하필 브레인스캐너가 먹통이 되었고, 그래서 제타가 막무가내로 행선지를 바꿔 공공 도서관으로 가던 도중에 택시에서 내릴 땐 그가 느끼는 공포의 진원을 밝혀내기는커녕 다음 행선지조차 알아낼 수 없었다. 제타는 주위를 두리번거리다 대뜸 가로수 곁으로 걸어가 쪼그려 앉았다. 표정만 보면 겁에 잔뜩 질린 것처럼 어둡고 어두웠다. 브레인스캐너의 도움을 받을 수 없어 답답해진 초아가 중얼거렸다. 제타, 너 대체 무슨 걱정이 있는 거니? 제타의 머리 위로는 동네 교회에서 내건 현수막 하나가 바람에 펄럭거리고 있었다. 〈기도할 수 있는데 왜 걱정하십니까.〉 공백이 예상보다 길어지자 초아는 브레인스캐너가 작동을 재개할 때까지 제타의 정신 활동을 일시 정지시킴으로써 시간을 벌기로 결정했다. 하지만 바로 그 순간 제타가 벌떡 일어나 뛰기 시작했다. 격렬한 운동 중에 의식을 정지시키는 건 위험한 일이라 그대로 내버려둘 수밖에 없었다. 그런 식으로 거의 두 시간에 걸쳐 제타는 작정한 듯 무작위 행동 패턴을 보임으로써 명백하게 신호를 주었디. 일이 그 지경이었는데도 과로로 반편이가 된 분석팀은 제타의 이상행동에 담긴 의미를 발견하지 못했던 것이다.

물론 그 정도의 뒤치다꺼리라면 가온의 시스템이 충분히 커버할 수 있었다. 통신망이 원활하지는 않았지만 독립적인 수행판단 권한을 지닌 만사브다르 수십 명이 각각 자신의 팀을 이끌고 제타의 활동 반경 내 적재적소에 대기하는 중이기 때문이었다. 적절한 지역과 연대만 주어지면 산맥을 세우고 바다를 파고 문명과 주변 인물을 공급하며 최적의 교육 환경을 조성해온 이들이었다. 그들의 작업은 대단히 철저하고 완벽해서 심지어는 초아마저 그들이 가온의 바깥에서 암약하고 있다는 사실을 깜빡 잊기 일쑤였다. 문제는 그들 유령과도 같은 외부 만사브다르들의 능력이 부족한 게 아니라 그들의 능력이 요구되는 상황을, 그 빈도를 제타가 주도하기 시작했다는 점이었다.

거의 매 시간 출현하는 공간 왜곡 현상은 가온의 시스템 곳곳에 전자기 결락을 일으켰다. 천장에 난 틈으로 새어 들어오는 고밀도 단자 역시 큰 문제였다. 하루는 중앙 연산 장치에 들러붙은 적갈색 단자 덩어리를 제거하던 만사브다르 한 명이 순식간에 입자로 분해되는 사고가 발생했다. 분석 결과 그 적갈색 덩어리는 음으로 하전된 고밀도 소립자였으며 전자기력이 중력을 압도할 만큼 강력한 것으로 드러났다.

사고 이후 만사브다르 일곱으로 이루어진 비상대기조가 단자 피폭으로부터 제타를 보호하는 임무에 투입되었다. 초아가 내린 결정이었다. 단자의 과밀한 에너지장이 제타를 건드린다면? 그래서 제타의 정신이나 육체에 돌이킬 수 없는 손상을 입힌다면? 끔찍한 상상이었다. 수많은 아이들을 교육시켜왔지만 제타만 한 아이는 없었다. 게다가 이제는 시간이 얼마 남지 않았다. 마지막 순간에 등장한 최고의 아이를 놓친다면 우주는 대붕괴 이후 연속성을 잃고 영원히 플랑크 규모의 점 속에 갇히게 될 것이다.

상황이 그리 긴박하게 돌아가는 탓에 역사가 무한히 반복된다는 사실을 초아는 더욱 굳게 믿을 수밖에 없었다. 이 모든 역경은 330억 년 전에도 있었던 일이며, 자신이 현재 만사브다르의 일원으로 유일신 교육을 담당하고 있는 까닭은 그 당시에 일을 제대로 처리했기 때문이라고 믿었다. 그러한 믿음이 너무 강한 나머지 판단을 내리기 어려운 상황이 닥치면 어느 쪽이 현명한 결정일까 고민하는 일보다 어느 쪽이 지난번 우주에서 자기가 내렸던 결정일까 고민하는 일에 더 많은 시간을 쏟았다. 하지만 일단 그렇게 하고 나서는 한심하다는 생각이 들어 쓴웃음을 짓곤 했는데, 왜냐하면 그 스스로에게 세뇌하다시피 역사가 똑같이 반복된다면 이번에 내린 결정은 물론 결정을 망설이는 과정 또한 지난번 우주에서 틀림없이 겪었던 일이며 무슨 짓을 하더라도 그 틀에서 벗어날 수 없기 때문이었다. 초아는 무한한 반복, 반복의 영원을 교육시키기에 앞서 오래전에 제타에게 들려주었던 작은 복선 하나를 떠올렸다. 어느 천체 물리학자가 빅뱅과 빅크런치를 통해 무한히 반복되는 우주론을 구상한다. 하루는 식당에 가서 저녁을 먹은 뒤 주인을 부른다. 음식에 대한 칭찬을 늘어놓더니만 슬그머니 자신의 우주론을 설명한다. 설명을 들은 주인이 재미있다며 좋아하자, 본론으로 들어간다. 다음 우주에서도 이러한 상황이 똑같이 반복될 테니 음식값을 그때 치러도 되겠느냐고 물은 것이다. 주인은 흔쾌히 승낙한다. 이어 덧붙이기를, 지금 먹은 음식값은 다음 우주에서 치르되 지난 우주에서 먹은 음식값은 지금 치르라고 말한다. 결국 그 우주론을 보다 잘 이해하고 있던 건 천체 물리학자가 아니라 식당 주인이었다. 우주의 마지막 날에 즈음하여 제타가 그 농담을 제대로 이해할 수 있기를 초아는 진심으로 바랐다.

초아가 대비해야 할 위험은 힉스 구름과 공간 왜곡, 고밀도 단자 덩어리의 누수만이 아니었다. 적대자 가야바가 자신의 일에 너무 충실한 것도 큰 문제였다. 초아로서는 전혀 예측할 수 없는 시공간에 덫을 놓아 제타를 위협하고 괴롭혔다. 심지어는 수 년 전에 죽은 친구를 텔레비전 드라마에 단역으로 등장시키기도 했다. 그 친구의 죽음으로 당시 제타가 얼마나 괴로워했는지 뻔히 알고 있던 초아는 가야바의 잔인함에 혀를 내둘렀다. 제타가 멍하니 텔레비전을 바라볼 때 가온의 브레인스캐너는 격렬한 진폭을 그리며 위험을 알려왔다. 초아가 즉각 개입해 과도한 그리움에서 빚어진 착시라는 설명을 고안해냈고, 이어 하임달이 텔레비전 영상을 조절해 원래대로 되돌려놓았다. 엔돌핀 분비를 촉진시키고 공기 중 이산화탄소 농도를 올리는 등의 외부 작업도 동시에 이루어졌다. 잠시 후 평정을 되찾은 제타는 제 방에 들어가 사진첩을 어루만지며 눈물을 흘렸다. 다행히도 그쯤에서 수습되는 것 같았다.

초아는 점점 도를 더해가는 가야바에 대한 제재를 입실론에게 요청했다. 하지만 입실론은 묵묵히 듣기만 할 뿐 아무런 조치를 내리지 않았다. 물론 그럴 수밖에 없다는 건 초아도 잘 알고 있었다. 이제껏 신의 자질이 발견되어 가온의 교육 대상으로 등록된 아이는 단 한 명의 예외도 없이 가야바에 의해 심신의 약탈을 겪었는데, 그 이유는 역설적이게도 가야바 또한 가온의 핵심 만사브다르이기 때문이었다. 초아가 믿음과 통찰과 귀납의 서사를 창조하는 만사브다르라면 가야바는 의심과 함정과 역전의 서사를 주도하는 만사브다르여서, 전달 방식만 다를 뿐 둘은 동일한 이야기를 영혼 깊이 공유하고 있었다. 게다가 초아도 인정하다시피 정말로 중요한 것은 수없이 명멸하는 햇병아리들 각각을 어르고 달래는 것이 아니라 우주의 영속성 자체였다. 가능성이 큰 후보로 간주되었다 한들 조금이라도 빈틈이 발견되면 즉각 처치해버리는 것이 가온의 시간과 자원을 절약하는 최선의 방책이었다. 그렇게 본다면 제타의 삶에 수록된 가장 흥미로운 서사는 초아가 아니라 오히려 가야바에게서 나왔는지도 모른다. 〈신은 태어나지 않고 길러진다.〉 그 위대한 문장을 가온의 천장에

새긴 이가 적대자 가야바라는 건 만사브다르라면 누구나 알고 있는 사실이었다.

하지만 초아가 기억하는 한, 반대하는 팀에게 이토록 심한 경멸을 불러일으키고 지지하는 팀에게 열정적인 옹호를 받은 후보는 그동안 없었다. 제타는 고작 한 살이 되었을 무렵부터 가야바의 맹렬한 위협 속에서 자라왔다. 어지간한 아이였다면 오래전에 정신이 붕괴되었을 법도 하건만, 청년이 될 때까지 버텨왔다는 사실 자체가 유일신의 자질로 충만하다는 명백한 증거였다. 물론 라그나뢰크가 다가왔음을 직감한 초아의 헌신적인 보호가 없었다면 이야기는 많이 달라졌을 것이다. 제타가 눈도 못 뜨던 갓난아기일 때에는 1차원을, 기어다니기 시작하면서부터는 2차원을, 뛰어다니기 시작하면서부터 3차원, 시간의 흐름을 만나면서 4차원, 기억과 후회를 경험하는 5차원, 이어 명상과 예측으로 연결된 6차원을, 이처럼 조금씩 복잡해질 때마다 초아는 제 정신의 일부를 쪼개고 쪼개어 제타에게 투입하는 한편으로 가야바에 대한 적개심 역시 쌓아 올렸다. 초아는 가야바가 가온의 여느 만사브다르와 다를 바 없이 유일신의 출현을 고대하며 최고의 열정과 통찰력으로 자신의 임무를 수행한다는 사실을 잘 알고 있었다. 그러나 제타를 보호하려는 욕망, 안전하게 지켜내려는 욕망은 어떤 논리보다도 강했다. 그 영리하고 착한 아이, 신생 우주의 유일신을 위해서 초아는 조건 없이 헌신할 준비가 되어 있었다. 그걸 방해한다면 가야바 같은 최고위 만사브다르라 한들 가만히 내버려두지 않을 작정이었다.

그런데 입실론의 침묵을 접하고 돌아온 오후, 휴식을 위한 명상에 들어가기 직전의 어렴풋한 의식 속에서 초아는 제타를 향한 무조건적인 애정의 바탕엔 다른 후보들과의 비교 우위보다는 코앞에 닥친 마감의 탓이 더 클지도 모른다는 생각을 잠시 해보았다. 물론 그렇다고 달라질 건 없었다. 본디 주인공의 가장 중요한 덕목이란 적절한 시간에 출현하는 능력이기 때문이다.

모든 서사가 해체될 때, 너는 비로소 알게 될 거야

텔레비전 사건으로 쇠약해진 제타의 정신을 다독이기 위해 초아는 일주일이 넘도록 수많은 서사를 만들어 들려주었다. 그 바람에 정말로 들려주어야 할 마지막 서사는 자꾸만 뒤로 밀릴 수밖에 없었다. 그럴 여유가 있는지 확신할 수 없었기 때문에 초아는 매 순간 불안에 시달려야 했다.

라그나뢰크의 조짐은 도처에서 관찰되었다. 적대자 가야바가 입실론을 겁박하기 위해 가온에 찾아오는 일이 잦아졌다. 물론 입실론 외에는 가야바를 직접 보거나 만나는 일이 금지되어 있어 그의 외모며 목소리, 팀의 규모 따위를 알아낼 방법이 없었다. 가장 유력한 소문은 가야바가 순수한 에너지로 이루어진 무형의 만사브다르라는 것인데, 초아가 그 소문에 악의적으로 덧입힌 이미지를 말하자면 검은 기운이 모락모락 피어오르는 탄소덩어리, 이를테면 숯 같은 모양이었다. 그래서 오랜 시간 적대자 가야바를 생각할 때마다 잘 구워진 참숯이 떠올랐고, ㄱ 녀석을 물에 반쯤 담가 공회당 한쪽에 놓아두면 습도가 조절될 것이라 생각했다. 한편으로 하임달이 주장하는 가야바의 정체는 홀스타인 젖소인데, 아무리 캐물어도 근거를 대지 않았다. 근거가 없는 모양이었다.

가야바가 방문한 흔적은 언제나 입실론의 표정에 선명히 남았다. 입실론이 수심 가득한 얼굴로 중앙 광장에 나타나 데이터를 주시하면 얼마 지나지 않아 예정에 없던 폭력이 가해지거나 위험한 사고가 발생하거나 멀고 가까운 주변 인물들이 목숨을 잃어 가온에 송환되었다. 그 강도와 빈도가 너무 높아 제타가 당장 미쳐버린다 해도 이상할 게 없었다.

렘수면을 이용한 교육에서 제타는 더 이상 아무 독백도 하지 않았다. 놀라울 정도로 완고한 침묵이었다. 그래서 제타의 각성이 얼마나 진척되었는가 알기 위해서는 전적으로 퍼스널 컴퓨터에 남긴 메모의 은유를 해독하는 수밖에 없었다. 화재 이후 제타는 틈틈이 총 일곱 개의 메모를 남겼고 그중 여섯 개가 해독되었다. 각각 시간과 거리, 닫힌계, 감정, 부분과 집합, 기억과 의지, 우연에 관한 소고(小考)였으며 가온의 기대에 부응하는 수준의 성찰을 담고 있었다. 마지막 일곱번째 메모는 은유 체계가 무척 까다로워서 해독에 오랜 시간이 걸렸다. 은유의 모호성만으로 따지자면 제일 중요한 메모가 담겨 있을 게 틀림없었다. 그러나 은폐는 또한 드러냄을 전제로 하기 마련이어서, 결코 해독될 수 없는 암호라는 건 존재하지 않는다. 과연 하임달과 그의 분석 팀은 나흘이 지나기 전에 업사이드쿼크의 해밀토니언 스펙트럼이 키워드로 사용되었음을 밝혀냈다.

기발하네.

하임달이 감탄했는데, 그 감탄은 기실 제타가 아니라 제타의 은유를 격파한 저 자신에 관한 것이었다. 키워드의 진동 함수를 입력하자 은유에 심어진 자동 연산자가 스스로 압축을 해제하며 부풀어 오르기 시작했다. 하임달은 자랑스레 가슴을 펴고 손깍지를 뒤통수에 댄 채 확장이 끝나기를 기다렸다. 그리하여 마침내 메모 전체가 평범한 문장의 형태로 드러나기 직전, 하임달의 잘난 어깨 근육을 풀어주던 초아에게 급박한 보고가 날아들었다.

사고였다. 제타가 심각한 악몽에 노출된 것이다. 재빨리 중앙광장의 메인시스템에 기억을 불러와 홀로그램으로 재생시켰다. 요양원에 있는 할머니의 몸이 누런 거품이 되어 흘러내리다 천천히 가루로 변해 대기에 휘날렸다. 그리고 멍하니 지켜보던 제타의 입과 코로 스며들었다. 할머니는 입자로 붕괴되는 와중에도 자동인형처럼 깔깔거리는 웃음을 멈추지 않았다. 초아는 재생을 중단시켰다. 취향을 보아하니 가야바의 짓이 틀림없었다. 수없이 해온 수작이지만, 이번에는 도를 넘었다. 단자 접촉 반응을 제타에게 시연하는 건 결코 용납될 수 없는 행위였다.

황급히 제타의 침실에 숨겨진 폐쇄회로 데이터를 호출했다. 그 어둠 안에서 우려하던 일이 벌어지고 있었다. 제디가 아몽음 꿈으로 받아들이지 않은 것이었다. 그는 놀라거나 두려워하는 대신 깊은 슬픔에 젖어 있었다. 렘수면 상태의 감은 눈에서 눈물이 줄줄 흘러내렸다.

바로 그때 자동 연산자의 확장이 완료되었다. 하임달이 잠시 고개를 갸웃거리더니 용수철처럼 튀어 올라 전산망을 다운시켰다. 일순간에 메인시스템과 제타와의 연결 고리가 끊겼다. 중앙광장 한쪽에 투영된 영상에는 제타의 얼굴이 눈물에 젖은 상태 그대로 멈춰버렸다.

무슨 일이야?

초아의 물음에 하임달이 대답했다.

해킹을 당했어.

우리가 당했다고? 가야바의 짓인가?

아니, 하고 하임달이 더듬거리며 말했다. 그게, 제타야. 제타가 우리를 보고 있었던 것 같아.

모두들 홀린 듯 영상으로 시선을 돌렸다. 데이터의 흐름이 단절된 터라 정지된 채로 있어야 맞는데, 아무 변화가 없어야 맞는데, 놀랍게도 화면 속 제타의 얼굴이 천천히 일그러지는 것이었다. 그러다 갑자기 눈을 번쩍 떴다. 음향 장비에서 날카로운 목소리가 흘러나왔다.

왜 나를 괴롭히는 거지? 더는 못 참겠어. 너희가 원하는 대로 하지

않을 거야.

침묵이 흘렀다. 대수롭지 않게 지나쳤던 온갖 신호들이 재앙이 되어 한꺼번에 몰려드는 중이었다. 제타는 전부 알고 있었다. 평범한 독자치럼 서사를 받아들인 게 아니라 서사의 배경을 이루는 조항들, 예컨대 서사의 목적이나 가온이 돌아가는 상황, 초아의 담화 전략 같은 부차적인 정보까지 모두 파악하고 있었다. 저에게 부여한 서사를 통상적 픽션으로서가 아니라 메타픽션으로서 수용해온 것이었다. 그 모든 증거가 마지막으로 해독된 일곱번째 은유 속에 담겨 있었다.

끔찍한 일이 벌어지고 있는데도 그게 어떻게 가능한지조차 알 수 없었다. 하임달이 서둘러 메인시스템의 통제권을 초아에게 넘겼다. 초아는 주먹을 여러 번 쥐었다 펴면서 심호흡을 했다. 이윽고 시스템이 복구되자마자 동원할 수 있는 영상 감시 장치와 센서를 모조리 동원해 제타의 상태를 훑었다. 그런데 의미 있는 정보가 하나도 없었다. 장비는 정상인데 브레인스캐너를 비롯한 모든 생체 신호가 차단된 상태였다.

제타가 사라진 것이다. 아무 데도 없었다. 방금 전까지만 해도 눈물을 흘리며 누워 있던 침대에도 없고 집에도 없었다. 이따금 오래 머물곤 하던 공공 도서관에도, 심지어는 그가 사는 마을 어디에도 없었다.

어느새 입실론이 초아의 등 뒤로 다가와 상황을 지켜보고 있었다. 초아는 제타가 집으로 돌아가기 직전, 마을 외곽을 산책하던 시간에서부터 추적을 재개했다. 그제야 전에 보이지 않던 것들이 조금씩 눈에 들어왔다. 하임날이 옳았다. 제타는 만시브다르들이 자신을 감시하던 장비들의 데이터 전송 기능을 역이용해 이미 며칠 전부터 가온을 관찰해오고 있었다. 그러한 일이 있었다는 것도 문제지만, 그 사실이 이제서야 발견되었다는 게 더 큰 문제였다. 은폐의 수준으로 보아 실수로 들켰을 확률은 거의 없었다. 일부러, 저의 필요에 의해 드러냈다고 보아야 했다.

가온과 제타의 관계가 역전되었다. 이제는 제타가 정보 전달의 주체가 되었고 가온은 무기력하게 끌려가는 수신자로 전락했다. '어떻게'를 고민할 여유가 없었다. '왜'를 고민하는 것도 사치였다. 상대가 제타이고 일이 진행 중이라면 우선적으로 집중해 알아내야 할 것은 '어디서'와 '무엇을'이었다. 초아는 제타의 마을은 접어둔 채 곧바로 가온 내부를 뒤지기 시작했다. 이는 서사의 창조자로서 평생 가슴에 품고 있던 기준율에 의한 반응이었다. 말하자면 일체의 서사에서 그때·저기·그들을 말하는 이유는 지금·여기·우리를 말하기 위함인 것이다. 그건 옳은 판단이었다. 가온 외곽의 유체 저장실에서 미묘한 변화가 감지되었다. 정체불명의 침입자가 있었다. 그리고 천천히 죽어가는 중이었다.

입실론과 하임달, 그리고 초아는 단숨에 유체 저장실로 이동했다. 어린 제타는 자신의 주변 인물들이 한데 전시된 구역에 쓰러져 있었다. 이미 그 아름다운 검은 광채가 흐릿하게 사라진 눈으로 유년기에 헤어진 친구, 결핵으로 사망한 여동생, 어느 날 갑자기 사라진 어머니 등 제 인생에 간섭해왔던 온갖 주변 인물의 원형이 담긴 푸른 유리병을 가만히 바라보고 있었다.

초아가 제타 앞에 무릎을 꿇었다. 공산 왜곡을 이용해 가온에 침입했다면, 틀림없이 그랬을 테지만, 혈류가 뒤죽박죽이 되어 심장이 멎기까지는 고작해야 몇 분일 것이다. 희고 매끈했던 얼굴이 벌써 누렇게 타들어가는 중이었다. 초아는 가슴이 찢어지는 것 같았다. 이대로 마을로 돌려보낼 수는 없었다. 거기 가만히 놔둘 수도 없었다. 살려낼 수도 없고, 그렇다고 죽게 내버려둘 수도 없었다. 머리가 텅 비어버린 느낌이었다. 무작정 제타의 목덜미를 끌어당겨 품에 안았다. 그 외에는 아무것도 할 수가 없었다.

멀리서 쿵쿵 소리를 내며 누군가 달려왔다. 제타 곁에 서더니 망연자실한 표정으로 내려다보았다. 초아는 그가 누군지 단번에 알아차렸다. 그는 숯도 아니고 젖소도 아니었다. 남들이 얘기하는 무형의 에너지 덩어리는 더더욱 아니었다. 초아 자신과 기이할 정도로 똑같이 생긴 순백의 얼굴, 지난 330억 년 동안 어둠에 가려져 있던 적대자이자 입실론과 더불어 가온의 가장 중요한 만사브다르, 바로 저 악명 높은 가야바였던 것이다.

벽에서 수차례 진동과 함께 굉음이 울리더니 경광등이 요란하게 번쩍였다. 가온이 맥없이 찌그러지는 중이었다. 하임달이 가야바에게 달려들었다. 바닥에 쓰러뜨리고는 배 위에 올라앉아 미친 듯이 주먹을 휘둘렀다.

봐라, 네가 죽였다. 네가 이 세계를 파괴했다. 네가 이 우주의 영속성을 망가뜨렸다.

하임달이 뭉툭한 주먹으로 가야바의 얼굴을 내리칠 때마다 깡, 깡 소리가 사방에 울려 퍼졌다.

그것은 놀랍고 이상한 광경이었다. 가능한가? 우주의 영속성을 망가뜨린다는 게 정말로 가능한 일인가? 초아는 제 품에 안긴 제타의 시들어가는 얼굴에 정신없이 입술을 맞추며 자문해보았다. 라그나뢰크도 대붕괴도 얼마 남지 않았다. 압축될 대로 압축된 단자 덩어리들이 사정없이 가온을 뚫고 들어와 내벽을 타고 흘러내렸다. 이 노쇠한 우주의 끝자락에서 신생 우주의 탄생을 주관할 유일신이 없는 상태라면, 그렇다면 정말 이대로 우주의 영속성은 끝장나는 게 아닌가? 하지만 어떻게? 어떻게 그런 일이 벌어질 수 있지? 상황을 받아들일 수 없던 초아는 330억 년 전에도 이와 같은 일이 있었던 것이라고 절박하게 자신을 타일렀다. 그때도 초아는, 가온의 위대한 시스템은 무언가 절묘한 방법을 찾아냈을 것이다. 그게 아니라면 현재의 우주는 존재하지 않았을 테니까. 초아는 그렇게 믿으려 발버둥 쳤다. 그러나 이해할 수 없는 일을 진심으로 믿기란 어려운 일이었다.

이럴 순 없다. 이럴 순 없다. 적대자 가야바가 붉은 피를 뒤집어 쓴 입술로 중얼거렸다. 두 손은 아무 저항 없이 바닥에 늘어뜨린 채였다. 이럴 순 없다.

어두웠지만 경광등의 짧은 파장으로도 가야바의 얼굴에 드리워진 참담한 절망의 표정을 쉽게 읽어낼 수 있었다. 하임달이 몸을 일으켜 떨어지자마자 곧바로 가야바의 허벅지 부분에서 입자 분열이 발생했다. 단자 접촉 반응이었다. 어찌 말릴 틈도 없이 하반신이 붕괴되어 먼지처럼 휘날렸다. 마치 제 다리가 날아간 것처럼 통증을 느낀 초아가 급히 옷을 찢어 가야바의 골반 끝자락에 묻은 단자 덩어리를 털어냈다. 가야바가 만류하듯 초아의 팔목을 움켜쥐었다. 그리고 빠르게 말했다.

너도 알겠지만, 아직 끝나지 않았다. 이대로 끝나진 않는다.

그때 천장의 벌어진 틈새로 스며든 작은 단자 덩어리 하나가 가야바의 목에 떨어져 내렸다. 부근 세포들의 인력(引力)이 빠르게 붕괴되었다.

초아, 부탁한다.

그 말을 마지막으로 가야바의 남아 있는 몸뚱이 전체가 초아의 눈앞에서 희뿌연 입자로 휘발했다. 가온의 내벽이 수축하며 엄청난 굉음을 냈다.

아굴로 대피하라.

입실론이 쩌렁쩌렁 울리는 목소리로 외쳤다. 초아가 제타를 돌아보았다. 그는 이미 분해되고 있었다. 좌측 하악골 일부가 녹아내려 상한 우유처럼 흐르는 중이었다. 그걸 보자 속이 울렁거리며 머릿속이 하얗게 변했다. 혼란스러웠다. 그렇다면 이 아이는 처음부터 유일신이 아니었나? 혹은 유일신이었는데, 내 실수로 죽어버린 걸까?

입실론이 초아를 끌어당기며 외쳤다.

너는 최선을 다했다.

하지만 충분하지 않았어.

그렇게 대답하며 초아는 제 목소리가 몹시 낯설다고 생각했다. 누군가 자신의 무의식 속에 들어와 이 모든 서사를 들려주는 것 같았다.

훗날 다시 만나면 나를 기억할 수 있겠니?

유체 저장실을 뛰쳐나와 아굴로 향했다. 발이 자꾸만 엇갈리고 보폭이 뒤엉켜 몇 번이나 넘어질 뻔했다. 뜀박질이 서툴러서가 아니라 공간이 미시적 단위에서부터 휘어졌기 때문이었다. 매 초 빠르게 늘어나는 곡률로 인해 복도의 모든 면이 급격히 요동쳤다. 곁에서 달리는 하임달의 호흡이 가쁘게 들려왔다. 전설의 가야바에게 다짜고짜 덤벼들었으니 그럴 만도 한 일이었다. 지나치게 용감한 행동이었다. 만약 가야바가 방어를 하거나 혹은 제압하기로 마음먹었다면, 하임달은 순식간에 60리터의 개소주가 되었을지 모른다. 가야바는 그렇게 하지 않았다. 대신에 저를 향해 떨어지는 저 치명적인 단자 덩어리를 멍하니 바라보고만 있었다. 제타의 죽음 앞에서 초아도 낙담하고 입실론도 낙담하고 하임달도 낙담했지만, 가야바는 저 스스로를 구할 의욕마저 잃어버릴 만큼 깊고 깊게 낙담했던 것이다.

아굴은 미지의 장소였다. 모두들 우주의 전 생애에 해당하는 시간 동안 그곳에 대해 듣기만 했을 뿐, 어떻게 작동하며 그 공간이 어디까지 이어져 있는지 알지 못했다. 심지어는 가온에서 제일 현명한 입실론조차 그곳의 이름이 아굴이고 라그나뢰크의 순간에 가야 할 은신처라는 사실 외에 아는 바가 없었다. 그동안은 그것만으로도 충분했다. 그동안 아굴은 없는 공간이나 마찬가지였다. 하지만 이제 상황이 변했다. 모두들 아굴을 향해 뛰었다. 뒤도 안 보고 뛰었다.

외곽을 빠져나와 중앙 광장으로 접어들자 지옥이 펼쳐졌다. 동료들이 여기저기 쓰러져 신음을 토하고 있었다. 라그나뢰크가 시작되었음을 알리는 경고등이 붉게 점멸하는 가운데 만사브다르들의 비명과 절규가 광장을 가득 메웠다. 초아는 눈을 감았다가 떴다. 피붙이 같은 동료들이 고통 속에서 몸부림치고 있었다. 볼 수도 안 볼 수도 없었다. 초아는 다시 눈을 감았다가 떴다. 허리가 뒤로 꺾인 친구, 턱 아래가 녹아 줄줄 흐르는 친구, 사지와 목이 모두 분해되어 몸뚱이만 꿈틀거리는 친구가 보였다. 인력과 척력이 도치되어 팔다리가 튕겨 나간 친구, 옆구리의 커다란 궤양을 어떻게든 막아보려는 친구, 그러다 팔뚝이 환부에 들러붙은 친구, 골반뼈가 부풀어 허벅지를 찢고 나온 친구, 전신의 피부가 누런 포말로 변해가는 친구, 가슴이 모래처럼 쏟아져 내리는 친구, 그리고 천지에 들려오는 가온의 신음 소리.

하임달이 휘청거리더니 바닥에 나뒹굴었다. 단자 덩어리로 범벅이 된 왼쪽 다리는 이미 골막과 뼈가 분리되어 있었다. 오른쪽 다리도 너덜거리며 벗겨지는 중이었다. 머리에 충격을 빚았던지 눈 흰자위를 이리저리 굴리며 중얼거렸다.

초아, 내가 방금 뭐 하고 있었지? 여기 어디야?

상황은 하임달의 편이 아니었다. 귀밑에서 흘러나온 체액이 바닥에 닿지 못하고 작은 소용돌이를 만들며 증발했다. 이마에도 불길한 적갈색 덩어리가 잉크처럼 묻어 있었다. 이별을 직감한 초아가 무릎을 꿇고는 하임달의 뼈쩍 마른 손을 붙잡았다. 뭐라고 아무 말이나 해야 할지, 아니면 닥치고 귀를 기울어야 할지 알 수 없었다. 무한에 가까이 누적된 경험도 하임달과의 이별에는 아무런 도움이 되지 않았다. 하임달은 초아가 처음으로 눈을 떠 세상을 바라보기 시작한 바로 그 순간부터 곁에 있어왔다. 지금처럼 손을 잡고 있어왔다.

초아, 나 좀 일으켜줘.

그 말을 마치자마자 하임달의 얼굴이 폭삭 주저앉았다.

초아는 팔꿈치 부분에서 잘려나간 하임달의 손을 바닥에 내려놓았다. 마음이 견딜 수 없이 아팠다. 쪼그려 앉은 채로 본능처럼 제 가슴을 쓰다듬었다. 종이 한 장이 손에 잡혔다. 내 이름은 초아, 네가 아는 세상의 저자야. 오랫동안 간직해왔던 편지였다. 자꾸만 분해되려 해서 꽉 움켜쥐었다. 모든 건 처음부터 이렇게 될 예정이었어. 어차피 다음 우주로 전해지기를 꿈꿔본 적은 없었다. 무한히 반복되는 사랑을 표현하고 싶었을 뿐이다. 네가 웃으면 온 우주가 따라 웃었지. 정말로 그랬다. 하지만 믿었던 후보가 한낱 입자의 수증기로 증발하고 하임달마저 분해되어버린 이제는 그 안에 애써 담아둔 사랑이라는 게 너무도 초라하고 병신 같아 견딜 수가 없었다. 이야기의 모든 절은 언제나 마지막 한순간을 위해 나열되니까. 돌이켜보면 후회되는 게 너무 많았다. 수행하지 않은 작업 모두와 지나쳐버린 즐거움 전부가 끝도 없이 후회됐다. 모든 서사가 해체될 때, 너는 비로소 알게 될 거야. 가온이 제 목적을 이루지 못하고 멸망하는 중인데 넋 놓고 바라볼 뿐이었다. 모두 떠나버려 이제는 가진 게 하나도 없었다. 훗날 다시 만나면 나를 기억할 수 있겠니? 가진 게 정말 하나도 없었다. 초아는 눈을 깜빡이며 울기 시작했다. 내 이름은 초아, 네가 아는 세상의 저자야. 글자들이 종이 위에서 이리저리 미끄러지고 겹쳐지다 종내는 산산이 부서지며 휘발했다. 힉스의 짙은 연무가 광장에 내려앉고 있었다.

초아는 텅 빈 편지를 하임달이 있던 자리에 내려놓았다. 뒤돌아섰다. 뛰기 시작했다. 가온의 벽에 메아리처럼 부딪히는 질량 폭발의 굉음과 여기저기 널브러진 만사브다르의 주검을 헤치며 달렸다. 어찌 되었든 앞으로 나아가야 했다. 초아는 영원히 반복된다는 게 도대체 무슨 의미인지, 의미가 있기나 한 건지 이해해보려 미친 듯이 중얼거렸다. 이건 이미 330억 년 전에도 벌어졌던 일이다. 그렇지 않다면 내가 이렇게 존재할 리 없으니까. 그러니 나는 이 빌어먹을 짓거리를 견딜 수 있다. 견뎌서 신생 우주의 유일신으로 하여금 다시 이 우주를 시작하도록 도울 수 있다. 하임달을 만나러 가는 것이다. 이 모든 선 처음부터 예정되어 있었다. 초아는 생각에 집중했다. 제타는 이미 죽었다. 그렇다면 다음 후보는 누구인가? 답답한 나머지 수천 명이 한꺼번에 떠올랐다. 그 아이는? 아, 그 아이는 오래전에 죽었다. 그녀는? 아아, 그녀도 죽은 지 오래다. 그렇다면 그는 어떨까? 그는 제타만큼 영리하고 섬세한 후보며 아직 살아 있다. 하지만 마흔도 되지 않은 나이에 대머리에다 발기부전인 신세였다. 물론 우주의 유일신이 될 외양이 따로 있는 건 아니지만, 또 만물의 형상이 붕괴되고 빛마저 사라진 마당에 원형탈모나 발기부전이 도대체 무슨 상관이 겠느냐마는, 초아는 오랫동안 아름다움을 중요한 자격 조건으로 여겨왔는데, 왜냐하면 우주 자체가 너무나 아름답기 때문에, 그런 우주를 총체적으로 반영하는 유일신 역시 아름다우리라 철석같이 믿었던 것이다. 아무리 궁하기로서니 그와 같은 남자를 모셔다 신입네 조아릴 순 없는 노릇이었다.

힉스의 파도가 원형 천장을 때릴 때마다 충격파로 동료들이 몸부림쳤고 단자에 오염된 사지는 뒤틀려 떨어져나가거나 허옇게 분해되어 사방에 흩뿌려졌다. 라그나뢰크가 종반으로 치닫는 중이었다. 대붕괴가 코앞이었다. 누군가 초아를 불렀다. 정신을 차려보니 어느새 아굴로 이어지는 포탈과 마주하고 있었다.

초아, 안으로.

입실론이 외쳤다. 그의 곁에는 대학살에서 살아남은 두 명의 만사브다르도 함께 서 있었다. 초아는 문득 망설였다. 아굴에 들어가야 할 이유가 뭐지? 힉스와 단자로부터 피하기 위해? 하지만 그것들은 그저 대붕괴의 이른 신호일 뿐, 용케 피한다고 조금이나마 안전해지는 건 아닐 것이다. 빛의 속도로 붕괴하는 우주에서 안전한 장소가 있을 리 없다. 생각이 거기까지 미치자 초아는 입실론의 명령에 열패감을 느꼈다. 아굴에 들어가더라도 시간을 그다지 유예할 수 없고, 안전해지지도 않는다. 그곳은 은신처가 아니라 소멸을 기다리는 장소일 뿐이다. 작별을 공식화하기 위해 마지막 페이지에 인쇄된 '끝' 문자와 별반 다를 게 없지 않은가. 초아는 제 생각을 입실론에게 알리고 싶었다. 하지만 입실론의 표정이 너무나 결연해서, 그가 인도하는 저 안쪽에는 분명히 어떤 탄탄한 입자들로 이루어진 대피 공간이 존재하며, 그곳에서 새로운 계획을 도모할 수 있을 것만 같았다.

안으로.

입실론이 다시 외쳤다. 그러나 초아는 망설였다. 만에 하나 아직 방법이 남아 있다면, 그것은 아굴이 아니라 힉스와 단자가 소용돌이치는 저 위험천만한 중앙 광장에 있을 것이다. 메인시스템에서 아굴을 파악하지 못하듯 아굴에서 역시 메인시스템에 접근할 수 없다. 그런 상태로는 어떠한 작업도 가능하지 않다. 격리된 공간으로 들어가자는 입실론의 명령, 따라도 괜찮은 걸까? 그를 향한 존경의 문제가 아니었다. 가온의 고위 만사브다르로서 마땅히 스스로 판단해야 할 옳고 그름의 문제였다. 초아는 망설였고, 몇 번이나 뒤돌아 피바람 몰아치는 중앙 광장을 쳐다보았다.

초아, 어서.

입실론이 안에서 외쳤다. 결단을 촉구하는 세번째이자 마지막 명령이었다.

그리하여 초아는 마침내 입실론을 똑바로 보았다. 고개를 저었다. 처음이었다. 상대는 최고의 경험과 지성을 갖춘 지도자 입실론이었다. 그런 입실론을 향해 고개를 젓는다는 것 따위, 한 번도 생각해본 적이 없었다. 하지만 초아는 단호하게 고개를 저었다. 역사가 누적되면서 경우의 수가 발생한다. 시간이 흐를수록 경우의 수는 계속해서 늘어나며, 그러다 마침내 경우의 수와 모든 수가 동일해진다. 그때가 되면 역사는 참고할 가치를 잃게 된다. 초아는 자신이 바로 그 지점에 당도했음을 느꼈다. 반투명한 광자로 이루어진 포탈의 문이 초아의 눈앞에서 속절없이 닫혀버렸다. 뒤로는 지옥의 방사형 폭풍이 세차게 밀려오고 있었다. 아굴에 든 만사브다르들이 어쩔 줄 모르는 표정으로 초아를 바라보았다. 가장 먼저 눈치챈 건 입실론이었다.

초아, 하고 입실론이 입술을 뗌과 동시에 가온의 거대한 원형 천장이 송두리째 증발했다. 시커멓게 농축된 단자의 해일이 밀려와 초아의 머리 위로 쏟아졌다. 초아가 눈을 껌뻑였다. 그리고 마지막까지 살아남은 동료들을 한 명 한 명 유심히 바라보았다. 그들의 얼굴을 보고, 그들의 기억을 보고, 그들의 영혼을 보았다.

입실론의 목소리가 이어졌다.

너였구나.

말머리에 묻은 쉿소리는 탄식 같기도 했고 폭소 같기도 했다. 그것이 뭐든 상관없는 일이었다. 길고 긴 임무가 이제 성공적으로 끝났다는 사실을 깨달았기 때문이다.

다음번 우주에서, 나는 또 이렇게 놀라겠지?

담담한 나머지 흡사 농담에 가까운 입실론의 목소리는 음파를 실어 나르는 소립자 하나하나의 배열까지 포함해 완전히 동일하게 과거에 벌어졌던 사건이며 또한 완전히 동일하게 미래에도 벌어질 사건이다. 절망과 경이와 안도의 눈빛이 포탈을 사이에 두고 교차한 직후, 짧은 굉음과 함께 우주에서 가장 고결한 만사브다르를 담고 있던 공간이 급격하게 우그러졌다. 처음에는 면으로, 다음에는 점으로, 그리고 끝내는 애초에 그랬던 것처럼 자잘한 몇 개의 소립자로. 의식과 기억과 영혼 전부가 엄청난 압력 속에 축소되어 사라졌다. 그 순간 초아는 황홀에 휩싸여 손을 들었다.

멈추어라.

그러자 전 우주의 에너지가 씨앗처럼 한데 뭉친 모습 그대로 멈추고, 대붕괴의 날카로운 절정이 펼쳐졌다. 초아는 조금 전까지 동료들이 머물렀던 가온의 광장을 떠올렸다. 그들과 나누었던 대화, 주고받은 감정, 공유했던 작업을 떠올렸다. 그것들은 현 우주의 마지막을 장식하는 인상인 동시에 장차 생겨날 우주의 질료, 다듬어지길 기다리는 초고가 될 것이다. 씨앗이 지닌 지극히 여성적인 감촉을 통해 초아는 지난 330억 년의 역사 모두가 저 자신에게 들려준 한 편의 서사였음을 알았다. 조금은 쓸쓸한 기분이었다. 하지만 탄식의 짧은 그늘을 빠져나오며 각성이 완료된 초아의 이마에는 불타오르는 위엄 외엔 아무런 여백이 남아 있지 않았다. 역시 처음부터 예정되어 있던 일이었다.

부피가 없는 공간, 흐름이 없는 시간이 주위를 감싸고 있었다. 초아는 만물과 합일하여 죽음 같은 명상에 진입했다. 변하는 건 어디에도 없으며 머물러 있는 것도 없음을, 시작과 끝은 항시 이어지고 서로 맞물려 있음을, 또한 우주란 공(空)의 수없이 중첩된 형태여서 생성도 절멸도 공유함을 이해했다. 그렇게 저 자신의 모든 국면을 남김없이 이해했다. 이어 선명한 마침표를 찍는 대신 무한한 반복, 반복의 영원을 베일처럼 드리움으로써 종말의식을 완성했다. 그러자 씨앗에 톡톡 균열이 생기며 맹렬한 섬광이 터져 나왔다. 초아는 불멸의 임무와 임무에 부여된 권능과 그 모두를 아우르는 고단한 기억으로부터 스스로 자유로운 존재가 되어 새로이 눈을 떴다.

거기에 빛이 있었다.

내 이름은 초아, 네가 아는 세상의 저자야

별빛 가득한 가온의 옥상이었다. 우주를 확장하기 위해 붉게
날아가는 거대 성운을 등지고 누군가 서 있었다. 잠시 망설이더
니 쭈뼛거리는 걸음으로 다가왔다. 개구쟁이처럼 생긴 꼬마였다.

안녕, 니 이름이 뭐니?

그 아이가 삐쩍 마른 손을 내밀며 말했다.

나는 하임달이라고 해.

Q. E. D.

첫번째 노트는 파이(π)에 관한 이야기로 시작된다.

원주율의 근사치를 구하는 건 인류의 오랜 숙제였다. 대충 3으로 합의하고 넘어간 고대사회와 달리 시라쿠스의 아르키메데스는 실진법이라는 중노동을 통해 $\frac{3.1}{71}$ 과 $\frac{3.1}{70}$ 사이의 어느 값으로 추정했다. 이어 5세기엔 중국에 조충지가 나타나 무려 소수점 여섯번째 자리까지 정확한 $\frac{355}{113}$ 를 추출해냈다. 이들처럼 시대를 훌쩍 뛰어넘은 극소수 영웅을 중심으로 화려하거나 또는 어두운 군상들이 다양한 수학적 사연들과 함께 여자의 노트에 기술되어 있다.

도전은 그 지점에서 오랫동안 정체되어 있었다. 시대적 한계였다. 파이의 값을 보다 세련되게 드러내기 위해 인류는 신의 사랑을 받은 천재를 기다려야만 했다. 이윽고 천 년이 지나 뉴턴과

라이프니츠가 등장해 미적분이라는 강력한 무기를 고안해냈고, 공격은 재개되었다. 그레고리, 케랄라, 월리스 같은 인물들이 앞다투어 파이의 값을 한결 간단하고 명확하게 정의했다. 여자의 첫번째 노트에는 그 아름다운 무한급수의 프레임이 깔끔한 필체로 정리되어 있다.

수학사를 그저 꼼꼼하게 따라가기만 한 건 아니었다. 왜 이처럼 많은 사람들이 파이에 매달렸는지, 혹은 파이가 왜 중요한지에 관한 나름의 견해가 발자취처럼 주석으로 달려 있다. 수학을 하는 사람에게 파이는 결코 피해갈 수 없는 기호다. 좀더 정확한 값을 구하려는 단순한 목적 때문이 아니다. 이미 19세기 중반에 수학자들은 소수점 아래 500자리까지의 파이 값을 결정했는데, 캐나다의 보웨인 형제에 의해 계산된 바로는 당시 알려진 우주의 둘레를 측정할 때 그 오차를 수소 원자 반지름보다 작게 하려면 소수점 이하 39자리로도 충분하다. 말하자면 실용적인 수준은 한참 오래전에 넘어선 것이다. 문제는 파이가 단지 기하학의 영역에만 국한되는 값이 아니라는 점이다. 각을 일상적인 단위인 '도'보다 파이에 기반을 둔 '라디안'으로 표현하는 것이 훨씬 편리하다는 사실이 밝혀진 이래, 파이는 삼각법의 핵심 도구가 되었다. 또한 파이는 초월수 'e'와 오일러의 저 혁명적인 항등식을 통해 허수와 불가분의 관계로 자리 잡았다. 오일러는 무한곱과 무한합에 대한 결과를 삼각함수 $\sin(x)$와 결합시켜, 〈바젤 문제〉로 알려진 무한급수의 합이 정확히 $\frac{\pi^2}{6}$임을 밝혀내기도 했다.

파이는 심지어 확률론에도 깊숙이 개입한다. A만큼 떨어져 있는 평행선들이 그어진 테이블 위에 길이가 A인 바늘을 떨어뜨리면 바늘이 평행선을 교차할 확률은 정확히 $\frac{2}{\pi}$로 알려져 있다. 말하자면 π라는 간단한 기호는 수학의 심장인 것이다.

첫번째 노트에는 소수점 이하 몇백만 자리까지 나아가도 전혀 규칙성이 발견되지 않는 파이에 대한 호기심과 애정, 그리고 경외감이 가득하다. 노트의 중간 부분에 이르면 각종 공식과 설명들, 의문점 등이 다소 산만하게 기록되어 있다. 이는 알려진 지식들을 흡수하는 작업에 조금 성급했기 때문이다. 르장드르의 타원적분을 통해 파이에 접근하려는 시도도 그즈음부터인데, 그건 여자가 학부 3학년이 되어 고등수학을 접했기에 가능한 일이었다.

파이라는 신비한 기호에 눌려 상대적으로 왜소해 보이지만, 노트의 구석구석에는 이십대 초반을 지나는 삶의 굴곡과 그 시절에 발현된 여자의 성격이 고스란히 담겨 있다. 여자가 대학에 입학하던 해에 교통사고로 사망한 그녀의 부모는 기묘한 형태의 여백으로 소환되어 있다. 밤새워 연구하다 흘린 코피 자국이 곳곳에 찍혀 있고, 화가 나 연필로 꾹꾹 눌러버린 흔적도 남아 있다. 이따금 가장자리에다 깨알 같은 글씨로 사소한 일상사를 적어놓았는데, 누구와 무슨 농담을 나누었다거나 예기치 못한 일에 얼마를 지출했다거나 혹은 어떤 물품이 급히 필요하다는 따위의 문장이 그것이다. 사람의 필체란 사소한 조건, 이를테면 약간의 탄수화물 섭취만으로도 쉽게 변하는 것이어서, 정확히 똑같은 필체로 이어진 몇몇 페이지는 여자가 오랫동안 집중하는 타입임을 말해준다. 사람이 그리울 때면 친구들의 미팅에 따라 나서곤 했지만 연인을 만들기 위해서가 아니었다. 여자는 같은 학과에 다니는 '멍청한 기계'라는 괴짜를 좋아했다. 기계보다 기계처럼 생긴 그 남학생의 별명은 그러나 외양이 아니라 별 노력도 없이 엄청나게 빠른 속도로 연산을 하기 때문에 붙여진 것이었다. 가장자리의 낙서를 보면 여자와 그 유쾌한 남자 사이에 공평한 사랑이 존재했음을 알 수 있다. 다만 시간이 조금 필요할 뿐이었다. 그건 평행하지 않은 두 직선이 언젠가는 우주의 한 지점에서 비스듬히 마주치리라는 낙관의 다른 표현일 것이다. 하나의 삶이 다른 삶을 만나 느끼는 신비한 호감, 마치 종교와도 같은 믿음이었다.

그 모든 걸 파이가 바꾸어놓았다.

원주율을 정복하겠다는 망상을 품은 게 아니었다. 여자는 그렇게 오만하지 않았다. 게다가 파이 그 자체는 단지 시작일 뿐, 보다 매혹적인 건 끝없이 펼쳐지는 숫자의 향연이었다. 거기에 어떤 삶이 머무를 수 있다고 생각해본 적은 없었다. 반면 그러한 도전을 통해 얼마나 많은 인생과 재능이 무모하게 낭비되었는지는 잘 알고 있었다. 하지만 저 영원히 반복되지 않는 숫자의 행진이 고아가 된 그녀의 마음 한쪽 결을 자극했을 때, 방황하는 숫자들이 부모의 패턴을 찾아달라고 출렁거렸을 때, 여자는 망설이지 않고 고개를 끄덕였다. 그리고 언제든 돌이킬 수 있을 것처럼 연필을 잡았다.

여자는 발표된 논문을 읽으며 이제껏 밝혀신 무기를 연구하고 개량했다. 국제 논문을 이해하기 위해 외국어를 공부할 필요가지는 없었다. 수학자들의 언어는 숫자와 기호뿐이기 때문이다. 그저 차분히 나열된 증명을 알아볼 수 있으면 족하다. 그에 비해 언어는 명료하지 않은 상징체계다. 명료하지 않다는 건 불결하다는 뜻이다. 결벽으로 비워진 대뇌의 언어중추에는 말끔한 규칙이 차올랐다. 여자는 행복을 느꼈다. 다른 건 필요 없었다. 숫자와 밀회하는 낭만의 밤이 거듭될수록 여자는 말을 잃어갔다.

세번째 노트가 완성될 무렵에 여자는 학부를 졸업했다. 교양 수업을 무시하고 전공인 수학에만, 그것도 특정 분야에만 매달려 있었기에 평점이 좋지 않았다. 함께 졸업한 친구들의 일부가 대학원으로 진학하고 일부는 응용수학을 필요로 하는 연구 부서에 자리를 잡고 더 많은 이들이 전공과 상관없는 회사에 취직하여 그들의 스승을 모욕하는 동안 여자는 부모로부터 물려받은 2층 가옥 중에서 세를 놓지 않은 지하방 공간에만 머물렀다. 끝없이 종이와 연필을 소모하며 그중에서 가치가 있다고 판단한 부분을 깨끗이 노트에 옮겨나갔다.

이즈음 여자의 관심은 숫자들의 통괄적인 부정성, 불예측성을 향해 자유롭게 분산되기 시작했다. 여자의 세번째 노트에는 그러한 진화 과정이 담겨 있다. 가장 돋보이는 부분은 43페이지에 그려진 일곱 개의 기하도형이다. 그건 일종의 창의적인 전환인 셈인데, 파이의 수식 자체에 면과 공간, 즉 차원의 개념을 도입하기 시작한 것이다. 이렇게 위상공간을 고려함으로써 여자는 지난 십수 개월간 빙글빙글 맴돌던 자신의 자리에서 훌쩍 뛰어올랐다.

차원이란 공간 내의 점을 획정하는 데 필요한 독립 좌표의 수를 일컫는 말이다. 직선상의 점은 하나의 실수로, 평면상의 점은 두 개의 실수로, 공간상의 점은 세 개의 실수로 지정된다. 존재하는 모든 수는 1차원 내에 존재하며, 이는 하나의 수가 다른 하나의 수에 비해 크거나 작다는 걸 의미한다. 그에 반해 기하학은 기본적으로 2차원인 면이 논의의 배경이다. 면의 개념은 선후대소 관계에서 자유롭다. 예를 들어 좌표상의 두 점인 $x(2, 4)$와 $y(3, 1)$는 단순한 알고리즘의 자장 안에서 독립적이다. 이런 자유로움은 차원을 4차 이상으로 확장시킬 경우에 보다 극적으로 얻어질 수 있다. 여자가 수정한 진로는 충분히 근거가 있는데, 원주율 자체가 애초에 기하학에서 나온 개념이기 때문이다. 여자는 갑갑한 선후대소 관계에 의존하지 않고 산술 차원의 논리를 복잡화시켜나갔다.

노트의 한가운데에는 푸르스름한 꽃무늬 배경이 들어간 종이가 한 장 꽂혀 있다. '멍청한 기계'로부터 받은 편지다. 재기가 넘치고 활동적이었던 멍청한 기계는 여자를 처음 보았던 순간부터 마침내 편지를 보내기까지 소요된 모든 망설임의 순간을 간명하게 수렴하는 분 단위의 멱급수로 표현해놓았다. 아벨의 〈극한정리〉에 의하면 수렴하는 멱급수는 연속성을 보상하기에, 다시 말해 그 짧은 시는 순간과 영원을 아우르는 맹세를 담고 있었기에, 여자는 기쁘게 첫 데이트를 허락했다. 일찌감치 응용수학으로 진로를 틀어 건축 회사에 취직한 멍청한 기계는 첫 월급으로 근사한 자리를 꾸몄다. 굳이 그럴 필요가 없었다. 여자 역시 멍청한 기계 외엔 다른 누구도 남자로 생각하지 않았기 때문이다. 둘은 그날부터 연인이 되었고, 네 달이 지날 무렵 동거에 들어갔다.

둘의 인생에서 삐걱거리는 소리가 들려온 건 동거를 시작한 바로 그날 저녁이었다. 여자는 멍청한 기계가 꽃을 사 들고 온 것도 모른 채 3원4차 방정식만 지루하게 검산하고 있었다. 물론 무언가에 집중하다 보면 그럴 수 있다. 멍청한 기계도 그걸 이해하지 못할 정도의 얼간이가 아니었다. 하지만 시간은 언제나 외로움의 편이어서, 이런저런 인기척을 내며 애를 태우다 결국 여자의 옆구리를 건드렸다. 그러자 여자가 멍청한 기계를 향해 멍청하게 돌아보기를,

2초 혹은 3초.

멍청한 기계는 당황했다. 여자의 얼굴에 표정이 없었기 때문이다. 그건 인간의 얼굴이라고 하기조차 어려워서, 차라리 하얀 백지라고 표현하는 게 어울릴 것 같았다. 잠시 머뭇거리던 여자는 다시 고개를 노트 쪽으로 돌렸다.

그때 멍청한 기계가 느낀 감정은 무안함이나 분노가 아니었

다. 그건 불안이었다. 좁고 허름한 방에 여자 말고도 아주 낯선 이가 함께 머물고 있는 느낌이었다. 게다가 그날은 둘이 함께 지내기로 한 첫날이었다. 왜 여자에게 동거하자고 청했던가? 여자를 사랑하기 때문이었다. 오랫동안 사랑해왔기 때문이었다. 다른 여자를 사랑하는 건 상상도 할 수 없기 때문이었다. 그래서 분노와 실망의 안색이 교차하는 부모, 넓고 쾌적한 집을 떠나 여자한테 왔던 것이다. 여자의 망막에 맺히기 위해 숫자와 경쟁하게 될 줄은 몰랐다. 막막한 느낌 속에서 옷을 갈아입고 모로 누웠다. 꿈의 영역에까지 침입한 불안이 멍청한 기계의 잠든 몸을 5처럼 보이게 만들었다.

여섯번째 노트에 이르러 여자는 유리수와 무리수, 즉 실수뿐 아니라 허수까지 다차원 좌표에 대입하기 시작했다. 그러는 과정에서 자신이 데데킨트의 〈절단개념〉조차 잘못 이해하고 있다는 사실을 깨달았다. 여자는 탈레스도 아니고 피타고라스도 아니었다. 황무지에서 시작할 필요가 없었다. 선배들이 평생을 바쳐 일구어낸 유산을 빠짐없이 흡수하는 건 실용 여부를 떠나 후배로서 마땅히 지녀야 할 예의였다. 잠시 접어두었던 선행연구에 대한 공부를 다시 시작했다. 멍청한 기계는 회사에 거짓말을 해가면서까지 시간을 내어 여자에게 필요한 논문을 구해다 주었다. 하나의 논문은 항상 다른 논문을 품고 있었다. 그래서 여자에게는 다음에 읽어야 할 것들의 목록이 끊이지 않았다. 연구와 작업이 계속되었다. 운이 좋을 땐 앞으로 연구해야 할 방향에 대한 정확한 조언을 찾을 수 있었다. 운이 나쁠 땐, 몇 달이나 고생해 얻어낸 결과를 코발레프스키 혹은 푸앵카레의 유명한 대수학 논문에서 발견했다.

여자도 멍청한 기계를 사랑했다. 허락해준다면 그와 평생 같이 살고 싶었다. 그가 논문과 책을 구해오고, 방을 청소하고, 먹을 걸 마련하고, 아프면 병원에 업고 다니며 간호해줬기 때문이 아니었다. 고단한 몸으로 이불 위에 누웠을 때 쓰다듬어주는 그 따스하고 강인한 손길 때문이 아니었다. 여자는 멍청한 기계가 곁에 있을 때 느끼는 깊은 안도감을 무어라 정확히 꼬집어 표현할 수 없었다. 언어란 어차피 불완전한 도구이기에, 여자는 위험한 실수를 하느니 차라리 침묵하는 쪽을 택했다. 그 상태로 오랜 시간이 흘렀다. 여자는 여섯번째 노트, 일곱번째 노트, 그리고 여덟번째 노트를 자기가 한 연구와 과거에 이루어진 연구를 비교하는 형식으로 채워나갔다. 문득 정신을 차려보면 책상 한쪽에 음식이 마련되어 있었고, 그러면 여자는 그걸 먹었다. 맛이 좋다 짜다 말하는 법이 없었다. 양이 적다 혹은 뜨겁다 말하는 법도 없었다. 먹는 이유는 오직 뇌에 영양분을 공급하기 위해서였다.

멍청한 기계는 가끔 집에 들어오지 않았다. 여자는 신경 쓰지 않았다. 멍청한 기계가 가족이나 가족에 버금가는 가까운 사람이 아프면 저도 똑같이 아파한다는 것도, 그의 아버지가 얼마 전에 치명적인 진단을 받았다는 사실도 신경 쓰지 않았다. 그가 이

불을 뒤집어쓰고 올 때조차 고개를 돌리지 않았다. 여자는 차원을 계속해서 확장해나가다 드디어 급수가 수렴하는 어떤 값을 찾아냈다. 그건 11차원으로 분절된 다양체에 무한히 접근하는 한 개의 선을 의미했다. 대수학의 세계에서나 존재하는 가상의 선이지만, 여자에게는 그 선이 이제껏 찾아오던 비밀의 원천이자 고르디우스의 매듭으로 여겨져 경이로움을 느꼈다. 문득 어깨를 흔드는 손길을 깨달았다. 멍청한 기계였다. 그가 엉망으로 울고 있었다. 가족 한 명이 지상의 좌표에서 소거된 것이다. 장례식에 함께 가달라며 흐느꼈다.

그런데, 그럴 수가 없었다. 방금 무언가를 찾아냈기 때문이었다. 여자는 고개를 저었다. 이대로 내버려두면, 등을 돌리고 외면하면 그 무언가는 먼 곳으로 도망갈지 모른다. 멍청한 기계가 두 손으로 자기 얼굴을 감쌌다. 난 어디 있어? 얼굴을 감싼 그대로 말했다. 이 숫자와 기호들 어디에 너랑 내가 같이 사는 거야? 그에 대한 대답으로 여자가 손을 들어 두 줄짜리 수식을 가리켰다. 그것은 군(群)이론에 기초를 둔 갈루아의 방정식이었다. 멍청한 기계의 얼굴이 창백해졌다.

장례식에서 돌아온 멍청한 기계는 며칠 동안 꼼짝 않고 누워 지냈다. 그동안에도 여자는 미친 듯이 검산에 몰두했다. 그렇게 며칠이 지난 어느 날, 멍청한 기계가 프랙탈 모양으로 구겨진 양복을 꺼내 입고는 여자 앞에 섰다. 그리고 여자를 일으켜 세웠다. 시키는 대로 무기력하게 따라하면서도 여자는 노트에서 고개를 돌리지 않았다. 끔찍한 일이 벌어지는 중이었다. 잠시 기다리던 멍청한 기계가 여자를 껴안았다. 둘 사이에 아무런 빈 공간이 남지 않도록 힘껏 안았다. 이리저리 움직이며 여자 몸의 굴곡마다 파고드는 바람에 둘의 모습은 11이 아니라 12 혹은 13처럼 보였다. 그러다 결국 1과 다른 하나의 1이 되었다. 평행하지 않은 두 직선은 단 한 번 비스듬히 교차한 뒤 우주의 반대편으로 영영 멀어졌다.

홀로 남겨진 방에서 여자는 멍한 얼굴로 여덟번째 노트를 노려보았다. 가슴이 찢어지는 것 같았다. 근이 나왔다. 파이는 대수적 조작으로는 얻을 수 없는 초월수이기 때문에, 정수 계수 다항식의 근이 나왔다는 사실은 오류를 의미한다. 증명이 망가진 것이다. 흥미로운 시도이긴 했으나 무한급수는 옳은 선택이 아니었다. 열리지 않는 문에 머리를 찧어대는 기분이었다. 게다가 피투성이가 되어 고개를 들어보니 그건 문이 아니라 거대한 바위산이었다. 왜 안 되지? 여자는 탄식했다. 이 방식이 가장 나았는데, 이렇게 풀릴 거라 생각했는데. 그러자 산 위쪽에서 거들먹거리는 목소리가 들려왔다. 난 너를 품고 있다. 너처럼 명멸하는 모든 존재를 품고 있다. 원소에게 정의되는 건 모욕이다. 이어지는 짧은 경고의 목소리.

그 입 다물어.

의기소침할 것 없다고 생각했다. 쉬운 작업이 될 거라고는 처음부터 기대하지 않았다. 하지만 마음과 달리 첫 실패에서 얻은 낙담은 쉽게 극복되지 않아, 그 흔적이 아홉번째 노트의 첫 부분에까지 드러나 있다. 이제껏 해왔던 연역식 대신 무모하게 귀납식을 사용하거나 심지어는 백일몽 같은 직관에 의존하기까지 했다. 필체는 신경질적이었고 어쩌나 마음이 급했던지 지우개를 사용하지 않은 부분도 있다. 그러나 그런 과정에서 오히려 연구를 처음 시작할 때 가졌던, 모든 수학적 난제를 해결할 수 있는 궁극의 방정식에 대한 신앙은 보다 독실해졌다. 특정 지점에 선행하는 소수의 개수는 생성함수로 깔끔하게 규정되어야 한다. 무한수열의 진위는 보다 간단히 검증되어야 하고, 파이와 같은 무리수는 끝없이 변주되는 패턴이 아니라 특이점으로 회귀하는 명확한 공식에 포섭되어야 한다. 천사처럼 순결한 그 값을 얻어냄으로써 〈골드바흐의 추측〉 같은 오랜 골칫거리들이 녹아내릴 것이다. 수의 세계는 한결 아름다워질 것이다. 우주의 조화가 한눈에 들어올 것이다.

그건 오기도 아니고 욕심도 아니었다. 여자는 자기를 보호해야 했다. 작업을 시작한 지 팔 년이 지났다. 그동안 여자는 논리의 수도원에 저를 유폐시켜놓고 수녀처럼 살아왔다. 다른 즐거움은 꿈꿔본 적도 없었다. 오직 에너지를 내기 위해 배를 채웠고, 폐를 보호하기 위해 청소했으며, 전기세를 치르거나 논문을 구하거나 필기구를 사기 위해 외출했다. 유한한 시간을 살다 먼지로 돌아갈 생명체로서 누릴 수 있는 가장 아름다운 시간이 끝나가고 있었다. 항상 뭔가 숨기는 표정의 빵집 점원 외엔 다듬지도, 꾸미지도 않은 여자에게 관심을 가지는 사람은 없있다. 피부에는 윤기 대신 궁색함이 흘렀다. 너무 깊이 들어온 게 아닐까 하는 걱정이 여자를 괴롭히기 시작한 건 그즈음이었다. 삶의 초침이 숫자들 곁으로만 미끄러지고 있었다. 그러나 의심이 든다고 모든 걸 부정해버릴 수는 없었다. 그렇다면 그동안 보낸 세월이 한낱 시간 낭비에 불과했다는 사실이 증명될 테고, 그 순간 여자의 자긍심은 망설임 없이 자폭할 것이다. 여자에겐 자신을 해칠 용기가 없었다.

어지럽게 나열된 숫자와 기호들의 조합에서 오랜 시간을 헤맸다. 연산의 부담을 줄이기 위해 모든 수식을 자연로그로 통일했다. 지난날의 실패를 바탕 삼아 무한급수에 〈슈와르츠 공간〉을 포함하는 초함수 개념을 도입했다. 동시에 여러 차수의 무한을 상정하여 위치가 확정된 좌표라는 함정에 빠지지 않도록 신경의 끈을 죄었다. 변수로 점철된 함수 체계는 수학보다는 철학에 가까워보였고, 여자가 결코 원하는 바가 아니었으나, 그 자체로만 보자면 거부할 수 없는 매력을 지니고 있었다. 함수를 사용하면 마치 시인들이 세계에 대해 발언할 때 자기만의 예를 드는 것처럼 상황에 구속받지 않고 보다 추상적이고 포괄적인 영역에서 작업이 가능하다. 여자는 하루 종일 연산을 수행하고 논리를 확장시키고 그걸 깨끗이 정리해 노트에 옮겼다. 배가 미치도록 고프면 밖에 나가 요깃거리를 사 왔다. 물과 함께 억지로 입안에

쑤셔 넣었다. 위가 상할 수밖에 없었다. 변비와 설사가 번갈아 찾아왔다. 복통으로 식은땀을 흘리며 숫자만 노려보았다. 그게 그 시절 여자의 모습이었다. 인플루엔자에 감염되어 사흘 밤낮 동안 체액을 쏟으며 신음한 것도 아홉번째 노트를 작성하던 때였다. 제대로 앉지 못하여 누워서 연구를 진행한 것도 아홉번째 노트를 작성하던 때였다. 그러다 몸이 조금이라도 나아졌다고 느끼면 즉시 일어나 찬물로 세수를 하고는 책상에 매달렸다. 이 역시 파리하게나마 아직은 젊음이 남아 있던 시절, 아홉번째 노트를 작성하던 때의 일이었다.

이제 세상엔 없지만, 삼십대 중반에 첫 페이지가 작성된 열한번째 노트는 온통 함수로 채워져 있다. 각 연산 사이에는 별다른 설명 없이 훌쩍 도약하는 부분도 존재하는데, 그건 무리한 추론이 아니라 여자가 다양한 함수 체계에 완전히 익숙해졌으며 전보다 속도를 내어 연구를 진행했다는 증거다. 하나의 증명이 끝나면 제대로 기능하는지 확인하기 위해 직교 기저에서 전개되는 푸리에 급수의 계수를 도입해 검토했고, 실패로 확인되면 지체 없이 수정에 들어갔다. 타원 모듈러 함수와 세타 함수를 붙였다 떼었다 만지작거리는 십 개월 동안 무려 스무 페이지를 할애하기도 했다. 그러한 방식을 통해 야코비는 원하는 걸 얻었으나, 여자는 그만큼 운이 좋지 않았다.

이제 세상엔 없지만, 활활 타버리기 전에 열한번째 노트의 마흔두번째 장은 톱니처럼 뜯겨 나갔다. 여자 스스로 찢어버린 것이다. 그걸 찢던 날, 여자는 노트에 연필을 내려놓으며 머리를 감싸 안았다. 함수라는 체계가 절대로 아름다워질 수 없음을 깨달았기 때문이다. 아무리 해도 정리되지가 않았다. 함수는 먹이를 발견한 하이에나가 동료를 부르듯 다른 함수를 끌어들일 뿐이고, 그 값은 매 순간 5차 이상의 서로 다른 변수에 종속되었다. 너무 복잡한 함수들이 나열되어 있었기에 미적분이 가능하지 않은 곳에 미적분을 사용했고 무한값을 주지 말아야 할 곳에 무한값을 주었으며 허수의 가능성을 무심코 지나치거나 심지어는 513과 같은 간단한 합성수를 소피 제르맹 소수로 착각하기도 했다. 함수가 지닌 자유로움이 엄밀성을 망치고 있었다. 같은 종이 위에 있는 줄도 몰랐던 조건들이 살금살금 다가와 등 뒤에서 치명적인 공격을 벌이곤 했다.

여자는 찢어낸 페이지를 구겨 접었다. 함수를 약분하려면 반대항에 그와 똑같은 함수를 갖고 있거나 최소한 그 함수의 구성함수 중 하나가 존재해야 한다. 일부러 점수를 주기 위해 만들어놓은 중등 교과과정의 시험문제가 아닌 이상 그런 '바보함수'는 존재하지 않는다. 연산을 진행할수록 앞에 놓인 함수는 점점 길어져만 갔다. 그건 신의 뜻이 아니었다. 세계를 둘러싼 수학적 실체는 그처럼 복잡할 리가 없었다. 게다가, 그렇게 나온 값을 역산하여 유추했을 때 그 역시 극도로 난해한 함수였다. 모든 걸 설명하는 함수, 예컨대 변수를 대입하자마자 바로 답이 나오는 적률 생성함수라면 제아무리 길더라도 대부분의 수학자들에게는 최고의 선물로 간주된다. 그걸 발견하는 순간 인간이 수학을 통해 얻을 수 있는 가장 눈부신 명예가 주어질 터이기 때문이다. 하지만 여자는 그런 걸 원하지 않았다. 여자에게 필요한 건 복잡한 변수와 조건과 제한이 끝없이 도열한 여러 함수가 아니라 단 하나의 간결한 규칙이었다. 이제 함수 체계가 궁극의 무기가 될 수 없음은 확실해졌다. 잘못된 길에 들어섰다는 걸 깨달았을 때는 즉각 다른 방향으로 돌아가야 한다. 그러나 너무 멀리 왔다. 여자는 무심한 표정으로 즉각 돌아가는 대신, 잠시 걸음을 멈추었다. 그게 여자가 할 수 있는 최선이었다. 그게 서른네 살의 여자가 낼 수 있는 최대치의 용기였다.

여자는 책상에 머리를 처박고는 숨을 몰아쉬었다. 손을 뻗어, 어릴 적 슬픈 일이 있을 때마다 어머니가 해주던 대로 제 뒤통수를 가만히 쓰다듬었다. 가슴이 울렁거리며 아파왔다. 집어치우고 싶었다. 다 집어치우고는 햇빛 쏟아지는 진짜 세계로 걸어 나가고 싶었다. 그건 아마도 세상에서 가장 쉬운 일일 것이다. 그러나 그럴 수 없었다. 황금 같은 시간을 쪼개 해온 일이었다. 숫자와 기호들을 책상에서 치워버리는 순간, 여자는 자기 자신에 대한 모든 걸 부정해야만 했다. 그런 짓을 저지르고도 뻔뻔하게 살아갈 자신이 없었다.

의기소침할 것 없다고 중얼거렸다. 다른 생각이 들까 봐 겁나 곧바로 행동으로 옮겼다. 잠을 자는 시간, 먼지를 닦아 내는 시간, 빵을 사러 나가는 시간도 줄였다. 뒤를 보살펴줄 누군가가 필요했지만, 그 누군가를 만나기 위해 쓸 시간 따위는 없었다. 어쩌면 그런 사정에 의해 여자의 삶 속으로 저 비열한 사내가 침입했는지 모른다.

그는 파트타임으로 일하는 손가락 마술사였고, 잔금을 훔친다고 주인으로부터 의심을 받는 빵집 점원이었으며, 거짓말이 몸에 밴 사기꾼이었다. 그러나 여자가 눈속임에 관심이 없는 데다가 사는 꼴을 보아하니 저보다 더 밑바닥인지라, 이러쿵저러쿵 잔소리를 늘어놓는 쪽으로 돌아섰다. 온갖 진귀한 형용사와 관형사로 뒤범벅이 된 마술사의 잔소리 때문에 여자는 집중이 어려웠지만, 집중은커녕 사방팔방 따라다니며 뿜어대는 그 잔소리에 신경이 곤두서며 그나마 멀쩡하던 신체 리듬까지 망가졌지만, 한두 달이 지나면서는 다시 작업에 몰두할 수 있을 정도로 익숙해졌다. 여자는 난잡한 소음에 단련됨으로써 스스로의 정신을 단속했다. 그런데 문제는 그뿐이 아니었다. 잔소리에 전혀 반응이 없자 마술사가 어디서 가느다란 플라스틱 회초리를 구해와 휘두르기 시작한 것이다. 별로 아프지는 않았다. 속임수처럼 괜히 소리만 요란했다. 하지만 여간 신경이 쓰이는 게 아니어서, 한번 맞으면 그 즉시 사유의 흐름이 뚝 끊겼다. 그러면 여자는 하던 일을 멈추고 잠시 멍한 상태가 되어야 했다. 마술사는 여자를 실성한 사람, 그래서 함부로 대해도 괜찮은 인간으로 생각했다. 심심할 때마다 회초리로 때려도 별 탈이 없을 거라 믿었다. 착각이었다. 볼테라의 방정식으로 다차원 곡률을 계산하던 여자가 마침내 으앙, 하고 마술사를 물어버렸다.

마술사는 데굴데굴 구르며 비명을 지르다 열한번째 노트를 집어 들고 달아났다. 마술사가 애초부터 비열한 심성을 가진 인간이고 또 물린 팔뚝에 대한 보복으로 여자에게 상처를 줄 의도가 있었다면, 그건 제대로 한 짓이었다. 마술사가 열한번째 노트를 활활 태워버린 탓에 여자는 간신히 입증해낸 〈복소변수 치환군의 역탄젠트〉 따위를 복원하기 위해 넉 달이나 무의미하게 고생해야 했다. 손가락 마술사는 부주의하게 산입한 가짜 상수가 얼마나 치명적인 오류를 일으킬 수 있는지 증명한 뒤 수식에서 떨어져 나갔다.

열일곱번째 노트를 기록하느라 여자는 사십대의 첫 오 년을 보냈고, 심한 폐렴을 앓았으며, 여섯 번 피를 토했다. 양쪽 팔꿈치가 시커멓게 변했고, 얼굴은 누렇게 바랬고, 시력도 떨어져 페이지마다 제 숨결을 묻혔다.

열일곱번째 노트에는 오랫동안 고민해온 차원과 함수의 유용성에 대한 회의, 원주율처럼 반복되지 않는 무한이 제기하는 의문 따위가 빼곡히 적혀 있다. 또 수학계의 케케묵은 질문, 이른바 '수학적 실재'가 수학자들에 의해 고안된 것인지 아니면 애초에 존재하던 것이 발견된 것인지에 관한 경험적 진술도 기록되어 있다.

여자는 어느 쪽도 아니었다. 우주의 모든 곳에 수학적 실재가 독립적으로 존재한다는 사실에는 일말의 의심을 품지 않았지만, 그건 아직 발견되지 않았으며, 현재 사용되는 깃은 수학자들이 임의로 고안해낸 대용품에 불과하다고 믿었다. 이런 믿음이 수학적 난제에 관해 아주 많은 부분을 설명해주었기에 달리 생각해볼 여지가 없었다. 여자는 괴델이 제기한 〈불완전성 정리〉도 그런 방향에서 이해했다.

역사적으로 보아 엄청나게 많은 이론이 특수하고 예외적인 상황을 설명하거나 우연히 발견된 오류를 변호하기 위해 등장했다. 알려진 체계에 관해 낯선 현상이 발견되면 내로라하는 학자들이 떼로 달려들어 온갖 종류의 변명을 늘어놓는 것이다. 프톨레마이오스의 〈천동설〉이 대표적인 경우다. 태양이 지구 주위를 돈다는 걸 설명하기 위해 당대 최고의 두뇌들이 동원되어 끝없이 설명을 늘어놓고 공식을 창조했다. 그렇게 합의된 공식에 또다시 결함이 발견되자, 보다 많은 두뇌가 그 결함을 설명해내기 위해 매달렸다. 이런 과정을 거쳐 〈천동설〉은 정교하게 설명된 무수한 이론과 예외적 현상과 그 예외적 현상을 설명하는 수많은 예외적 이론으로 덕지덕지 뒤덮였다. 지쳐버린 과학자들은 우주란 참으로 난해하여 설명하기 힘든 구조를 가졌다고 한탄했다. 하지만 처음부터 태양은 지구 주위를 돌고 있지 않았다. 그 반대였다.

그럼에도 열일곱번째 노트를 작성하던 시기의 여자는 그러한 믿음을 자신의 연구에 반영하지 않았다. 이제껏 해온 작업에 대한 집착과 미련 때문이었다. 여자는 절대적인 확신 없이는 새로운 영역으로 전환할 수 없었다. 이미 이십여 년을 몽땅 거기에 바쳤다. 가장 꽃다운 나이에 시작해, 단 하루도 맘 편히 쉬거나 놀아본 적이 없었다. 실패가 반복되긴 하지만 다시 한 번 무한급수를 이용해, 위상공간을 통해, 다중적분을 통해, 확장된 초함수를 사용해, 혹은 그 모든 무기를 복합적으로 적용해 그토록 원하던 증명을 구할 수 있을지 모른다고 생각했다. 실제로 차원분할에 관한 아이디어를 지난 노트에서 추출한 무한급수에 대입해본 결과 공리가 포함된 놀라운 편미분방정식을 얻어내기도 했다. 그건 허수를 비롯해 인류가 상상해온 모든 수의 거듭제곱을 겨우세 개의 변수와 두 개의 상수로 명료하게 표현하고 있었다. 여자는 즉시 검토에 들어갔다. 처음 두어 달 동안의 작업에 의하면 그 방정식이 보여주는 변수들의 관계는 현존하는 가장 어려운 문제의 대부분을 깨끗하게 처리해주었다. 여자는 터져버릴 듯한 가슴을 억누르며 대입할 수 있는 모든 경우의 목록을 만들고 차근차근 풀어나갔다.

첫 실패는 〈세포자동자이론〉에서 나왔다. 월프람의 이론을 확장하면 적어도 형태의 측면에서는 우주의 기본 원리를 증명해낼수 있다. 규칙적으로 반복되면서 발생하는 극소수의 비가역적인 예외 상황이 꽃이나 뱀가죽의 무늬, 생명체의 진화, 심지어는 혜성의 탄생까지도 유도하기 때문이다. 그러나 여자가 고안해낸 방정식은 인접한 지점의 간격이 줄지 않게 발산하는 무한급수에 대해 확정된 값을 주었다. 그 값이 아무리 크다 하더라도 인접한 지점 사이 만큼의 값을 더하면 그보다 더 큰 수가 나오므로, 확정된 값이란 명백한 오류를 의미한다.

두번째는 더 아팠는데, 그건 차원 분할 아이디어 자체의 진위를 규명하는 과정에서 발견되었다. 분할된 각 차원에 사형기하학을 적용하는 단계에서는 분명히 무한원점을 가리키는 것처럼 보였지만, 막상 몇 차례의 연산을 수행하자 묘하게도 복소함수의 연속성을 단절시키며 달아났다. 연산이 정교하고 빠르게 진행될수록 더 멀리 달아났다. 그 과정이 너무나 모욕적이어서, 여자는 부모와 사별한 이래 처음으로 울음을 터뜨렸다. 열일곱번째 노트의 일부 페이지는 당시 흘린 눈물로 울어 있다.

여자는 고성능 기관총을 발명해냈지만 진리 앞에 도사린 위대한 안개는 쇠와 화약으로 무너지지 않았다. 조금이라도 덜 순수했다면 여자는 거기서 멈췄을 것이다. 멈춰 서서는 그간의 연구 중 잘된 증명에 'Q. E. D.'를 붙여 정육점의 푸주한처럼 조각조각 떼어 팔았을 것이다. 인류 역사의 위대한 수학자들 모두가 그렇게 했다. 그들 중 누구도 처음에 꿈꾸었던 궁극의 정상에는 도달하지 못했다. 다만 거기까지 가는 도중에 저들만의 광맥을 발견했고, 그걸 캐내 팔아먹었을 뿐이다. 어느 누구도 비난할 수 없을 만큼 충분히 미화된 작업이다. 그러나 여자는 그렇게 하지 않았다.

수학은 완전무결한가?

그렇다고 믿어왔다. 하지만 여자의 믿음은 미세하게 수렴하는 특정값이 발산으로 바뀌는 현상을 목격하면서 위태롭게 흔들려 갔다. 무려 칠 년이나 지속된 그 불안한 상태는 오십대 초반에서 중반으로 넘어가며 착수한 스물한번째 노트에 자세히 기록되어 있다. 여자는 새로 출간된 논문들을 검토하는 과정에서 자기가 겪은 그 치욕스런 경험이 비단 수학자들만의 것이 아님을 알았다. 물리학자는 쌍의 쿼크만을 관찰할 수 있다. 양쪽을 잡아당기면 잡아당길수록 인력이 엄청나게 증가하기 때문이다. 설령 두 쿼크를 억지로 떼어냈다고 하더라도, 그때까지 투입된 에너지가 전용되어 각각의 쿼크는 이미 쌍으로 존재하게 된다. 단일 쿼크의 고독은 결코 관찰할 수가 없는 것이다. 전자보다 작은 입자를 관찰할 때 역시, 위치와 운동량을 동시에 측정할 수가 없다. 측정하려고 하는 그 미세한 입자가 측정파의 입자에 얻어맞아 튕겨 나가기 때문이다. 즉 입자의 위치와 운동량은 완벽하게 상보적이어서, 먼저 알려진 하나의 값이 다른 하나의 값을 가려버린다. 기상학자는 정확한 날씨를 결코 예측할 수가 없다. 날씨란 나비의 날갯짓과 같은 사소한 요인, 심지어는 날씨를 예측하려는 행위나 욕망에 의해서도 확연히 달라지기 때문이다. 〈라플라스의 악마〉가 되어 그 모든 정보를 결국 알아냈다 한들, 그렇게 예측된 날씨는 인위적으로 조작한 날씨지 원래의 날씨가 아니게 된다. 말하자면 분야를 막론하고 현대의 모든 과학은 '우연'이라는 패러다임의 덫에 걸려 점점 불완전해지고 있는 것이다. 그나마 체면을 유지하려면 좋은 날을 받아 확률의 세계로 도망치는 수밖에 없다.

이처럼 여자의 스물한번째 노트는 수리 체계 자체에 대한 회의와 엄밀성의 기준에 대한 재고로 가득 차 있다. 그렇다고 해서 사유의 몽롱한 세계에 빠져 작업을 게을리한 건 아니었다. 스물한번째 노트에도 역시 무수한 아이디어가 나타났다가 제각기 크고 작은 결함을 드러내며 사라졌다. 여자는 매일매일 오류가 발견된 공식을 지움으로써 그 공식을 잉태하기 위해 지불한 자기 삶의 매 순간까지 폐기했다. 어차피 여자의 작업은 가우스나 러브레이스, 노이만의 그것처럼 실제로 응용될 수 있는 수학이 아니었다. 삶에 깊숙이 개입해 보다 나은 세계를 제공하거나 기존의 세계를 교정하는 숫자들이 아니었다. 그건 오로지 '의미'를 위한 전투였다. 의미가 있느냐 혹은 없느냐에 따라 노트에 남을지가 결정되었다. 모처럼 흥미로운 다항식을 포착한 날도 있었으나 적용되는 범위에 다소간의 한계를 드러냈다. 최소 조건을 살짝만 벗어나면 방정식은 유리처럼 산산조각이 나면서 여자에게 상처를 입혔다. 그토록 지루한 공방전이 계속되었다. 그리고 그 끝에서, 여자는 모든 문제가 결국 진법의 차원으로 수렴된다는 결론에 도달했다.

그로써 여자는 다시 한 번 크게 도약했다. 어째서 소수의 분포며 원주율의 주기 같은 단순한 현상조차 규정되지 않는가? 숫자 자체에 문제가 있기 때문이다. 예를 들어 자연수 체계에서 4 다음에 오는 수는 5다. 또 499 다음에 오는 수는 500으로, 그 첫 자리는 5다. 앞의 5와 뒤의 5는 위상공간 분할 차원에서 전혀 다른 계급임에도 불구하고 십진법에 따르면 동일한 기호 5로 표기되며, 따라서 완전히 동등한 신분을 지니게 된다. 이는 명백히 모순이다. 결국 문제는 손가락에 있었다. 인간의 손가락이 열 개이므로, 오로지 열 개의 기호만으로 모든 수학적 표현을 담아내려 했다. 그게 편리하기 때문이다. 하지만 우주를 창조한 신의 손가락도 똑같이 열 개라는 보장은 없다. 말하자면 애초에 다른 진법에 의해 창조된 우주의 원리를, 막무가내로 십진법이라는 잣대를 통해 밝히고자 했으니 바로 그 지점에서 갖가지 오류가 생겨난 것이다. 결국 풀이의 핵심은 신의 손가락 개수를 제대로 짚어내는 데 있다. 문제라면 단 한 가지, 알콰리즈미가 인도의 십진법 체계를 이슬람과 유럽에 도입한 9세기 이래로 그 아름답고 편리한 산술 방식에 의문을 품은 사람이 이제껏 아무도 없었다는 사실이다.

너무 늦지는 않았을까?

초조하게 자문해보았다. 여자는 더 이상 젊은 나이가 아니었다. 하지만 설령 늦었다 한들, 너무나 오랫동안 해왔기에 이제 와 멈출 수는 없었다. 진법 체계를 재고하는 게 옳은 길인지 따져 물을 수도 없었다. 그것은 여자 앞에 놓인 단 하나의 길이었다.

여자는 제 심신이 절망에 오염되지 않도록 행보를 서둘렀다. 알려졌거나 혹은 가능한 모든 진법의 목록을 만들어 각각의 오류를 찾아내는 방식은 처음부터 배제했다. 수의 무한성을 고려

할 때 그 작업은 무의미하기 때문이었다. 이는 원에서 점을 빼는 작업과 흡사하다. 아무리 반복하여 빼봤자 점 자체엔 면적이 없기 때문에 원의 전체 크기는 줄어들지 않는다. 그런 바보짓에 시간을 낭비하는 대신 여자는 결코 반복되지 않는 비정형진법을 구상해내는 작업에 곧바로 돌입했다. 그건 패턴의 자기반영적 기만에서 벗어나려는 고통스런 몸부림인 한편으로 끝내 도달할 수 없는 영역에 관한 초월적인 대화였다. 인도의 수학자 바스카라 2세가 도입한 무한과 영원의 개념은 우리의 손에 닿지도 않고, 우리의 시선이 도달할 수도 없는 곳에 놓여 있다. 수학에서의 무한이란 극한이 결여된 악마다. 칸토어의 〈모든 집합의 집합〉에 대해 러셀이 제기한 역설은 그 악마가 인간의 지적 한계에 걸터앉아 벌이는 파괴적 유희를 간명하게 보여준다. 1을 더하거나 2를 빼거나 3을 곱하거나 4로 나눈다 한들 악마의 크기는 조금도 변하지 않는다. 연산 자체를 거부하는 것이다. 뉴턴과 라이프니츠가 제기한 '사라지기 직전의 비율도 사라진 직후의 비율도 아닌, 사라지는 바로 그 순간의 비율'이며 동시에 '가상의 상대적 제로'인 〈무한소〉 개념은 수학적 실체가 아니라 수학적 실체를 도출해내기 위한 임시 전제다. 더불어 거기서 도출된 값은 명징한 수치가 아니라 명징한 수치에 근사한 어떤 수에 불과하다. 그건 수학이라기보다는 철학이나 신학에 가깝다. 수학의 악마와 마주쳤을 때 칸토어는 정직하게 백기를 들었고, 교활한 뉴턴과 라이프니츠는 '각각 무한히 줄어들어 결국 그 요소들의 총합이

0에 가까워지는 수식'처럼 잠꼬대 같은 소리를 하며 능청스럽게 피해나갔다.

하나를 택해야 한다면, 후자가 되어야 했다. 여자는 엄밀하게 추론하고 증명하는 능력에 더해 '우연'과 '직관'을 동반자로 삼아 '모호하게 사고하는 능력'까지 갖추어야 했다. 명료한 실체가 아니라 극한이나 미적분처럼 해석적 조작을 가한 방정식을 다시 편의적으로 발췌하여 부분적으로 반영해야 했다. 과정은 기이한데 결과가 추론 가능한 세계를 지시한다면, 반대로 과정은 합리적인데 결과가 엉뚱하게 나온다면, 그게 바로 여자가 찾는 답일지 모른다. 이러한 작업을 하면서 여자에게 가장 중요했던 건 논리의 끈을 살짝 이완시켜놓으면서도 미쳐버리지는 않도록 적당하게 뇌의 긴장을 풀어주는 일이었다. 다행히도 누군가가 때맞춰 여자의 삶에 스며들었다.

스물한번째 노트의 마지막 부분에는 깊게 눌러 찍은 점이 많다. 여자가 연구를 진행하다 말고 이따금 뒤를 돌아보았던 흔적이다. 열에 한두 번쯤, 여자의 뒤에는 탱탱한 볼을 가진 난쟁이가 앉아 있었다. 난쟁이는 여자와 눈이 마주칠 때마다 이렇게 묻곤 했다. 이제 끝난 모양이야?

그 난쟁이가 정확히 언제부터 거기 있었는지 여자는 기억을 못했다. 그는 어느 날 밤 고주망태가 되어 여자의 집에 침입했다. 여자는 비명을 질렀고, 그 바람에 난쟁이는 사색이 되어 딸꾹질이 섞인 변명을 흘리며 도망쳤다. 이어 며칠 후 지저분한 신발을 질질 끌고 다시 여자를 방문했다. 그의 거친 왼손에는 허름한 공구 가방이, 손가락이 세 개 모자란 오른손에는 귤 봉투가 들려 있었다. 여자는 배가 몹시 고팠기에 귤을 하나 집어 들었다. 그리고 껍질을 깠다. 날카로운 향이 터져 나와 어두침침한 방에 가득 찼다. 여자는 귤을 입에 넣었다. 달고 시었다. 짜릿할 정도로 놀라운 맛이었다. 처음은 아니지만 굉장히 오래 묵혀두었던 감각이었다. 이게 귤이구나, 하고 여자는 쫓기듯 생각했다. 노랗고 따끔따끔한 과즙이 입술을 타고 흘러내렸다. 허겁지겁 서너 개를 더 까서 입에 넣었다. 몸이 저려올 정도로 황홀한 기분이었다. 다른 사람들이 어떻게 사는지 몽땅 알 것 같은 기분이었다. 다들 이렇게 사는구나. 이런 걸 먹고, 이런 느낌 속에서.

하지만 그 느낌이 더 많은 감각을 일깨우기 전에, 그래서 머리가 텅 비어 해야 할 일을 잊기 전에 여자는 다시 연필을 잡았다. 입맛을 다실 때마다 새콤한 과립이 톡톡 터졌다. 한참 후 뒤돌아봤을 때, 난쟁이와 귤껍질은 사라지고 새 귤이 쌓여 있었다. 며칠 후 다시 돌아봤을 때는 귤 무더기 옆에 난쟁이가 누워 새근새근 자고 있었다. 그 모든 세속적인 관계가 얼렁뚱땅 이루어졌다. 그러나 여자는 개의치 않았다.

여자는 난쟁이에게 편안함을 느꼈다. 그가 귤을 사다 주었기 때문이 아니었다. 그가 수도꼭지를 고쳐주었기 때문이 아니었다. 이제 끝난 모양이야? 하며 먹을거리를 차려주었기 때문이 아니었다. 게딱지만 한 화장실에서 여자의 더러운 머리카락을 씻기고, 아플 때 엉뚱한 약을 사다 주기 때문이 아니었다. 그런 친절함 때문이 아니었다. 난쟁이는 오히려 더욱 자주, 술을 마시고 들어와 훈족의 아틸라처럼 소리쳤고 여자가 견딜 수 없을 때까지 철 지난 가요를 불러댔다. 여자가 그에게 편안함을 느낀 이유는 단 하나, 그가 예측 가능하며 정직하기 때문이었다. 그는 아프면 아프다고 말했다. 허기를 느끼면 그 즉시 음식을 찾아 분주해졌으며, 속상한 일이 있을 땐 괜히 화를 내거나 눈알을 이리저리 굴리는 대신 바닥에 납작 엎드려 통곡했다. 여자는 오랫동안 그와 같은 사람을 만나본 적이 없었다. 적당히 남루하고, 적당히 무료하며, 또 적당히 따뜻한 삶과의 동거는 여자가 모호성의 유령에 홀려 완전히 돌아버리지 않도록 막아주었다. 함께 지내는 사 년 동안 난쟁이는 넋을 잃고 승천하려는 여자를 그야말로 적절한 순간에 적절한 힘으로 끌어내렸다. 덕분에 여자는 비정형진법의 생지옥 속에서도 정신의 마지막 실오라기를 놓치지 않았다.

난쟁이는 처음과 끝이 똑같은 사람이었다. 여자가 스물세번째 노트를 반쯤 채웠을 무렵 공사장에 나가 돌아오지 않았다. 그렇게 얼렁뚱땅 여자의 곁에서 사라졌다. 떠난다는 기색도 없이, 애달프거나 혹은 왁자지껄한 작별 인사도 없이.

평소에 입던 옷가지며 서랍에 모아 두었던 돈은 그대로였다. 언젠가 돌아올지 모른다는 생각에 상자에 담아 보관해 두었다.

그러나 달이 지나가고 해가 바뀌어도 난쟁이는 돌아오지 않았다. 여자는 그가 돌아오지 않는 이유, 혹은 영원히 돌아올 수 없는 이유에 관해 알지 못했다. 알려고 하지도 않았다. 다만 가끔씩 뒤를 돌아보았다. 이제 끝난 모양이야? 하고 물어오는 난쟁이가 거기 반드시 있어야 할 것 같았다. 그렇지 않아서 여자의 기분에 지난 사 년간의 세월이 어디론가 증발해버린 느낌이었다.

의식의 균형을 잡기가 한층 힘들어졌다. 사나흘에 한 번씩 쓰러졌다. 정신을 차려보면 넘어지면서 생긴 상처에서 흐른 피가 어느새 시커멓게 굳어 있기 일쑤였다. 아무 통증도 없이 앞니가 빠졌고, 이후로 다른 치아 두 개를 더 흘렸다. 거기에 고질적인 기관지염까지 겹쳐, 여자는 전보다 많은 휴식을 취해야 했다. 자는 동안에는 내내 꿈을 꾸었다. 꿈속에서 피보나치나 라마누잔 같은 이들이 나와 여자에게 말을 걸었다. 벡터 대신 스칼라를 사용해보라고 충고하거나 천체가 운행하는 원리를 에르미트 매트릭스에 빗대어 설명해주었다. 그 앞에서 여자는 침묵했다. 자신의 길이 그들과 다르다는 걸 잘 알고 있기 때문이었다. 그들이라면 이 길을 피했을 것이다. 그들은 누구도 넘볼 수 없을 만큼 뛰어난 업적을 이루어냈지만, 그러나 체계를 넘어설 생각까지는 하지 않았다. 그들은 자신들의 수학적 두뇌를 오직 십진법 안에서만 지지고 볶았다. 주어진 조건과 환경에서만 승리했다. 어쩌면, 바로 그러한 까닭에 그들이 위대한 천재로 불리게 되었는지도 모른다.

잠에서 깨어나면 여자는 다시 책상에 앉아 스물세번째 노트를 채워나갔다. 여자의 손목은 힘을 잃고 가늘게 떨렸다. 허리는 어느새 갈고리 모양으로 굽었고, 머리를 쓰다듬을라치면 하얗게 센 머리카락들이 잡혔다. 초조해진 여자는 스스로를 더욱 심하게 몰아붙였다. 덕분에 알파벳과 연산자와 아래첨자를 동시에 사용하는 비정형진법은 예상보다 일찍 완성되었다. 몇 번이고 검토를 해보았으나 어떠한 규칙도 발견되지 않았다. 파이를 닮아 반복이 없는 진법, 우주의 모든 소립자를 각기 고유한 기호군으로 규정하는 진법, 개별적인 차원 개념이 적용되어 선후 관계를 비롯한 일체의 선입견이 말끔하게 소거된 진법, 여자가 원하던 바로 그 형태였다.

하지만 그 진법을 이제까지 해온 모든 작업에 대입시키는 건 그야말로 엄청난 일이었다. 작업 속도가 극도로 지체되었다. 한 해에 고작 두 페이지를 채운 적도 있었다. 이즈음 그녀를 추동하는 원천은 더 이상 욕망이 아니었다. 그건 공포였다. 스물세번째 노트에는 다음과 같은 문장이 원망의 필체로 적혀 있다.

넌 왜 자꾸 세상보다 커지려고 하니.

몇 번이나 두 손을 허벅지에 올려놓고서 자신의 무모함에 대해 고민해보았다. 어찌 보면 십진법은 수학 그 자체다. 십진법에서 등을 돌리고 나면 너무나도 많은 걸 새로이 시작해야 한다. 거기에는 알카시도, 비에트도, 파스칼도 없다. 그 유능한 선배들은 모두 저쪽 편, 십진법 진영의 장수들이다. 반면 비정형진법을 사용하는 여자의 진영에는 광대한 사막만이 펼쳐져 있을 뿐이다. 착공도 되지 않은 황량한 모래밭에서 여자는 방향을 잡지 못해 헤매었다. 잘못된 길이라고 생각하진 않았다. 오히려 그 길의 당위성에 대하여 밑도 끝도 없는 확신을 갖고 있었다. 그러나 그 작업을 제대로 완수할 수 있을지에 관해서는, 자신이 없었다. 너무 늦은 걸까? 여자는 하루에도 몇 번씩이나 자문해보았다. 하지만 늦었다 하더라도 어쩔 수 없는 일이었다. 여자는 성인이 되던 바로 그해에 이 모든 작업을 시작했다. 그리고 사십 년이 넘게 흘렀다. 너무 오랫동안 해왔기에 이제 와 멈출 수 없는 일이었다. 연구를 멈추고도, 자기 자신을 통째로 멸시하고도 뻔뻔하게 살아갈 용기가 없었다.

스물세번째 노트의 몇몇 페이지 가장자리에는 쓸쓸함을 암시하는 단어가 이따금 끼적여져 있다. 그처럼 낙서를 하고 나서 여자는 습관처럼 뒤를 돌아보았다. 난쟁이는 거기 없었다. 거기에 오도카니 남아 있는 건 공백이거나 어느 특별한 과거의 미망이었다.

스물다섯번째 노트는 여자의 이지력이 어느 경지에까지 다다랐는지를 잘 보여주고 있다. 오랫동안 단련되어온 여자의 수식은 늙은 대가의 시처럼 숭고하고 아름답다. 연산은 과감하고 창조적으로 전개되며 뒤로 갈수록 급격히 간결해진다. 가끔씩 깊이 눌려진 점을 제외한다면 모든 부분이 정교하고 단정하다.

이 무렵의 어느 날 여자는 악몽을 꾸었다. 책상 앞에 앉아 비정형진법으로 이루어진 대단히 긴 다항식을 간단히 만들려 애쓰고 있었다. 그건 어려운 일이지만, 한편으로는 여자가 세상의 누구보다 잘하는 작업이기도 했다. 여자는 인내심을 갖고 살펴보았다. 그러다 문득 양변에 같은 값의 초타원함수가 들어 있음을 깨달았다. '바보함수'였다. 이제껏 발견하지 못하고 그냥 지나쳤다는 게 당황스러웠다. 황급히 약분하고 식을 정리하자 양변에서 역시 같은 값을 지닌 함수가 발견되었다. 어딘가 이상했지만, 여자의 손가락은 조금도 머뭇거리지 않고 약분을 계속했다. 일곱 페이지에 걸쳐 표현된 함수가 스르르 허물어지면서 무서운 속도로 줄어들었다. 결국 마지막 약분을 통해 '$\pi = \pi$'라는 무의미한 등식을 끝으로 말끔히 증발해버렸다.

깨어났을 때 여자는 땀으로 흠뻑 젖어 있었다. 몸에 기운이 하나도 없었다. 오십 년 가까운 시간과 인생이 한꺼번에 약분되어 사라지던 장면이 너무나 생생했다. 고개를 세차게 젓자 현기증이 일었다. 가만히 있을 수 없었다. 돌아볼 여유 같은 것도 없었다. 어차피 이제 얼마 남지 않았다. 여자는 생각했다. 이번 생이 잘못되었다 하더라도 돌이킬 수 없다. 숨이 붙어 있을 때까지 달리고, 되든 안 되든 그걸로 그만이다.

책상에 앉아 연필을 잡았다. 잠들기 전에 멈추었던 지점에서 호흡을 가다듬었다. 하얀 종이 위로 무수한 수학적 기호들이 신비로운 비정형진법과 함께 꿈꾸듯 유영하고 있었다. 오랫동안 매료되어왔던 몽롱함, 영혼이 고양되는 기분이었다. 인간으로서 취할 수 있는 평범한 행복은 노트 바깥에 있었다. 오직 인간으로서만이 취할 수 있는 특별한 행복은 노트 안쪽에 있었다. 여자는 평생 노트 안쪽에서 살아왔다. 노트에 자신의 견고한 성을 짓고 그 속에 머물렀다. 성의 유일한 법률은 기호와 논리여서, 그에 따라 원하는 만큼 사고하고 창조하고 연산하고 검토하며 자신의 존재 이유를 구축해올 수 있었다. 그러나 낡은 성은 위태롭고 독신의 군주는 노쇠했다. 여자는 잠시 눈을 감았다. 멍청한 기계와 좀더 자주 얼굴을 맞대었더라면 어땠을까. 손가락 마술사의 삐뚤어진 슬픔을 위로해주었더라면, 숫자에 떠밀려 배회하던 삶을 여러 형태로 잘게 쪼개어 귤의 난쟁이와 공유했더라면, 그랬더라면 내 인생은 어땠을까. 하지만 그 물음은 제 앞에 놓인 더 큰 질문으로 인해 오래 지속되지 않았다. 게다가 그건 일어나지 않은 일이었다. 매 순간 노트에서 폭발하듯 터져 나오는 질문만으로도 정신을 차릴 수 없이 바빴다.

이후로 팔 년에 걸쳐 모두 세 권의 노트를 추가했다. 신의 손가락은 매번 잡힐 듯 가까이 맴돌다가도 여자가 손을 내미는 순간 영속하는 어둠의 저편으로 사라졌다. 그러나 예전처럼 맥이 풀리지는 않았다. 심하게 낙담하는 건 정열과 패기로 가득 찼던 시절에나 가능한 일이었다. 이제 그런 시절은 끝났다. 게다가 낙담을 하는 이유는 일정한 분량의 고난을 감수했기 때문이며 고난을 감수하는 이유는 보다 나은 상황을 기대했기 때문일 텐데, 어찌된 영문인지 이제껏 단 한 번도 나아진 적이 없었다. 여자는 평생에 걸쳐 자신을 속이고 또 속아왔다. 그녀가 포기하려 할 때마다, 이어진 공식의 어느 지점을 끊으려 할 때마다 두 뼘 가까이 쌓인 그녀 안의 노트들은 자식을 지키는 맹수의 포악함으로 여자를 압박했다. 그러다 문득 정신을 차려보니 프로펠러의 엔진은 멎었고, 이제껏 날아온 타력에 의해 시퍼런 바다 위를 활공하고 있었다.

연구의 범위는 암세포처럼 증식되었다. 그건 탐욕스럽게 땀과 정신을 요구하는 깊고 넓은 늪과 같았다. 칠십대 중반을 넘어서며 때때로 작업을 중단해야 했다. 사유의 깊이는 여전했으나 노쇠한 신체가 자꾸 말썽을 부렸다. 하혈 때문에 방석이 붉게 젖는 일이 잦았다. 거기에 종기까지 겹쳐, 노트를 들여다보기 위해서는 바닥에 담요를 깔고 엎드려야 했다. 그러자 이번엔 허리에 문제가 생겼다. 척추를 안정시키기 위해 똑바로 드러누운 다음에는 제 차례라는 듯 지독한 등창이 찾아왔다. 하지만 끔찍하게 훼손되어가는 육신에도 불구하고 작업에 몰두할 때의 의식만큼은 불꽃처럼 타올랐다.

스물아홉번째 노트도 끝나갈 무렵 작업은 새롭고 강력한 질문과 맞닥뜨렸다. 여자는 비정형진법을 사용함으로써 십진법의 덫에서 날아올라 모든 가능성을 공략해왔다. 신의 손가락이 존재한다면 설령 그것이 허수나 무리수일지라도, 곡률이나 밀도, 집합, 심지어는 좌표에 해당할지라도 결국 규명해낼 수 있으리라 생각했다. 언젠가는 그 부드러운 손길을 온몸으로 느끼리라 믿었다. 하지만 그 값이 고정되지 않고 상황에 따라 변하는 것이라면? 신의 손가락이 배수로, 급수로 확산된다면? 그렇다면 신이 먼저 창조한 것과 후에 창조한 것 사이에 진법의 차이가 발생할 것이다. 혹은 모든 창조물과 창조물을 둘러싼 규칙이 신의 손가락을 닮아 배수로, 급수로 확산될 것이다.

여자는 이 난처한 질문에 답하기 위해 우주가 경험한 물리적 시간을 끌어들였다. 우주의 모든 부분들은 알려진 수백억 년 동안 자기 공간을 넓히기 위해 확산해왔고, 그 분포도는 통괄적인 시각에서 보았을 때 균등하다. 그 균등의 과정은 창조된 것들 사이의 선후 관계를 무너뜨리고, 혼재하도록 만든다. 그렇다면 우리는 하나의 진법으로 계산되지 않는 세계에 살고 있어야 하는데, 실제로는 가장 단순한 이진법만으로도 주위의 거의 모든 물리적 실체가 계산 가능하다. 그러므로 진법은 고정되어 있다.

여자는 괴롭게 고개를 저었다. 그건 희망에 불과하다. 여자의 염결한 의식은 그런 속임수를 허용하지 않았다. 대답에 포함된 '거의'라는 단어로 인해 진실은 오히려 그 반대가 될 수 있다. 거의 대부분의 물리적 실체는 계산이 가능하되, 원주율과 같은 특정한 사안에 대해서는 수렴의 해가 나오지 않으므로 이건 신의 진법이 변한다는 증거일 수밖에 없다. 진리는 단수여야 한다.

'거의'가 첨언되었다면 명백한 허구다.

여자는 넋을 잃고 노트를 바라보았다. 그게 무엇을 의미하는지 비로소 깨달았기 때문이다. 만약 신의 진법이 변화한다면, 진법이 고정되지 않는다면, 이번에는 진법 자체가 변수인 함수가 필요하게 된다. 그럴 경우 만물에 적용할 수 있는 궁극의 방정식이란 영원히 불가능하다. 왜냐하면 스펙트럼을 측정하지 않고서는 측량자의 동적인 규칙성을 알 수가 없으며, 측량자의 동적인 규칙성을 알지 못하는 상태에서는 스펙트럼을 측정할 수가 없기 때문이다. 결론은 깔끔했다. 봉투 안에 귤이 전부 몇 개 들어 있는지 몰라 전체 가격을 알 수 없고, 전체 가격을 모르니 봉투 안에 귤이 몇 개 들었는지도 알 수 없다. 어디 그뿐인가, 모든 귤의 가격이 다르다. 각기 처한 시간과 위치에 따라 변한다. 합쳐지고 나뉜다. 0으로 사라지고 무에서 생겨난다. 개수와 질량이 서로 교류한다……

이번엔 꿈이 아니었다. 그녀의 노트들이 정말로 약분되어 무너지고 있었다. 남은 건 비정한 선언이었다. 만물을 포괄하는 절대 규칙이란 없다. 사소한 것을 정의하는 특수 규칙도 없다. 모든 규칙은 관점이며 편의에 불과하다. 끝없이 높은 저 위에서 자명한 목소리가 들려왔다.

그래, 여기까지다. 더 이상 다가오지 마라.

신의 경고였다. 그건 어쩌면 한 인간이 평생에 걸쳐 견지해온 집념을 어루만지는 위로의 문장이었을지도 모른다. 덜커덕, 하는 소리와 함께 시간이 빠르게 흘렀다. 그러면서 의식에 가로세로 치열하게 얽혀 있는 어떤 환영이 마지막 흔적을 지우며 시리지는 걸 느꼈다. 그건 육신과 가늘게 이어진 여자 자신의 목숨처럼 여겨졌다. 소리는 계속해서 이어졌다. 그런데 이번엔 어딘가 달랐다. 신의 목소리가 아니었다. 익숙한 소리, 제 욕망의 소리였다. 그 소리가 머릿속에서 시끄럽게 앵앵거렸다. 시도하지 않은 영역이 아직 많이 남아 있다. 비정형진법을 확률적 수론 차원에서 접근하여 근이 되는 복소함수를 이끌어낼 수 있을 것이다. 거기서 딱 한 걸음이 부족할 뿐이다. 누가 알겠는가? 확장된 세타급수의 스칼라 변환을 통해 진법을 보호하는 상수가 유도될지 모른다. 어서 연필을 잡아라. 식과 기호를 나열하고, 연산에서 네 유일한 행복을 찾아라. 혹시 힐베르트의 불변식을 종속변수로 삼는 과정에서 진법의 유한 기저가 구상될지도 모른다. 아직 끝나지 않았다. 이제 와 그만둔다는 건 네 인생이 말짱 헛것이었음을 증명할 뿐이다. 까불지 마라. 그만두면 넌 끝장이다.

여자의 머릿속에서는 지난 오십여 년간 벽에 부딪힐 때마다 들려왔던 아우성들이 발악하듯 터져 나왔다. 그 소음의 편을 드는 건 쉽고 자연스러운 일이었다. 여자에게는 방대하고 깊이 누적된 알리바이가 있었기 때문이다. 그것들을 이용해 등식을 끝없이 나열하면서 얼마 남지 않은 인생을 말끔히 기만할 수 있었다. 또 여자는 다른 방식을 택할 수도 있었다. 어두운 단칸방에서 멸실된 젊음과 건강을 원통해하며 미쳐버리거나, 마침내 신을 영접했다고 선포하거나, 좌절감에 휩싸여 모든 걸 부정할 수도 있었다. 하지만 그렇게 하지 않았다. 여자는 고개를 돌렸다. 난쟁이의 옷가지가 담긴 상자를 바라보았다. 그 상자로 인해 여자는 제 늙은 욕망의 목소리에 대적할 용기를 얻었다. 노트를 보았다. 가만히 뒤를 돌아보았다. 그리고 다시 노트를 보았다.

그 순간 여자의 인생에서 가장 놀라운 도약이 일어났다. '끝'이라 쓰고 점을 깊이 눌러 찍었다. 증명이 불가능함을 받아들인 것이다. 여자는 스물아홉번째 노트를 고이 접어 다른 노트들 위에 쌓았다. 그 기나긴 여정의 기록 위에 손을 얹고, 가만히 숨을 골랐다. 이제껏 한 번도 하지 않던 행동이었다. 여자의 책상에서 모든 노트가 동시에 접힌 적은 없었다. 하나의 노트는 항상 다른 노트를 불렀고, 그것들은 열린 페이지 속에서 서로의 호흡이 되어주었다. 앞선 노트의 소출이 다음 노트를 살찌웠고, 앞선 노트의 곤궁이 다음 노트를 돌이켜 세웠다. 각각의 노트는 이웃한 노트로 인해 번성했으며, 저희들끼리의 경쟁을 통해 세상에 없던 길을 내었다. 그들이 동시에 숨을 멈춘 적은 한 번도 없었다. 하지만 이제 그 일이 벌어졌다.

여자는 맑은 정신으로 결과를 받아들였다. 핑계 같은 건 대지 않았다. 울거나 자학하지도 않았다. 그 대신 새로이 깨끗한 노트의 첫 장을 폈다. 해야 할 일이 있었다.

서른번째 노트는 여자가 남긴 마지막 기록으로서, 최후의 삼 년을 담고 있다. 여자는 첫번째 노트로 되돌아가 그간 자기가 어떤 경로를 지나왔는지 면밀히 검토했다. 그리고 이틀 요약하여 서른번째 노트에 차분히 옮겨 적었다. 언젠가, 누군가 스펙트럼과 측량자의 동적인 규칙성 사이에 놓인 필수 상보 관계를 파괴할 놀라운 아이디어를 품고 태어나 다시 한 번 수학의 심장을 공략하기로 마음먹는다면, 바로 그 노트에서 시작할 수 있을 것이다. 그리하여 여자의 정신이 도달한 거리 만큼의 시간을 절약할 수 있을 것이다.

후대의 천재에게 건네는 그녀의 수식은 구분이 불가능할 정도로 온갖 수학 영역이 혼합되어 있거나 혹은 영역을 초월하여 있다. 다양체의 대수적 구조를 교정하다 복소수의 적분으로 갈래를 텄다. 테일러 급수 전개로 추출한 과잉수 분포를 검토하며 간헐적인 중복 로그 그래프에 대입했다. 그러는 동안 여자는 아무것도 합리화하지 않고 아무것도 반성하지 않았다. 마침내 극한에 다다른 여자의 이지력은 위대한 용기의 다른 얼굴이어서, 평생에 걸친 노력이 무위로 돌아갔음을 깨끗이 수긍하도록 격려하는 한편으로 그간 소요된 매 순간에다가 무너뜨릴 수 없는 자부심을 입혔다. 최선을 다했던 작업에 대해 반성한다는 것은 결과와 보상에 과도한 의미를 부여하는 행위고, 스스로의 선택을 폄훼하는 수작이며, 어설픈 자기 연민으로 몰아 시간을 허비하게 만드는 일이다. 여자는 그처럼 바보짓을 하기엔 너무나 수학적인 인간이었다. 가끔 옛 노트에서 뚱딴지같은 오류를 발견하고는 수정하여 옮겨 적기도 했는데, 그러할 때조차 괜한 헛웃음을 짓거나 자책하는 법이 없었다. 그건 젊음이 지불했던 세금인 동시에 그것대로 최선이었다. 여자는 왜 당시에 그러한 벽에 부딪혔는지를 제삼자라도 된 양 평온하고도 냉정하게 관찰했다. 다만, 필체를 보면 이러한 검토 작업이 꽤 더디게 진행되었음을 알 수 있다. 이는 그녀의 시력이 당시 급격하게 쇠퇴하고 있었다는 사실을 암시한다.

서른번째 노트에서 가장 주목할 만한 특징은 수학 외의 내용도 상당한 분량을 차지한다는 점이다. 여자는 과거의 행적을 검산하면서 동시에 현재의 모험을 기록했다. 연구에 지쳤다 싶으면 줄 바꿈조차 없이 곧바로 삶의 사소한 감각과 어울려 재잘거렸다. 거기에는 세상에 존재하는 색채와 음정과 감촉에 대한 경탄이 어지럽게 교차하고 있다. 여자는 귤을 그리 쉽게 살 수 있다는 사실에 놀랐다. 두통을 가라앉히는 약이 존재한다는 사실도 처음 알았다. 뜬구름 같은 마음에 밖으로 나가 십여 년쯤 전에 생긴, 그래서 있는지조차 몰랐던 집 앞의 공원에 앉아 긴 시간을 보냈다. 새벽에 해가 뜨고 밤에는 해가 졌다. 해가 있을 땐 따뜻했고 해가 지면 싸늘해졌다. 그럴 것이라 짐작은 했지만, 정말로 그렇다는 걸 확인하고는 전율에 휩싸였다. 손가락 두 개가 들어가면 꽉 찰 만큼 앙증맞은 아기 양말에 현혹되어 색색별로 스무 켤레 넘게 사 모았고, '하루'라는 단어가 마음에 든 나머지 그 단어가 들어간 문장을 세 페이지 가량 나열했다. 좋은 향이 나는 비누를 사서 얼굴을 씻었다. 어깨 관절의 통증 때문에 병원에 갔다가 두 살 연하의 환자와 친구가 되었다. 그리고 이듬해 겨울, 목도리를 두르고 친구의 장례식에 참석했다. 중화프라이팬을 사와 열정적으로 요리를 했다. 맛은 둘째 치고 굉장히 매워서, 그렇잖아도 노쇠한 그녀는 반쯤 탈진해버렸다. 열기가 치밀어 오르는 그 몽롱한 순간에 여자는 주방에 함부로 드러누워, 멍청한 기계와 손가락 마술사와 귤의 난쟁이처럼 자기 삶에 희미한 무늬로 남은 이들을 떠올렸다. 그리고 자신이 선택한 행로에 대해 스스로 그렇듯이, 그들 또한 자기를 선택한 일로 너무 많이 고통받지 않았기를 빌었다. 이와 같은 세세한 일상사가 모두 여자의 서른번째 노트에 기록되어 있다. 그것은 초기 노트에 담겨 있는 낙서와 비슷하지만, 짜증스럽게 막막함을 호소하는 당시의 문장들에 비해 훨씬 부드럽고 잔잔하다. 이는 두 문장 사이에 일생을 휘감은 치열한 사랑이 놓여 있어, 그 성취에서 비롯된 마음의 평화가 그녀의 시간을 째깍거리는 초침 소리로부터 멀찌감치 떨어진 어느 높은 곳으로 인도해주었기 때문이다.

여자는 81세의 나이에 급성폐렴으로 숨졌다. 영혼이 마침내 육신을 벗고 떠나가는 최후의 순간까지도 성실히 수식을 검토하는 한편, 일상에서 끌어올린 감각을 섬세하고 풍요롭게 묘사함으로써 방정식에 부족한 부분을 채워 넣었다. 그것들은 인간의 삶을 정의하는 두 종류의 상호 보충적인 근이 되었다. 앞선 스물아홉 권의 노트는 그렇지 않지만, 여자의 마지막 노트엔 증명이 담겨 있다.

맥락의 유령

일전에 두 건의 중요한 약속을 연달아 잡아버린 적이 있다. 그 실수 탓에 사당동에서의 주제발표가 끝나자마자 한양대로 이동하기 위해 서둘러 택시를 타야 했다. 부슬부슬 내리는 빗속에서 기다리길 십여 분, 간신히 개인택시 한 대를 발견할 수 있었다. 문을 열자 악취가 물씬 풍겨왔다.

「미안합니다, 손님.」

기사가 침울한 목소리로 사과했다.

「속이 좋지 않아 방귀를 뀌었는데, 냄샐 없애려고 담배를 피웠어요. 손님은 그 두 냄새를 모두 맡으셨나 봅니다.」

혼자 실컷 호흡하라며 돌아서고 싶었지만 내겐 선택의 여지가 없었다.

이월의 마지막 날이었다. 퇴근 시간이 다가오는 터라 도로에 차량이 늘어나고 있었다. 택시는 아스팔트에 들러붙은 차가운 습기를 헤치며 부드럽게 달렸다. 나는 평소대로 조수석에 앉아 있었는데, 그처럼 시야가 확보된 곳이라야 오히려 집중이 잘되기 때문이었다. 택시 기사는 문을 열었을 때의 내 뜨악한 표정에 의기소침해진 듯 운전에 열중이었다. 앞에 한 뼘이라도 공간이 보이면 귀신처럼 끼어들었다. 그런데 운전을 좀 해본 사람이면 누구나 알겠지만, 그렇게 해서 얻을 수 있는 실익이라곤 빨리 달리고 있다는 착각에서 오는 마음의 평화가 전부다. 지그재그로 운전하는 바람에 괜히 주행거리만 늘어나게 된다.

단색으로 바래가는 사위를 보며 나는 한양대에서의 강연 내용을 속으로 정리했다. 늦어도 사십 분이면 도착할 것이기에, 그 시간을 쪼개 두 번에 걸쳐 핵심 주제의 순서를 확인할 참이었다. 그런데 내 몫의 시간은 딱 거기까지였던 모양이다. 택시 기사가 우물쭈물 말을 꺼낸 건 '금융자본이 실물경제를 위축시킬 정도로 확장되는 징후……'의 언저리거나 동작대교 진입로 부근이었다.

「이 여자가요, 손님, 남편을 되게 때렸대요.」

라디오에서는 여자 아나운서가 예쁜 목소리로 재잘거리고 있었다. 이렇게 예쁜 목소리를 가진 여자가 어떻게 남편을 때릴 수 있는가 전혀 궁금하지 않았기 때문에 나는 못 들은 척했다.

「땅을 팔 때 쓰는 삽으로 때렸대요. 아무리 그래도 그렇지, 남자가 제 아내를 고소까지 하다니.」

그렇게 말하면서 핸들을 두 손으로 잡았다 놓았다 했다.

나는 고개를 조금 왼쪽으로 돌려 그의 얼굴을 힐끗 보았다. 그리고 역한 냄새에만 신경을 쓰느라 기사의 면상노 세내로 보지 않고 승차한 경솔함을 후회했다. 의기소침이 문제가 아니었다. 그는 더 이상 어찌할 수 없다는 투의 낙담한 표정을 짓고 있었다. 그런 표정으로 내 목숨을 운전하는 터라 나는 조금 불안해졌고, 그래서 고개를 끄덕여 깊이 동의한다는 시늉을 지었다. 그 간단한 몸짓이 내가 대화에 굶주린 사람이라는 잘못된 인상을 준 듯했다.

「그나저나 이 길은 말이지요, 손님, 이 길로 다녀본 적 있으세요?」

동작대교를 빠져나와 작은 갈림길 끝에 있는 터널로 들어서며 그가 말했다.

나는 컴컴한 터널을 둘러본 뒤, 그러고 보니 이 길은 처음이라고 말해주었다. 반쯤은 농담이었고 또 반쯤은 기사의 기분을 고려한 거짓말이었다. 기사는 저만 알던 술집을 소개하는 주정뱅이처럼 신이 나 자랑했다.

「이 길을 지날 때면 기분이 그나마 조금 나아져요. 한강 절벽에 세워져 있는 이런 터널에 와야 기분이 좋아진다는 건 무얼 의미하는 걸까요? 어쨌든, 그래서 오늘은 약간 돌아가더라도 손님들 눈치 보면서 이 길을 벌써 세 번이나 지났어요.」

제 기분 좋아진다고 한강 절벽에 세워져 있는 터널로 빙 돌아가는 택시 기사란 뭐 하는 작자인가. 하지만 다행히도 나에게 한

강은 언제나 가장 빠른 길이었다.

「참, 신세 한탄 같지만 말입니다, 저는 왜 이렇게 운이 없지요? 회사 택시를 십 년 넘게 몰아 간신히 이 개인택시를 장만할 때까지만 해도 그럭저럭 운이 좋았던 것 같은데요.」

신세 한탄 같은 게 아니라 그게 바로 신세 한탄이었다. 말동무가 되는 궁지에서 벗어나려 손에 든 서류를 접었다 펼쳤다 순서를 바꿨다 펄럭거렸다 했지만 신세 한탄한테 지고 말았다. 터널을 벗어나면서부터 나는 포기했고, 사당에서 왕십리까지 운행하는 동안 벌어지는 대화의 주도권을 어딘가 불안해 보이는 기사에게 주었으며, 그런 탓에 시속 팔십 킬로미터로 늘어놓는 하소연을 인내심 있게 들어야 했다.

그가 한 말이 모두 사실이라면, 운이 없기는 없었다. 모아놓은 돈으로 개인택시 사업을 시작한 후 일 년도 못 되어 연달아 세 명의 죽음을 목격해야 했으니 말이다.

첫번째는 어느 만취한 승객이었다. 작달막한 체구의 그 남자는 왕십리에서 대치동까지 가는 길에 끊임없이 속을 게워냈다. 양도 어마어마해서 신호등 때문에 정차할 땐 아무리 조심스럽게 브레이크를 밟아도 뒷좌석에 쌓인 토사물이 운전석으로 밀려 넘칠 지경이었다. 그 역겨운 냄새를 참으며 택시비에 더해 세차비까지 넉넉하게 받아내겠다는 심정으로 달렸는데, 취객은 생각이 좀 달랐던지 막상 대치동에 도착하자마자 후다닥 문을 열고 뛰쳐나가더라는 것이다.

그 순간 뒤에서 달려오던 야식 배달 오토바이가 취객을 정면으로 들이받았다. 취객은 천사처럼 날아 도로변의 매점에 처박혔다. 사고를 낸 직후, 쩔뚝거리며 일어난 야식 배달 청년의 손에는 전화기가 들려 있었다. 그가 신경질적으로 뱉은 한마디는 다음과 같았다.

아, 지금 가고 있다니까요.

취객은 목이 부러져 즉사했다. 세차비는커녕 택시비조차 받아낼 수 없었다. 토사물 냄새는 취객보다 명이 길어, 한 달이 지나도 완전히 사라지지 않더란다. 그러고 보니 택시에 처음 탔을 때의 악취는 방귀와 담배 때문만이 아니었다.

「제가 못된 마음을 먹어서 그런 걸까요?」

농담처럼 들렸기에 나는 웃었다. 하지만 농담이 아니었다. 그는 정말로 죄책감에 젖은 얼굴이었다.

「세차비로 최소한 오만 원은 우려내겠다고 이를 악물면서 달렸거든요. 당장 내려놓고 싶었지만, 나중에 복수를 하겠다는 심정으로 보란 듯이 참았거든요. 그래서 벌을 받은 걸까요?」

그가 어리석게 느껴졌다. 우리들 대부분은 예기치 못한 상황과 맞닥뜨렸을 때 그 안에서 어떤 일관된 규칙을 발견하려 애쓴다. 원시인들은 일식에서 신의 분노를 보았고, 중세의 점성술사들은 혜성에서 재앙을 읽었다. 하늘이 인간의 손으로는 닿을 수 없는 숭고한 영역에 속한다고 믿었기 때문이다. 어쩌다 한 번 추리닝 차림으로 바깥에 나갔다가 흠모하던 여인을 마주친 청년

역시 자신의 불운에 머피의 법칙을 갖다 댄다. 하지만 아무리 그 럴듯하게 포장해도 그런 건 논리가 아니다. 일식과 혜성은 천체 물리학적 현상이고, 취객과 택시 기사가 겪은 불행은 그냥 재수 없는 우연이다.

물론 서로 관계없는 것들을 짝짓는 행위가 어리석은 사람들만 의 전유물은 아니다. 나 역시 유학을 끝내고 귀국한 직후부터 작 년까지의 삼 년 동안 그와 비슷한 미신에 침몰해 있었다. 미국 유 명 대학에서 받아 온 경제학 박사학위를 구경하려 사람들이 구 름처럼 몰려들 것이라 예상했지만, 정작 구름처럼 몰려든 건 유 학하면서 얻은 구질구질한 빚 독촉장들뿐이었다. 어찌 따져볼 엄두조차 낼 수 없을 만큼 견고한 사회에서 몰이해와 궁핍에 찌 들어가던 중 췌장에 염증까지 얻게 되자 이루 말할 수 없는 좌절 감을 느꼈다. 당시의 일기장을 보면 술에 취해 휘갈긴 이러한 문 구가 나온다.

— 삶이 나를 비껴간다. 내 췌장을 비껴간다. 아니, 내 췌장을 가져간다.

주위 사람들에게 인정받고 좋은 연구소로 출근하겠다던 유 복한 꿈은 내게 있어 결코 회복되지 않을 췌장의 생리적 안녕 과 정확하게 같은 뜻이었다. 나는 완전히 자포자기 상태였던 것이다.

「사람이 제 분수대로 살지 않고 욕심을 부렸다간 그렇게 되는 가 봅니다. 그게 끝이 아니었거든요.」

싸늘한 비가 검은 나무를 적시고 있었다. 택시는 어느새 한남대교 북단을 지나 두무개길을 달리는 중이었시만 기사의 자기계몽적 넋두리는 아직도 깜깜 터널이었다.

「작년 가을에 아들이 죽었습니다.」

정확히 말하자면 아직 태어나지 않은 아기였다. 갑자기 산통이 시작된 기사의 아내는 첫 출산이라 잔뜩 겁에 질려 있었다. 기사는 차량이 드문 새벽길을 쏜살같이 달렸으며, 능숙한 운전실력 덕분에 별 탈 없이 응급실 입구에 차를 댈 수 있었다.

문제는 차를 멈춘 직후 발생했다. 차 밖으로 이끌려 나온 아내가 남편의 품에 안겨 미친 듯이 비명을 질러댔던 것이다. 기사는 당황한 나머지 어떻게든 병원 안으로 데려갈 생각에 엉거주춤 등을 돌려 업었는데, 바로 그 순간 복부에 가해진 압력으로 인해 아내의 산도가 열리기 시작했다. 기사는 종아리로 주르르 쏟아지는 뜨거운 액체를 느꼈다. 깜짝 놀라 재빨리 몸을 돌리자, 이번에는 아내가 아스팔트 위로 구부정하게 쓰러졌다. 그리고 반쯤 나온 태아를 깔아뭉갰다.

「집사람은 처음부터 아기를 갖지 말자고 했어요. 우리 둘 다 아기를 갖기에는 나이가 좀 많았거든요. 왜 그 말을 귀담아듣지 않았던지, 원.」

또다시 이종 짝짓기다. 기사는 태아의 죽음을 우연과 예기치 못한 실수의 결과가 아니라 섭리를 거역한 대가로 받아들이고 싶은 모양이었다. 그래야 욕하고 원망할 대상이 확실히 정해지니 말이다.

원인을 모르는 불행이 얼마나 견디기 어려운 일인지는 충분히 이해할 수 있다. 하지만 상대를 잘못 골랐다. 유산의 결정적인 계기는 부적절한 시간과 장소에서 태아가 쏟아져 나왔기 때문이 맞다. 그 이유는 아내의 복부 압력이 급격하게 증가했기 때문이다. 복부에 급증한 압력은 기사가 병신같이 만삭의 산모를 등에 업으려 한 탓이고, 등에 업으려 한 이유는 아내의 산통이 병원 코앞에서 갑자기 격렬해졌기 때문이다. 거기까지 일련의 사건은 모두 직접적이라 불러도 좋을 만한 인과관계로 맺어져 있다.

그러나 나이가 좀 많은 것과 병원 코앞에서 격렬해진 산통 사이에는 통계적으로 아무 연결고리가 없다. 고립된 계에서 일어나는 엔트로피 증가 현상을 다른 무수한 고립된 계와의 보이지 않는 상호작용, 영적인 인과관계에 의한 결과라 생각한 데서 나온 오해인 것이다. 어떤 사람들은 우주 삼라만상이 모두 단일한 질서에 따라 한 치의 흔들림도 없이 진행된다고 믿는다. 그래서 뜻밖의 사태를 만나면 온갖 창의적인 사연을 만들어 원인이라며 갖다 붙인다. 그처럼 가난한 두뇌가 하는 일이라고는 영혼이 달아나지 않도록 붙잡고 버티는 게 전부다.

하지만 부끄럽게도, 나 또한 그런 적이 있었다. 지난해 사월에 출간된 내 첫 저서는 귀국하여 겪은 직업적 불운과 세상의 몰이해와 심지어는 췌장에 생긴 염증까지 모두 주류학계가 똘똘 뭉쳐 나를 따돌린 탓이란 원망에서 집필된 것이었다. 당연히 현실

분석이건 미래 전망이건 비딱하고 비관적일 수밖에 없었는데, 그게 패배자의 쩨쩨한 복수라는 사실을 감추기 위해 책의 맥락을 한껏 부풀리고 그럴듯하게 포장해놓았다. 그 작업의 한 가지 수단으로서 나는 경제학 분야에서 알려진 패턴이란 패턴은 모조리 동원해 서로 싸움을 붙였다. 어차피 패턴이란 기왕에 흘러온 흐름일 뿐이어서, 예외가 너무나 많이 존재한다. 게다가 하나의 패턴이 수용하지 못하는 예외는 다른 패턴의 존재 근거가 되기도 하는 관계로, 그런 상호 충돌이 서로의 타당성을 훼손해버리는 것이다. 포화가 사라진 전장에는 공격할 가치도 없는 허수들만이 살아남아 어슬렁거렸다. 그럼 나는 그 거지 같은 놈들을 데려다 장황하게 연설을 시켰다. 위대한 선대의 경제학자들이 평생에 걸쳐 이룩해놓은 유효 조합들을 나는 그런 식으로 겁탈했다. 무의미한 숫자는 암시적인 변수로, 암시적인 변수는 결정적인 통계치로 조작했다. 그 과정에서 버젓한 알고리즘을 가진 암담한 디스토피아가 창조되었고, 나는 그 불온한 체계를 마지막 장까지 일관되게 유지했다. 다시 말해 내 책은 일반인들의 경제 상식을, 경제학자들의 온당한 신념을, 미국에서의 값비싼 교육을, 주류학계에서 소외된 나 자신을 밑바닥까지 깔아뭉개려는 자학의 소산이었다. 원고를 마치고 난 뒤로는 얼마쯤 기진맥진했던 것 같다. 세상에 대한 저주를 있는 힘껏 쏟아내버린 탓이었다. 더 이상 욕할 대상을 찾을 수 없었기에, 심지어는 살아갈 기력마저 모두 소진한 심정이었다. 나 따윈 이만 뒈져버리는 게 낫겠다고 한강을 따라 이쪽 끝에서 저쪽 끝으로 왔다 갔다 하던 게 그즈음의 일이었다.

제 몸조차 가누지 못할 상태였음에도 기사의 아내는 탯줄을 타고 흘러온 무참한 감각에 놀라 넋이 달아났다. 석 달간의 입원 치료 끝에 하루 대여섯 시간씩 제정신으로 돌아오긴 했으나, 그때마다 남편을 원망하며 통곡했다. 그녀는 남편이 가장 빠른 길로 가지 않아 아기를 잃었다고 믿었다. 조금 돌아서 간 건 사실이지만, 그건 아내에게 요금을 더 뜯어내기 위해서가 아니라 위급한 마당에 사거리마다 주행과 정차를 반복하고 싶지 않았던 까닭이다. 하나 다행인 점은 등짝을 들이밀었던 남편의 치명적인 실수만큼은 그녀가 기억하지 못한다는 사실이다.

퇴원하자마자 친정에 돌아갔다고 했다. 이따금 통화를 하기는 하지만, 자학과 가학을 넘나드는 극심한 우울증으로 미루어 짐작건대 둘이 전처럼 단단한 관계로 합쳐질 가능성은 없어 보였다. 유산한 아내는 제 안으로 숨어들고, 끔찍한 실수를 간직한 남편은 타인의 목적지로만 움직인다.

우리가 탄 차는 동호대교를 지나고 있었다. 멀리 어둑어둑한 강 위를 헤엄쳐 가는 유람선이 보였다. 분명 그 안에는 저마다의 사연을 지닌 여러 사람들이 타고 있을 것이나, 내게는 어쩐지 어둠을 미끄러져 가는 성탄절 전구 다발처럼 보였다. 가까이 있지 않고 멀리 떨어지면 뭐든 하찮아 보이는 건 전구 다발의 입장에서도 마찬가지리라.

「그런 안 좋은 일들이 있을 때마다 아버지는 저를 위로해주셨지요. 그분이 곁에 있다는 사실만큼 든든한 게 또 없었어요. 아내가 유산을 겪었을 때에도, 또 친정에 가서 돌아오지 않겠다고 악다구니를 써대도, 아버지는 그게 모두 당신 잘못이라고 말씀하셨답니다. 당신이 젊었을 때 저지른 수많은 악행의 응보가 이제 아들인 저에게로 돌아오는 것이라고 말이지요.」

젊었을 때 저지른 악행들이 뭔지는 모르겠지만, 세상만사가 저를 중심으로 돌아간다고 생각한다니 그야말로 대단한 기백이 아닐 수 없다.

「그렇게 말씀하시며 제 손을 잡았지요. 그러면 저는 뭐랄까, 마음의 짐이 덜어지는 느낌이었어요. 아버지의 손바닥은 그렇게나 힘이 세었단 말입니다.」

기사는 잠시 침을 꿀걱 삼킨 뒤, 말을 이었다.

「그런데 알고 보니 당뇨가 세상에서 제일 세더군요.」

젊었을 때 저지른 악행이란 그러니까 과도한 설탕 섭취였다. 십오 년이 넘도록 당뇨 합병증으로 고생하던 기사의 아버지는 그해 마지막 날 새벽에 아들을 불러 깨웠다. 설명할 수 없는 불안감에 잠을 설치던 아들은 잽싸게 일어나 운전대를 붙잡았다. 평소 통원하던 잠실의 전문병원을 향해 달리는데, 영동대교 남단에 다다를 즈음 아버지가 뒤에서 불렀다고 한다. 잠깐 세워달라는 것이었다.

그 목소리가 애절하게 들리긴 했으나, 통행량이 많지 않은 새벽이어서 금방 도착한다고 아뢰고는 계속해 달렸다. 청담대교를 지날 때 또 한 번, 우회전 신호를 받아 동부간선도로로 진입할 때 또 한 번, 애절한 목소리가 들려왔다. 마침내 삼성교로 진입하기 위해 강남소방서 앞에 잠시 멈추어 좌회전 신호를 기다릴 때, 기사는 한숨을 돌리고 백미러를 보았다.

아버지는 눈을 감고 있었다. 기사가 몸을 틀어 오른손으로 아버지의 무릎을 톡톡 건드려보았다. 반응이 없었다. 브레이크에서 잠시 발이 떨어졌던지 차가 조금 앞으로 미끄러졌다. 기사는 브레이크를 꽉 밟았다. 그 요동에 아버지의 시든 몸이 옆으로 기울었다. 신호가 바뀌고 뒤에서 차들이 신경질적으로 경적을 울려댔다. 기사는 아랑곳하지 않았다. 계속해서 아버지의 무릎을 톡톡 건드리고, 계속해서 끅끅 울었다.

「분명 마지막으로 하실 말씀이 있으셨던 겁니다. 그 사람 참, 아버지가 세워달라고 하면 재깍 세워드릴 것이지, 무슨 고집으로 그렇게 달렸답니까?」

불쑥 끼어든 트럭을 향해 경적을 울리며 기사가 난데없이 삼인칭을 사용했다. 자신을 보다 효과적으로 나무라기 위해 유체이탈을 시도하는 모양이었다.

하지만 그건 부당한 자책이다. 시킨다고 도로 한쪽에 차를 대어 정신이 오락가락하는 응급 환자와 대화를 나누는 아들이라면 그놈이 바로 악당이다. 어떻게든 한시 바삐 병원에 모셔가야 할 것 아닌가. 기사는 잘못된 결정을 내리지 않았다. 안

타깝지만 기사의 아버지는 마침 죽을 때가 되어 죽은 것이다. 그럼에도 아버지의 죽음 앞뒤에 놓인 별개의 사건들을 멋대로 연결하여 불효를 창조해내는 이 무지막지한 가짜 논리는 도대체 무어란 말인가.

수십 군데 출판사를 전전하던 내 원한의 종이 뭉치가 서점에 깔린 건 지난여름의 일이었다. 말하자면 태평성대 시절이라, 누구도 호황이 지속될 것을 의심하지 않았다. 내 책에 담긴 주장이 몇몇 주식투자가들을 불안하게 만들기는 했으나 그뿐이었다. 경제학자들이 현실경제에 대해 느끼는 불안감은 생명체의 자기 복제 욕구처럼 너무나 당연한 현상이기 때문이다. 그보다 훨씬 다수의 사람들이 내 책을 완전히 쓰레기로 취급했다.

그런데 한 달도 되지 않아 상황이 급변했다. 휴전선 최전방에 있던 병사 하나가 철책 근무 중 총으로 자살을 했는데, 그 총성을 도발로 오인한 북측에서 수십 발의 대응사격을 한 것이다. 순식간에 주가를 비롯한 모든 경제지표가 곤두박질쳤다. 거리엔 실업자가 쏟아져 나왔다. 당황한 정부에서 국채를 발행한다 차관을 끌어온다 비상 대책을 내놓았으나, 그러한 노력이 오히려 절박함의 신호로 받아들여져 외국계 자본이 대규모로 철수하는 계기가 되었다.

내 책이 복권에 당첨되었다고나 할까? 금융 체질의 허약성을 지적하는 전문 서적들이 경쟁하듯 쏟아져 나왔지만, 많건 적건 반드시 내 이름을 본문에 인용해야 했다. 하루아침에 나는 정부기관과 온갖 기업들이 앞다퉈 초빙하길 원하는 선지자가 되어 있었다.

그러한 소동을 겪으며 나는 참 우스워졌다. 온 세상이 내가 설치해놓은 맥락의 덫에 걸려든 것이다. 사람들은 잘나가던 경제가 갑자기 고꾸라진 이유를 알고 싶어 했다. 경제학자인 나로서는 수긍할 만한 이유를 수백 개나 댈 수 있는데, 왜냐하면 그런 일이 이미 벌어졌기 때문이다. 우리 모두는 문제가 발생한 시스템에서 오류를 찾아내는 작업에 익숙하다. 그리고 언제나 틀림없이 오류를 찾아낸다. 찾아내지 못한 오류는 아직도 찾는 중이니 말이다. 외국계 자본이 철수한 이유는 정부의 미숙한 대처에서 찾을 수 있다. 정부의 미숙한 대처는 급격한 경제 여건의 변화에서 찾을 수 있다. 급격한 경제 여건의 변화는 안보 불안에서 찾을 수 있고, 안보 불안은 최전방에서의 작은 소동에서 기인한다. 세상만사가 역으로 추적된 그와 같은 질서에 따라 차근차근 진행이 된다면, 정말로 그걸 믿는다면, 사람들은 나에게 차라리 이렇게 물어야 했을 것이다. ─당신은 일간지에 '윤 모 일병'으로 표기된 그 병사의 실연(失戀)을 알고 있었는가?

그러면 나는 이렇게 대답하리라. ─천만에, 나는 그저 좀 비뚤어진 심성을 지녔을 뿐이오.

물론 진짜로 그렇게 대답해서 내 경력을 끝장낼 마음은 없다.

한 해도 지나지 않아 목격한 세 건의 죽음 앞에서 택시 기사는 크게 상심했다. 그의 말을 듣고 있는 나 역시 불안하고 조마조마해서 가슴이 뛸 정도였다. 누가 뭐라 해도 악운은 인간을 움츠러들게 한다. 그건 악운이 지닌 예측 불허의 특성과 관련이 있을 것이다. 유학 준비를 하던 시절, 죽음을 예측할 수 있으며 따라서 피할 수도 있다고 믿는 괴짜와 가까이 지낸 적이 있다. 그는 자신이 빌딩에서 떨어진 간판에 맞아 죽을 것이라 장담했다. 그 말이 사실이라면 무병장수가 손아귀에 든 것처럼 보일 테지만, 그게 또 말처럼 쉬운 일이 아니어서, 그는 오히려 남들보다 더한 불안에 떨어야 했다. 빌딩은 사방에 있고 간판도 마찬가지다. 정확히 어떤 녀석이 머리 위로 떨어질지 알면 좋으련만, 그냥 그중의 하나라는 건 전혀 모르는 것보다 훨씬 고약하다. 세상 모든 간판의 나사가 자신의 임무에 충실한지 아닌지를 확인할 방도는 없다. 설령 사다리를 타고 올라가 손과 눈으로 일일이 확인한다 치더라도 그 과정에서 도리어 이음새가 느슨해지는 건 어떻게 막을 텐가. 그리고 그 친구는 마침내 시카고 대학의 입학 허가를 얻어내어 출국을 코앞에 남겨둔 시점에 내장산으로 단풍 구경을 갔다가 굴러떨어져 식물인간이 되었다. 이제는 아무리 애를 써도 빌딩의 간판에 맞아 죽을 순 없게 된 것이다.

「그런데 또, 그게 전부가 아니더라고요.」

금호동을 지나 아파트 숲으로 들어설 때 기사가 한 말이었다. 슬그머니 강연 요약본을 들춰보던 나는 한숨을 쉬었다. 이 택시를 타고 어디 멀리 지방에라도 간다면 인류가 남아나질 않겠구나.

「사흘 전에 병원에 갔었지요. 의사 말이, 아무래도 장이 심상치 않답니다. 결과는 내일모레 나올 테지만 어찌된 일인지 전 제가 오래 살 수 없다는 걸 이미 알고 있어요. 목격한 그 모든 사건은 저더러 슬슬 죽음에 대비하라는 신호인 것 같습니다만.」

그 아버지에 그 아들이다. 이 택시 기사를 보살피는 신은 죽음에 대비하라는 신호를 포스트잇에 써 붙이거나 아름답게 상징으로 보여주는 대신 주위의 무고한 목숨들을 앗아감으로써 전하신다.

하지만 비아냥거리며 지나치기에는 기사의 목소리가 너무 짠하게 들렸다. 나는 그가 간당간당하게 서 있는 어떤 경계를 느낄 수 있었는데, 한때 나 역시 두 세계의 경계에서 그처럼 아파한 적이 있기 때문이었다. 그러한 감정의 동요로 인해 이미 죽은 자들이 산 자의 기억 속에 존재하는 방식에 관하여 나는 혐오가 아니라 흥미를 느꼈다.

비스듬히 오른쪽으로 한양대가 보이기 시작했다. 중간 크기산 하나를 통째로 차지하고 들어선 캠퍼스였다. 좌편 중턱에 있는 대학 부속 병원에서 시작해 제일 높은 곳에 자리 잡은 인문과학대학 건물을 거쳐 우편 끝자락의 종합체육관에 다다를 때까지, 굴곡에 대한 순응과 직선의 파괴력이 기묘하게 공존하고 있었다. 인간은 자연을 전에 없던 질서로 배치해놓았다. 이러한 바탕에서 영위하는 삶이 어떻게 전적으로 우연일 수 있을까.

그러다 어느 순간, 내 마음이 어디로 향하는지 깨닫고 당황했다. 그때마다의 필요에 의해 구축된 건물의 형태에서 나도 모르게 섭리를 찾고 있었던 것이다. 내 악한 마음에 스며든 미신이 부끄러움을 넘어 우스꽝스럽게 느껴졌다. 살아남기 위해 환경과 싸워야 하는 생명체 대부분은 매 순간의 애매성, 우연성에 대한 두려움이 너무 강한 나머지 쉽게 맥락에 기대려 한다. 하지만 그 주인을 사지로 인도하는 게 바로 맥락이다. 토끼가 멸종하지 않은 이유는 그 무력한 살코기가 어떤 패턴으로 도망치는지를 천적들이 몰라서가 아니라 도주의 패턴 자체가 없기 때문이다. 만약 토끼들이 일관성과 안정성을 확보하도록 진화하여 전에 성공했던 방식 그대로, 전에 성공했던 방향 그대로 도망친다면 어떻게 될까? 나는 고개를 저었고, 부쩍 늘어난 차량의 행렬이 지어내는 건강한 혼돈에 눈을 돌렸다.

「삼거리에 내려드리면 될까요?」

기사가 물어왔다. 교정에까지 들어가면 몸이야 편하겠지만, 강연할 내용을 다듬고 정리하기 위해서는 조금 걷는 게 나을 것이다. 시간도 넉넉히 남아 있어 그렇게 해달라고 부탁했다.

삼거리의 횡단보도 앞에 차를 세우며 기사가 다시 입을 열었다.

「실은 이 동네가 제 고향이에요. 여기서 태어났고 아직도 여기 살고 있다, 이거란 말입니다. 아버지랑 저기 보이는 목욕탕에도 자주 다녔고, 또 아내와도 결혼 전에 이 횡단보도 앞에서 자주 만났어요. 아, 그러고 보니 그 죽은 취객도 바로 여기서 태웠네?

아이고, 다 지난 일인걸 이 얘기를 왜 계속하나 몰라.」

나도 당신이 그 이야기를 왜 계속하는지 모르겠어요. 어떻게든 앞뒤 맥락을 맞춰보려는 마지막 시도인가요? 당신의 이야기가 나를 꽤 불안하게 만들긴 했지만, 그건 생명체의 자기 복제 욕구와 마찬가지로 너무나 당연한 것이랍니다. 괜한 감상에 젖지 말고 자, 여기 택시 요금이요.

지폐를 건네며 마지막으로 택시 기사의 얼굴을 보았다. 까맣게 타들어간 얼굴빛이 그제야 눈에 들어온 건 우리 사이에 짙은 이월의 밤이 놓여 있기 때문이었다. 사이드미러로 뒤를 확인한 후 안전하게 택시에서 내렸다. 마침 신호가 바뀌어 택시는 곧바로 출발했다. 부드러운 엔진 소리를 흘리며 내 앞을 지나갈 때, 그때 문득, 나는 택시 안쪽을 들여다보았다.

머리카락이 쭈뼛 서버렸다. 섬뜩한 기운이 목덜미를 타고 밀려왔다. 숨이 턱 막힌 채로 나는 꼼짝할 수 없었다. 택시 뒷좌석에, 그러니까 내가 탔던 자리 바로 뒤쪽에, 피골이 상접한 중년의 사나이가 시커먼 눈을 깜빡이며 앉아 있었던 것이다. 맙소사, 삼십 분 가까이 그 차를 타고 오면서, 내 뒷자리에 정치인 유시민을 빼닮은 사내가 앉아 있으리라고는 상상도 못했다. 심장이 오그라들 정도로 충격을 받은 나는 어떻게든 택시를 세우려 했다. 소리를 지르거나 손을 흔들어 기사에게 그 사실을 알리려 했다.

그러나 결국 그렇게 하지 않았다. 아마 나는 그 퀭한 사내를 삼거리의 번잡함 가운데 드러내는 대신, 택시 기사가 먼 어둠 속으로 멀리멀리 데려가길 원했던 것인지 모른다. 그런 일이 없었던 것처럼, 나와 안전히 무관하도록 말이나.

하지만 그는 이미 발견되었기 때문에, 나로서는 차곡차곡 귀에 들어앉은 택시 기사의 연속된 불행을 더듬어 하나의 인상적인 질서로 엮을 수밖에 없었다. 나는 주위를 두리번거리며 예정된 목적지에 제대로 내린 것인지 자문해보았다. 그처럼 내가 내린 곳은 낯설었다. 전엔 한 번도 온 적이 없던 곳, 심지어는 평생 지극히 경멸하거나 혐오했던 곳에 덜컥 남겨진 느낌이었다. 택시가 사근동 고개를 넘어 점처럼 작아지고 있었다. 돋았던 소름이 조금씩 가라앉았다. 그렇지만 만져보면 생판 모르는 남의 살갗 같았다.

한양대 강연을 완전히 망쳤다는 건 굳이 말할 필요도 없을 것이다. 옳건 그르건 남 앞에 선 연사는 자신의 주장에 확신을 갖고 있어야 하는데, 그날의 나는 그렇지 못했다. 요지를 제대로 정리할 여유를 갖지 못한 점도 있었지만, 그보다는 택시 뒷좌석에서 목격한 유시민의 퀭한 얼굴이 최전방 어느 병사가 자기 머리에 총을 쏨으로써 경제 영역에 그랬던 것처럼 내 마음을 뒤흔들어놓았기 때문이다. 나는 열정으로 가득 찬 한양대 경제학과 교수들 앞에서 우아하게 혼자만의 사색에 잠기고 말았다. 내게 주어진 조명 한가운데에서의 시간은 그렇게 지나갔다.

집에 돌아와, 성공을 거두었던 첫번째 책의 표지를 오랫동안 바라보았다. 내 삶의 엄청난 변화가 나와 전혀 관련이 없는 우연의 산물이었다는 생각에 그간 말 못할 쓸쓸함을 느껴오던 터였다. 하지만 그게 아니라면? 처음부터 그렇게 될 운명이었다면? 다시 말해, 저 책의 집필이 내가 모르는 어떤 신령스러운 계획의 일부였던 거라면?

그럼 난 몹시 행복해질 것이다. 불확실하고 변화무쌍한 조건들을 절망적으로 검토하는 대신 귓속의 스피커가 지시하는 대로만 행동하면 될 것이기 때문이다. 세상만사를 두려워할 필요 없이 멀리서 굽어보시는 어떤 존재 하나만 두려워하면 될 것이기 때문이다.

피타고라스는 사람의 혼이란 육신을 떠난다고 완전히 사라지는 게 아니라고 믿었다. 영혼이 본질적으로 신경세포들 간에 벌어진 정보교환 기록의 누적, 즉 기억을 지칭하는 다른 이름이란 점에서 볼 때, 피타고라스의 주장은 기억의 불멸을 암시한다. 그래서 나는, 이를테면, 에너지가 원래의 형태에서 붕괴되더라도 어떤 식으로든 사물이나 시간에 들러붙어 영속성을 과시하는 것처럼, 택시에서의 경험 역시 일정 부분 내가 영위할 차후의 삶에 개입할지 모른다고 생각해보았다. 예전 같았으면 이성과 논리가 그런 궤변에 저항했을 것이다. 하지만 나는 너무 지쳐 있었다. 내게 정말로 필요한 건 옳고 그름이 아니라 위로였다. 사상누각 같은 명성에 대한 불안과 연속된 강연으로 인해 고단해진 심신은 내 본연의 믿음으론 어찌 꾸며낼 수 없는 위안을 간절히 원하고 있었다. 자연수 2 다음에 난데없이 무리수 $\sqrt{5}$가 나오면 설령 그것이 간단한 수열 규칙에 따른 것이라 할지라도 우리의 정신은 당황해버린다. 반면 2 다음에 3이 나오면 모든 것이 안성되어 있는 것처럼 느껴져 마음이 놓인다. 저 빌어먹을 이월의 택시기사가 나를 그처럼 저급한 직관의 꽃동산에 데려다 놓았던 것이다. 냉장고가 망가져 새 냉장고를 주문했다. 새 냉장고를 주문했더니 새 냉장고가 왔다. 새 냉장고가 와서 두 손으로 새 냉장고를 매끄럽게 만질 수 있었다. 세상에, 어찌 이다지도 올곧은 일직선이란 말이냐. 그냥 막 꽃이 피고 새가 우짖는다.

물론 곰곰이 따져보면 그 이음부가 너무나 허술하다는 사실을 알게 된다. 냉장고가 내 집에 존재할 수 있는 현실적인 근거는 냉매의 이용이나 컨베이어벨트로 대표되는 대량생산 공정의 발달 등이고 그중에서도 전기의 발견이 특히 중요하며 전기의 발견은 모피에 호박을 문지른 그리스 철학자 탈레스의 우연하고 엉뚱한 행동에서 비롯되었다. 더 깊이 들어가도 마찬가지, 냉장고가 존재하는 과학적 원인은 만물을 이루는 소립자들의 독특한 결합 방식에 있고 그 방식은 태초의 위대한 우연인 빅뱅 과정에서 조성된 것이다. 하지만 그러거나 말거나 눈앞에 전개되는 대부분의 현상은 아귀가 딱딱 맞아떨어지는 것처럼 보였으니, 거기에 우연 따위가 틈입할 자린 없다고 입을 다물어버리면 마음이 그렇게도 평화로워질 수가 없었다.

이런 변화는 초겨울로 예정되었던 후속작 출간을 취소한 일과도 어느 정도 관련이 있을 것이다. 그간 나는 많은 출간 제의를 받았으며, 고심 끝에 한 출판사와 계약을 맺었다. 하지만 일곱 달에 걸친 집필은 결국 무위로 끝났다. 내 이름을 걸고 차후의 경제 흐름을 예측하는 건 전에 그랬던 것처럼 통계 수치들을 멋대로 조작하는 정도로는 부족했다. 팽창하는 불확실성을 제어하기 위해 나는 어쩔 수 없이 공인된 패턴에 의존하기 시작했고, 그 결과 내 책은 하루가 멀다 하고 쏟아져 나오는 여타의 경제 서적들과 거의 모든 관점에서 흡사해졌다. 자존심을 지키기 위해 할 수 있는 일이라고는 출간을 취소하는 것뿐이었다. 매서운 겨울이 오기 직전 나는 거액의 위약금을 배상했으며, 덕분에 통찰력 있는 선지자로 계속해 남을 수 있었다. 그건 첫번째 책이 거두었던 놀라운 성공과는 달리 내가 세심하게 계산하고 예측하여 대비한 딱 그만큼의 결과였다.

그러한 학습의 효과로 나는 조금씩 우주를 두 가지 시각에서 바라보기 시작했다. 하나는 기존에 견지하던 대로 어처구니없고 위태로운 불확실성의 세계였다. 다른 하나는 새롭게 다가온 신비롭고 완전무결한 직관의 세계였다. 불확실한 세계는 학자로서의 긍지를 지켜주었고, 직관의 세계는 췌장이 작살나지 않도록 막아주었다. 그처럼 사랑스러운 이중장부를 통해 신념과 필요의 균형을 당분간은 적당한 선에서 유지할 수 있었다.

하지만 얼마 지나지 않아, 그간 써온 게 이중장부가 아니라 아예 새로운 장부였음을 나는 똑똑히 깨닫게 되었다. 송년모임이 있어 한양대 지하철역에서 내려 사근동 방향으로 걸어가던 중이었다. 오후 여섯 시가 조금 안 되었던가. 앞서 말한 삼거리 횡단보도에는 행인이 많지 않았다.

그리고 나는 보았다.

맨홀 위쪽에 기묘한 형상이 있었다. 그럭저럭 사람의 형체를 띤, 주위의 차갑고 투명한 대기와 미세하게 구분되는 흐릿한 형상이 하나 서 있었다.

오싹한 기운이 등줄기를 훑고 지나갔다. 하지만 그 오한은 내가 알지 못하는 무언가가 아니라 내가 곧장 설명해낼 수 있는 무언가로 인한 것이었다. 나는 그것의 정체를 즉각 알아보았다. 이미 내 정신을 잠식한 이종 간의 짝짓기가 눈앞에서 벌어지는 낯설고 예기치 못한 현상을 맥락에 맞게 연결해주고 있었기 때문이다. 그곳은 다른 곳도 아니고 바로 한양대 앞 삼거리였다. 세상 천지에 이보다 명백한 일이 어디 있겠는가.

그건 영혼이었다. 허리 숙여 쉴 새 없이 속을 게워내던 취객의 영혼이었다. 탯줄이 달린 채로 제 어미에게 깔려죽은 태아의 영혼인 동시에, 작별 인사도 없이 아들과 헤어져야 했던 노인의 영혼이기도 했다. 그처럼 복잡다단한 영혼 한 무더기가 이리저리 형상을 바꾸어가며 횡단보도에 서서 바삐 달리는 차량의 행렬을 구경하고 있었다.

신호등이 몇 번이나 바뀌었고 약속한 시간도 지났지만 나는 자리를 뜰 수 없었다. 술에 취한 연인들이 모텔이 즐비한 거리로 사라졌고 누군가 죄 없는 까치에게 쌍욕을 퍼부었다.

짧은 겨울의 해가 그러하듯 하늘의 구름이 동쪽에서 넘어와 서쪽으로 흘러갔다. 주위에는 육중한 어둠이 깔렸으며, 노출된 피부에 들러붙는 추위의 속도로 네온사인이 명멸하기 시작했다. 그러는 동안에도 내 앞의 형상은 끊임없이 모습을 바꾸었기에 나는 그들이 무얼 원하는지 짐작할 수 있었다. 확장과 수축의 너울대는 몸짓은 막연한 기다림을 표현하는데, 어느새 날은 완전히 어두워져버렸다.

이윽고 어둠 사이로 또 하나의 영혼이 미끄러지듯 다가왔다. 진즉에 예상했던 대로 내가 아는 사람이었다. 묻지 않아도, 보지 않아도 알 수 있었다. 구린 냄새를 사과하는 우울한 목소리며 불행을 몰고 다니는 택시 속에서 짓던 낙담한 표정들, 또 라디오에서 들려오던 어느 광폭한 여자 아나운서의 예쁜 웃음까지 그와 관련된 일이라면 뭐든 생생하게 기억하고 있었다. 그 택시 기사가 또 하나의 슬픈 사연을 거치느라 자신의 육신마저 잃어버리고 이처럼 흐릿한 형체가 되어 내 앞에 다시 나타난 것이다. 그가 나에게 살짝 웃어보였던 것 같다. 나 역시 어색하게 고개 숙여 답례했던 것 같기도 하다. 비록 증거는 없지만 그가 나라는 존재에게, 그리고 내가 그라는 존재에게 재회의 인사를 건넸다는 사실은 새로 배달된 냉장고처럼 분명하다.

내가 지켜보는 가운데 마주친 두 개의 공간이 우아한 접촉의 형상을 지어보였다. 그건 우리가 흔히 말하는 악수 같기도 했고, 전혀 다르기도 했다. 두 팔의 형태가 서로 맞닿아 위아래로 흔들

릴라 치면 그것은 과연 오랜 기다림 끝의 악수를 빼닮았다. 하지만 그러면서 두 공간이 한곳으로 수렴될 때, 그것은 물실의 한계를 벗어난 어느 고요한 마음이 다른 고요한 마음과 소통하는 영혼들만의 방식이었다. 이윽고 둘이 겹쳐지기 시작했다. 팔이 먼저 겹쳐졌다. 다음엔 가슴이 겹쳐졌다. 눈과 귀가 겹쳐지고, 연속해 머리카락과 뒤통수도 겹쳐졌다. 그러다 어느 순간 완전히 하나가 되어, 중첩된 공간 너머에 도사린 어둠을 뿌옇게 가려놓았다.

나는 못 박힌 듯 그 자리에서 움직일 수 없었다. 다만 개새끼한 마리 없는 영하의 저편을 응시하면서, 지난 시절 겪어야 했던 시련과 뜻밖의 성공이, 겨울비 내리던 날 빚어진 저 운명적인 만남이, 취객과 태아와 아버지와 택시 기사의 아찔한 죽음이, 이어 그 모든 질서정연한 패턴의 다음 단계로 마침내 목욕탕 앞 하수구 맨홀 위에 현현된 이 장엄한 수증기의 승천이 나에게 암시하려 한 높고 깊은 의미가 무엇일까 곰곰이 자문해보았다. 그러할 때 내 마음의 뒷좌석에 앉아 발견되기만을 기다리던 맥락의 유령은 허연 이를 드러내며 웃고 있었다.

어떤 고요

젊은 여교사가 수업을 마치고 퇴근하는 길이었다. 마을 어귀에 들어서면서부터 이상한 소리가 들려왔다. 무슨 소리인지, 어디서 나는 소리인지 알 수는 없었지만 강원도의 작고 낮은 마을에서 그처럼 커다랗게 울려 퍼지는 소음이란 분명 예외적인 일이었다. 불안한 마음에 걸음이 점점 빨라졌다. 그렇게 마지막 골목을 돌아설 때, 여교사의 얼굴은 딱딱하게 굳어졌다. 이웃 주민들이 하필 그녀의 집 앞에 모여 웅성거리고 있었던 것이다. 뭐라고 묻기도 전에 이웃 하나가 대답했다.

"우리도 모르겠어요. 막 두들겨봐도 대답이 없네요."

여교사는 황급히 열쇠를 꺼내 현관문을 열고 안으로 들어갔다. 소리는 굳게 닫힌 안방에서 터져 나오고 있었다. 문을 활짝 열어젖혔다.

그 순간 마주친 광경을 젊은 여교사는 평생 잊지 못한다. 낡은 흑백텔레비전 앞에 막 여섯 살이 된 그녀의 둘째 아이가 앉아 있었다. 눈을 휘둥그렇게 뜬 채로, 볼륨을 끝까지 올린 스피커에 귀를 바짝 붙이고서, 자신에게 도대체 무슨 일이 벌어진 건지 이해하려 끙끙대고 있었다.

아이는 그날 귀가 멀었던 것이다.

하지만 나는 기억을 못한다. 귀가 먼 직후부터 조금씩 청력을 되찾게 되기까지, 소리를 듣는 일에 다시 적응을 하기까지 대략 두 해 동안의 기억이 깨끗하게 지워졌기 때문이다. 그러니 그것은 나의 시련이 아니라 부모의 시련이었다.

당시 원주에서 영험하다고 소문난 문창모이비인후과가 나를 초진했다. 의사는 겁에 질려 있는 작은 귀머거리를 이리저리 관찰하더니 묵묵히 약을 지어 주었다. 그 하얀 봉투에 든 약이 무엇이었는지 나는 아직도 궁금하다. 아마 젤리빈이나 콩사탕이 아니었을까 짐작한다. 배만 부르고 전혀 차도가 없었으니 말이다. 그런 상태로 40여 일이 지났다. 갑작스런 적막 속에 갇힌 나는 다친 짐승이 그러하듯 급격히 난폭해졌다. 신경질적으로 텔레비전 볼륨을 올려대고, 수틀리면 손에 잡히는 아무 물건이나 집어던졌다.

여섯 살짜리 아이가 집안의 갑(甲) 행세를 시작하자 부모는 걱정이 태산이었다. 그 나이에 귀가 멀어버리면 공부를 하는 것도 어렵고, 꿈을 갖기도 힘들다. 벌써 빠르게 그간의 언어를 잃어 가는 중이었다. 아니, 기기 먼 며칠 사이에 아이의 언어는 순식간에 붕괴되어버렸다. 되는대로 꺽꺽 소리를 지르고 울부짖을 뿐이었다. 훗날 어느 술자리에서 외삼촌이 당시 그 모습을 흉내 낸 적이 있는데, 아주 가관이었다.

절망에 빠진 부모는 온갖 궁리를 다 하였다. 저 헬렌 켈러를 장차 어떻게 할 것인가? 하루는 답답한 마음에 의사에게 물어보았다.

"어찌, 치료될 가능성이 좀 있습니까?"

그랬더니 의사가 버럭 소리를 질렀다.

"고작 40일 병원에 다녀놓고 벌써 낫기를 바라는 거요?"

귀가 먼 건 아들인데 왜 나한테 소리를 질러 이 자식아. 그가 노리는 게 기적 혹은 자연 치유임을 깨달은 아버지는 즉각 나를 이끌고 상경하였다.

서울 세브란스병원의 의사들은 감격스러울 정도로 친절했다. 토요일 오후였음에도 먼 곳에서 왔다며 여러 가지 정교한 테스트를 실시했다. 커다란 유리 돔 안에 나를 집어넣고 밖에서 이것저것 묻기도 했다. 나는 물론 제대로 답을 못하였다.

검사를 마친 의사들은 논의 끝에 두 가지 서로 다른 처방을 내렸다. 하나는 편도선염에 의한 청력의 상실이고, 또 하나는 청각 기관의 물리적 손상이었다. 의사들은 우선 편도선염에 대한 처방으로 약을 조제해 주었다.

"먼 데서 오셨으니 한꺼번에 십오 일치를 지었습니다. 그 후에도 마찬가지면 다시 오세요. 그때는 보청기 처방을 해보아야 할 것 같습니다."

그렇게 약을 한 보따리 챙겨 병원 문을 나섰다. 그런데 일가족이 모두 함께 왔던 터라, 기왕 서울에 온 김에 창경원이나 구경하자며 놀러갔다. 막내아들이 귀가 먼 와중에도 강원도에서 상경한 우리 가족은 마냥 코끼리가 보고 싶었던 것이다.

그곳에는 코끼리뿐 아니라 호랑이도 있었을 것이다. 기린도, 얼룩말도 있었을 것이다. 어머니와 아버지와 한 살 위인 형은 그이국의 동물들을 보며 몹시 즐거워했을 것이다. 십중팔구 나도 그랬을 것이다. 좋아서 짐승처럼 꺽꺽 날뛰었을 것이다. 하지만 기억이 나지 않는다. 유년의 기억이 형성되기 위해서는 오감의 범우주적 공조가 필요하다. 그 감각 중 하나에 구멍이 나버렸기 때문에, 나는 그 시절의 단 한 장면도 기억을 못한다.

세브란스병원의 의사들은 원주의 소리 지르는 무당보다 친절할 뿐 아니라 실력도 뛰어났다. 받아온 약을 일주일쯤 복용했을 때부터 조금씩 청력이 돌아오기 시작했다. 그리하여 십오일 분의 약을 다 먹고 나자 경적 소리에 차를 피할 수준으로 회복되었고, 다시 한 달쯤 지나면서는 나를 매우 칭찬하는 이야기 정도는 재깍 알아들을 수 있게 되었다. 의사들의 첫번째 처방이 적중했던 것이다. 그들에 대한 감사와 존경의 표시로 가난한 사람들을 치료해주는 봉사의 삶을 사는 건 어떨까 고려해보았지만 의대에 못 갔다.

청력이 회복되어가던 터라 특별한 보호가 필요했던 나는 춘천의 외갓집에 맡겨졌다. 싹싹하고 영리한 데다 귀까지 되게 밝은 형은 원주의 부모 곁에 그대로 남았다. 일종의 분리수거였다. 부모의 맞벌이 사정 때문이었지만, 다행히 그 결정은 모든 점에서 최고의 선택이었다. '모든 점'이라 했으니 미괄식으로 장점 몇 가지를 나열한 뒤 제일 뒤에 핵심 장점을 넣어야 글의 흐름에 맞겠으나, 따져보면 모든 장점은 네 음절짜리 한 단어로 간결하게 수렴된다.

외할머니는 내게 백 퍼센트의 존재였다. 체온이 필요하면 업어줬고 놀이 상대가 필요하면 놀아줬다. 배가 고프면 석유곤로를 이용해 중국식 계란볶음밥을 만들어 주었고, 잡다한 병에 걸리면 소아과를 찾아 밤하늘 은하수를 훨훨 날아다녔다. 그분의 외손자라는 사실만으로도 나는 말갈족을 수하에 거느린 것처럼 안심이 되었다. 그건 비단 어린 시절뿐만이 아니라 성인이 되고 나서도 마찬가지여서, 깡패 짓을 하고 다닐 때나 외국의 도시에서 넉살좋게 굴러먹을 때나 마음의 절반은 항상 그분 옆구리에 기대어 있었다. 호의와 적의를 구분하지 못하여 부모 형제를 포함한 세상 모두에게 원수를 만난 양 덤벼들던 내 유년기의 공격성이 오직 그분만을 비껴갔다는 건 놀라운 일이다. 아마 외할머니는 교감의 천재였던 모양이다. 후에 외할아버지가 뇌졸중으로 언어중추를 다쳐 발음이 어눌하게 되었는데, 그걸 드러내기에는 자존심이 너무 셌던 탓에 외할머니하고만 작은 목소리로 대화를 나누곤 했다. 그때 외할머니의 얼굴에 담긴 백 퍼센트의 눈빛과 표정을 보며, 내가 바로 그 맞은편에 조그맣게 앉아 있던 시절이 떠올라 온몸이 저릿저릿해진 적이 있다.

나는 일 년 조금 넘게 외할머니의 품에서 자랐고, 갈아엎었던 대부분의 말을 그때 새로이 배웠다. 그분과의 대화 속에서 그분의 말을 배웠다. 그러니 내 언어 속에는 내가 살아온 시공간보다 외할머니가 살아온 시공간이 훨씬 많이 담겨 있는 셈이다. 내 언어에는 한국동란의 고단함이 담겨 있다. 내 고향 춘천뿐 아니라 외할머니의 고향인 '영변의 약산'도 담겨 있다. 내 언어는 외할머니의 품에서 생겨났다.

외할머니는 여러 종교를 옮겨 다니다 말년에 기독교의 한 분파에 정착했는데, 어딘가 지나친 감이 있었다. 그걸 못마땅해하는 나에게 하루는 이렇게 말했다.

"이건 진짜야. 이게 진짜가 아니면, 이게 진짜가 아니라면 할머니는 너무 슬퍼. 너무 억울해."

나는 그 문장에서 삶을 백 퍼센트로 살아온 이만이 맞닥뜨릴 수 있는 어떤 공허를 보았고, 그래서 다신 외할머니의 신앙생활에 토를 달지 않았다. 2007년 겨울 그분이 떠났을 때, 나는 딱 한 번 내 이성과 신념을 정면으로 거스르면서, 천국이라는 높고 아름다운 곳이 세상 어딘가에 정말로 존재해주기를 진심으로 빌었다.

　여덟 살이 되면서 춘천에서의 행복했던 시간은 끝났다. 나는 원주로 돌아가 초등학교에 입학했다. 소리가 들리긴 들렸지만 여전히 심한 난청이었다. 특히 낮게 점잔 빼는 유형의 목소리에 애를 먹었는데, 후에 알아보니 그처럼 특정한 음파에는 내 귀가 전혀 반응을 하지 않는 것이었다. 그것은 이미 치료나 회복이 불가능할 정도로 상실된 영역이었다. 선생의 목소리가 들렸다 말았다 하니 수업에 집중할 수가 없는 건 당연한 노릇이었다. 게다가 나는 말을 완전히 새로 배워야 했던 탓에 남들보다 시작도 많이 늦은 상태였다. 한 살 위인 형이 초등학교에 들어가기 전부터 한글을 완전히 터득하고 있었던 데 반해 나는 초등학교에 들어간 뒤에도 1학년 때는 전혀, 2학년 때는 거의 글을 읽거나 쓰지 못하는 지진아였다. 말은 외할머니로부터 배웠지만 문자까지 배우진 못했던 것이다. 스스로 창피한 건 둘째 치고 부모가 모두 선생인지라 상당한 집안 망신이었다. 자연스레 남의 눈을 피해 구석으로 숨어들곤 했다. 그때는 내가 보이지 않는 척 무시하는 게 날 도와주는 길이었다.

　하루는 옆 반의 여자아이가 제 어머니를 앞세워 집으로 찾아왔다. 내가 자기 가방에 발을 집어넣어 망가뜨렸다는 것이다. 나는 절대로 그러지 않았다. 더 심한 짓을 했을지는 몰라도, 지질하게 그 애의 가방에 발을 집어넣어 망가뜨리진 않았다. 여자아이는 제 어머니 뒤에 숨어 고개를 끄덕이거나 가로젓기만 했다. 당시 내 부모는 모두 그 초등학교의 선생이어서 학부모가 항의하면 일단 들어주어야 할 입장이었다. 몹쓸 모녀가 가방값을 챙겨 의기양양하게 돌아가고 난 뒤 나는 아버지에게 흠씬 두들겨 맞았다. 입에서 터져 나오는 대로 부인했지만 소용없었다. 사실이 분명히 여기 있음에도 그걸 어찌 이해시킬 수 없다는 절망감, 내 논리와 언변의 부족, 특히 내 편의 부재가 너무나 아팠기 때문에 이 사건은 오랜 시간이 지난 지금까지도 선명하게 기억에 남아 있다.

한번은 이기호 작가와 대화를 나누다 그가 같은 학교에 다녔다는 사실을 알게 되었다. 우리는 동갑내기여서 그 코딱지만 한 교사(校舍)를 오가며 마주친 적도 몇 번 있었을 것이다. 필경 이기호 작가는 그때부터 책도 잘 읽고 글도 잘 쓰고 나불나불 농담도 잘하고 괜히 까불다 두들겨 맞기도 잘했을 것이다. 나는 그때 어둠 속에 있었다. 이것은 비유가 아니다. 그때 나를 둘러싸고 있던 건 정말로 새까만 어둠이었다. 만약 이기호 작가가 당시 원주 태장초등학교의 복도에서 이리저리 꿈틀거리는 새까만 공기덩어리를 보았다면, 그게 바로 나였다.

부모가 두 분 다 공립학교 선생이라 전학을 여러 번 다녔다. 그러는 과정에서 한 살 위인 형이 사교성 많은 아이가 되었다면 나는 이별에 익숙한 아이가 되었다. 그렇다고 무뚝뚝한 건 아니었다. 오히려 친구를 만들기 위해 필사적이었다. 그 나이대의 아이들에게 친구란 생존의 문제에 육박하는 탓이다. 하지만 불러도 제대로 듣지 못하는 아이를 누가 친구로 삼아주겠는가. 그래서 공짜가 아니라는 사실을 크게 홍보했다. 조금이라도 호의를 보이는 아이에게는 샤프도 주고 지우개도 주고 필통도 주었다. 간도 쓸개도 내주었다. 대신 청소를 해달라고 하면 대신 청소를 해주었다. 대신 당번을 서달라고 하면 대신 당번도 서주었다. 내게 부탁을 한 뒤 좋은 곳에 놀러 가면 잘 놀다 오라고 손까지 흔들어주었다. 그래서 당시의 친구들은 죄다 수에 밝은 얌체들뿐이었다. 점잖고 사리분별이 올바른 아이들은 내 근처에 오지도 않았다.

그러다 초등학교 3학년 때 강원도를 떠나 서울로 전학을 왔다. 서울 아이들의 텃세는 그간 경험한 것과 차원이 달랐다. 얌체 짓으로 전쟁을 한다면 그 학교 학생들만으로도 강원도 $16,874km^2$를 통째 점령했을 것이다. 어떻게든 어울려보려 굽실거렸지만 일주일이 흐르고 한 달이 흘러도 나아지는 게 전혀 없었다. 그러던 어느 하루, 호구 노릇에 신물이 난 나머지 양철 쓰레받기로 급우를 마구 때렸다. 물론 대가는 톡톡히 치렀으나 그 사건 이후 나를 둘러싼 분위기가 확연히 달라진 걸 느낄 수 있었다.

며칠의 관찰 끝에 전략을 세웠다. 꽤 세 보이는 녀석을 골라 내 쪽에서 먼저 시비를 걸었다. 당연히 전생이 보일 정도로 두들겨 맞았지만, 적어도 나는 그 녀석과 맞장을 떠본 거물이 된 것이다. 며칠 지나 멍이 가라앉자 한 덩치 하는 다른 녀석에게 다가가 또다시 싸움을 걸었다. 단방에 맥없이 코피를 뿜으며 나가떨어지기에 어찌된 일인가 봤더니 그게 나였다. 나중에 안 사실인데 그 아이는 3학년 최강 싸움꾼이었고, 나보다 심한 청각장애가 있었으며, 게다가 여자애라나 뭐라나.

아무튼 그런 식으로 여러 아이와 싸움질을 했다. 이처럼 미친 짓을 계속하다 보면 완전히 따돌림을 받을 것 같지만, 적어도 초등학생들의 세계에서는 그렇지가 않다. 순위권 밖에서 출발한 내 페킹 오더Pecking order는 요래조래 올라갔다. 신분이 너무 빠르게 상승하는 바람에 흡사 과거에 급제한 기분이었다. 나는 어둠에 갇혀 눈물이나 짜는 외톨이가 아니라 매사 조심스럽게 대해야 하는 꼴통이 되었다. 그게 바로 내가 원하던 것이었다. 인생 최초의 베팅이었고, 성공이었다.

그해가 나에게 중요한 의미를 갖는 이유는 한 가지 더 있다. 전국 규모의 어느 신문사에서 개최한 어린이 글짓기 대회에 참여해 큰 상을 탔다. 그건 기적이었다. 1학년 때에는 '태극기'조차 제대로 쓰고 읽지 못했다. 2학년 때도 별반 다르지 않은 저능아였다. 그런데 3학년 때 뜬금없이 글짓기 대회에 나가 장원을 한 것이다. 전체조례 시간에 단상에 올라 상장과 메달을 받았다. 집에 돌아오니 부모가 수상 소감을 물었다.

"잠지가 덜덜 떨렸어요."

아버지가 회상하는 당시의 내 대답이다.

이후로 며칠 동안 곰곰이 생각했다. 잠지가 진동할 만큼 상찬을 받은 건 처음이었다. 전에는 한 번도 그래본 적이 없었다. 내가 술래가 되었다 하면 밤까지 놀이가 끝나지 않았다. 증거를 훼손하는 억지를 부리지 않고서는 딱지치기조차 제대로 이겨본 적이 없었다. 그게 뭘 의미하는가? 놀이터 그네 위에서 일생일대의 선택을 했다.

좋아, 그렇다면 나는 글을 써야지.

그렇게 내 인생은 초등학교 3학년 때 받은 상 하나로 결정되었다. 이처럼 담백한 인생이 또 어디에 있을까 싶다.

그런데 문제는 문학적 재능을 갈고 닦아도 모자랄 판에 마음 아프게 싸움 실력만 일취월장했다는 점이다. 그러한 경향은 중학교에 진학하면서 더 심해져, 급우들과 치고받는 게 일과표의 가장 중요한 항목이 되었다. 당연히 공부는 뒷전이었다. 학급 전체 67명 중에 42등이 나였다. 이 글을 쓰기 전 아버지에게 메일을 보내 집에 보관된 중학교 성적표를 확인해달라고 부탁했더니 이러한 답장이 왔다.

"수학 양, 과학 미, 체육 미, 음악 양, 미술 미, 한문 미, 나머지 도덕 국사 사회 영어 기술은 우."

골고루 잘했네 뭐. 아버지는 나를 음해하기 위해 쓸데없이 한 줄을 덧붙였다.

"수는 아무리 찾아봐도 없구나. 개근은 하였고."

그게 어디 제 노력만으로 되었겠습니까. 가정환경 역시 그런 자포자기의 일탈에 적합했다. 대학원에 진학할 형편이 못됨을 비관한 아버지는 매일 술로 시간을 보냈고, 집안은 자연스럽게 개판이 되었다. 그런데 아버지의 불만이 내게 끼친 영향 중엔 긍정적인 부분도 있었다. 학력 콤플렉스에 빠진 벼락부자가 거실에 세계명작전집을 전시하듯, 양아치처럼 살아가는 와중에도 친구는 동류가 아니라 항상 공부 잘하는 우등생들만 사귀었던 것이다. 그 애들에게 있어 나는 이를테면 정치 깡패 같은 존재였다. 사소한 시비로부터 보호해줬고, 뜯긴 돈을 대신 돌려받아줬으며, 입바른 소리 하는 애들을 구타해 당분간 학급 회의에 빠지도록 했다.

그런데 하루는 시험공부에 열중하는 친구에게 놀러 가자고 졸랐다가 무안하게 거절을 당했다. 일단 그 녀석을 연필도 들 수 없을 만큼 팬 뒤, 아주 똥 같은 기분이 되어 귀가했다. 그에게 화가 나서가 아니었다. 우등생 주위를 맴도는 내 꼬락서니가 하도 구질구질해서였다.

그 밤 나는 홧김에 문무를 겸비하기로 결심했다. 책상에 앉아 교과서를 펴 들었다. 기본이 없으니 무슨 말인지 하나도 알아먹을 수가 없었다. 심지어는 들여다보고 있는 과목이 뭔지조차 알쏭달쏭했다. 그래서 무작정 외웠다. 목차부터 외우고 문제를 외우고 답을 외웠다. 꼴값을 하느라 코피까지 흘렸다. 평소엔 맞아서 흘리던 피였다. 나올 마당이 아닌데 나온 피 입장에서도 당황한 기색이 역력했다. 그렇게 일주일 공부하여 중간고사를 치렀다. 스물다섯 명을 뛰어넘어 반에서 17등을 했다. 앞의 열여섯 명 우등생 떼거리가 눈에 걸리긴 했지만, 아무튼 그 베팅도 대성공이었다. 이후로는 성적 때문에 지진아 소리를 듣진 않게 되었다.

고등학교에 입학해서는 잠시 학업에 힘쓰느라 무예를 소홀히 했더니 도처에서 주먹이 날아왔다. 이놈이고 저놈이고 죄다 고수였다. 고분고분하게 굴지 않았기 때문에 맞아도 남들보다 몇 배나 심하게 맞곤 했다. 한번은 3학년을 3년이나 다닌 구척장신의 일진에게 밉보여 경을 치게 되었다. 방과 후 학교 뒷산으로 쥐어터지러 오라 하기에 수업이 끝나자마자 집에 달려가 식칼 두 자루를 챙겼다. 관운장처럼 생긴 그 일진은 뒤늦게 나타난 나를 보고 되게 반가워했다. 도망갔을까 봐 조마조마했다는 것이다. 그럴 리가요 형님, 하고 대답했다. 가방에서 식칼을 꺼내어 양손에 하나씩 들고는 아뢰었다.

"너저분하게 뒤엉키지 말고 이걸로 해결하죠."

경험해본 사람은 알겠지만, 적대적인 상황에서 예리한 금속이 등장하면 보는 것만으로도 온몸의 힘이 쭉 빠진다. 어정쩡하게 상황이 종료되고 난 뒤, 참관인 자격으로 그 자리에 있던 친구 한 명이 다가와 거품을 물었다.

"너 죽고 싶어? 저 새끼 팔 길이가 네 키만 한 거 알아?"

물론 나는 죽고 싶지 않았다. 그렇다고 싹싹 빌거나 똥개처럼 얻어터지고 싶지도 않았다. 내 계획은, 그 자식이 칼 하나를 받기 위해 손을 내미는 순간 다른 쪽 칼로 반대편 옆구리를 푹 찔러버리는 것이었다. 어쩌면 구척장신의 일진이 그리 쉽게 물러난 건 내 의도를 간파했기 때문이리라. 하긴, 둘 중에 하나를 고르라고 상냥하게 아뢰면서도 칼 두 자루 모두 손잡이를 꽉 잡고 있었으니까.

말하는 고릴라를 지략으로 물리친 셈이라 그 베팅도 수의학적으로 성공인 것 같지만, 그게, 사실, 그렇지가 않았다. 위기에서 간신히 빠져나왔을 때 어떤 이들은 의기양양해하는 반면 어떤 이들은 깊이 낙담한다. 나는 후자였다. 운동화 끈이 다 풀린 줄도 모르고 집까지 걸어왔다. 그리고 침대에 누워 멍하니 천장만 바라보았다. 씻을 힘도, 먹을 힘도 남아 있지 않았다. 전에도 후에도 그날만큼 밑바닥까지 지쳤다고 느낀 적은 없었다. 그 밤, 나는 천장의 어지러운 갈고리 문양 속에서 수 년 전의 작은 계기와 사소한 선택 하나가 나를 어떤 궁지에 몰아넣었는지 보았다. 호구가 되느니 싸우겠다고 결심한 건 피치 못할 일이었을지 모른다. 반면 누군가의 옆구리를 찔러버리겠다고 결심한 건 분명히 선을 넘은 짓이었다. 그런데 그 둘은 하나의 벡터에 담긴 상호 연결된 값이어서, 나로선 손에 칼을 쥐고 있는 장면만을 쏙 떼어내 부정할 수가 없었다. 요컨대 나는 갑자기 낯선 좌표에 던져진 게 아니라 긴 시간 꾸준히 그 함수의 궤적을 따라 걸어왔던 것이다.

이후로 완전히 맥이 풀리고 모든 게 부질없이 여겨져 고등학생 시절 내내 무기력하게 겉돌았다. 한편으로는 공부를 하고 한편으로는 대학로에 나가 막걸리를 마시고 한편으로는 여고생들을 쫓아다니고 한편으로는 싸움질을 하고 한편으로는 시를 썼지만 어느 하나 제대로 하지 못했다. 제대로 할 마음도 없었다. 당시 내 탈선의 주된 무대는 교회였다. 주말이면 교회 친구들과 어울려 다니며 성경에 기록된 악행들을 하나하나 실습했다. 전날 밤에 함께 술을 마시고 패싸움을 벌이던 아이들이 일요일 예배 시간에 우아한 표정으로 나타나 사랑의 찬송가를 부르는 모습은 흥미로운 광경이었다. 대입을 준비하면서 자의 반 타의 반으로 그 생활을 접게 되었지만, 아직도 월계동 순복음교회 앞을 지날 때면 적잖이 부끄러워지는 한편으로 도무지 실마리가 보이지 않던 그 밤 그 천장의 갈고리 문양이 떠올라 가슴이 서늘해진다.

글짓기 상을 받았던 초등학교 3학년 때 나는 장래의 큰 방향을 일찌감치 결정해버렸다. 물론 대부분의 아이들이 그렇듯 나역시 자라면서 군인이나 가수, 야구 선수, 대통령, 백설공주 따위를 한두 번씩은 꿈꿔보았다. 하지만 언제나 마음 한 구석에는 결국 글 쪽으로 돌아가게 되리라는 믿음 같은 게 있었다. 그러니 저 지옥 같던 고등학교 시절을 마치고 국어국문학과에 진학한 건 나로선 어쩌면 당연한 선택이었을 것이다. 요새는 글쓰기를 전문적으로 가르치는 문예창작학과가 많지만 당시엔 주로 전문대나 예체능계 소속이어서 그러한 학과가 존재한다는 사실조차 몰랐다. 돈이 되는 학과에 들어가야 한다는 압박감 역시 없었다. 아버지가 드디어 박사학위를 받고 국립대학에 부임해 교수, 처장, 총장으로 승승장구하던 시절이었다. 어머니 역시 이즈음에는 꽤 화려한 경력을 갖춘 중견 교사였다. 적어도 경제적으로는 예전의 절박함에서 조금씩 벗어나고 있었다.

대학에 입학해서는 문학동아리에 가입했다. 선배들과 낮술을 마신 뒤 도저히 시빗거리가 될 수 없는 일을 부풀려 주먹질하는 임무를 맡아 활동했다. 그래도 문학도답게 이따금 시간이 나면 시도 썼다. 딱히 시가 좋아서라기보다는 아버지가 꽤 오랫동안 시를 써온 시인이기 때문이었다. 게다가 문학을 한답시고 폼 잡기에는 예나 지금이나 시가 최고인 법이다. 눈 뜨고 볼 수 없는 당시의 습작 수천 편 중 서너 편을 나는 아직도 보관하고 있는데, 잘 써서가 아니라 내가 어디서 왔는지를 잊지 않기 위해서다.

당시 나는 아파트 옥상, 그것도 비상구 위쪽의 한 평쯤 되는 공간에 올라가 피뢰침 옆에 자리를 깔고 누워 사색에 잠기는 거룩한 취미가 있었다. 그러다 괜찮은 문장이 떠오르면 달아나지 않도록 곁에 준비해둔 종이에 재빨리 휘갈겼다. 이따금 젊거나 늙은 남녀가 옥상에 올라와 서로의 침을 나눠먹곤 했는데, 겸손하게 고개만 살짝 내밀어 그 모습을 훔쳐볼 때면 나 자신이 타락한 소돔의 탑에 갇힌 고결한 시인이 된 기분이었다. 요새는 그런 아이를 변태 관음증 환자라 부른다고 들었다.

하루는 깜빡 잠이 들었다가 떨어지는 빗방울에 깨었다. 내려가려고 보니, 잠들기 전에 써놓았던 시가 어디론가 사라지고 없었다. 이리저리 찾다가 결국 쫄딱 젖은 채 빈손으로 내려왔다.

이후로 며칠 동안 그 시의 황홀한 잔상이 머리에서 떠나질 않았다. 하지만 기억을 더듬어 복기해보면 언어로 건설된 궁극의 비경은 어디로 가고 순 재앙 같은 헛소리만 남는 것이었다. 결국 바람이 훔쳐간 원문을 되찾는 외에는 다른 방법이 없다는 결론에 이르렀지만, 옥상과 심지어는 아파트 인근까지 샅샅이 뒤져도 흔적조차 보이지 않았다. 난감해진 나는 계속해서 소돔의 탑에 올라 상실과 집착이 뒤섞인 시를 썼다.

그렇게 보름쯤 지난 어느 저녁이었다. 그야말로 우연히 소돔의 탑 바로 아래편 배수 구멍에서 누리끼리한 무언가를 발견했다. 다가가 살펴보니 쪼글쪼글하게 구겨진 그것은 한 장의 종이였다. 빽, 탄성을 질렀다. 등잔 밑이 어둡다더니, 그토록 찾아 헤맸던 불후의 명작이 바로 그 아래 처박혀 있었던 것이다. 비와 먼지에 된통 찌든 종이를 모시고 방으로 달려왔다. 책상에 앉아 최대한 조심스럽게 편 뒤 읽어보았다. 대여섯 번 반복해서 읽었다.

눈을 감았다. 뜨거워진 얼굴로 새벽까지 꼼짝 않고 생각했다. 통제할 수 있는 것과 통제할 수 없는 것에 대해 생각했다. 보편적으로 설명할 수 있는 현상과 찰나의 기억으로 명멸하는 인상에 대해 생각했다. 어린아이도 이해할 수 있는 호소와 수많은 의미를 품은 눈빛에 대해 생각했다. 암시하는 사건과 암시하는 문장에 대해 생각했다. 그리고 나는 과연 어느 쪽에 어울리는 인간인지 생각해보았다. 창밖이 조금씩 밝아올 무렵, 지구의 허파인 아마존 원시림을 위해서라도 시는 그만 써야겠다고 결심했다.

그렇다고 곧바로 소설로 방향을 틀었던 건 아니다. 어쭙잖게 수필이나 쓰며 이태가량을 허비했다. 그 수필들은 그저 시보다 조금 긴 쓰레기에 불과했다. 그러던 어느 하루, 여름방학을 맞아 대학 동기 한 명과 부산행 기차에 올랐다. 우리에게는 막노동으로 돈을 벌어 세계 유람을 떠난다는 소박한 목표가 있었다. 막상 부산에 도착해 어떤 꼴을 당했는지는 회상하기도 싫다. 나름 귀한 집 아들들이었던 우리는 굶었고, 노숙했으며, 이리저리 쫓겨다니다 나흘 만에 터덜터덜 서울로 돌아왔다. 동기는 내 꼬임에 빠져 그 고생을 했다고 믿어 화가 잔뜩 나 있었는데, 아닌 게 아니라 매우 정확한 사실이어서 뭐라 대꾸할 여지가 없었다. 민망한 마음으로 객실에 비치된 철도청 잡지를 집어 들고 이리저리 뒤적였다. 마침 그 안에는 당시 유명세를 떨치던 어느 소설가의 콩트 한 편이 실려 있었다. 다 읽은 나는 여전히 씩씩거리고 있던 동기에게 그 콩트에 대한 불만을 늘어놓았다. 이건 뭐 주제도 없고 반전도 없고 교훈도 없고 재미도……

동기가 화를 버럭 냈다.

"병신아, 그럼 네가 써봐."

집에 돌아온 병신은 제대로 씻지도 않은 채 쓰러져 잠이 들었다. 그리고 새벽에 일어나 글을 쓰기 시작했다. 「윤철의 사랑」이라는 제목을 건 첫번째 소설은 그날 저녁 무렵에 원고지 80매 가량의 분량으로 완성되었다. 나는 그 소설을 읽고 또 읽었다. 여러

모로 형편없었다. 하지만 적어도 기차에서 읽었던 그 유명 작가의 콩트보다는 나은 글이었다. 이만하면 성공이다, 하고 생각했다. 상을 받은 초등학교 3학년 이후 글에서 성공했다고 느낀 건 그때가 처음이었다.

나는 실패에서는 거의 배우지 못하는 사람이다. 나는 성공에서만 배운다. 그날의 경험을 통해 나는 소설가가 되기로 결정했다. 더불어, 설명하기는 힘들지만 소설가 지망생이라면 어쩐지 그래야 할 것 같아 학기 내내 산소용접이나 주유소 주유원, 불법 전단지 배포 등의 아르바이트를 해 돈을 모아서는 방학마다 외국으로 떠돌아다녔다. 이후 병역과 장기 여행 등의 사정으로 세 번 휴학을 거친 끝에 99년도에 간신히 대학을 졸업했다. 그동안 매번 새 소설의 초고를 끝마칠 때마다 일련번호를 붙여 컴퓨터에 저장했는데, 「윤철의 사랑」이 1번이고 졸업하던 해에 쓴 단편이 65번이다. 두 소설 사이에는 약 5년이라는 시간이 담겨 있다.

신춘문예에는 1998년에 처음 응모했다. 물론 떨어졌다. 이듬해에 다시 응모했다. 역시 떨어졌다. 그다음 해에도 응모했지만 젠장, 또 떨어졌다. 그나마 위안이 되는 건 어딘가 봐줄 만한 구석이 있었던 모양인지 두 번이나 본심에 올랐다는 사실이다. 그중 1999년도 신춘문예 본심의 심사평에는 이미 발 뻗고 전사한 내 응모작에 대한 화끈한 저주가 실려 있는데, "시종 억지와 무리한 작위적 스토리 전개로 지루한 난해소설을……" 운운하는 대목은 아직도 선명하게 기억하고 있어 술자리에서 자랑삼아 떠벌리곤 한다.

2000년 신춘문예는 여러모로 가슴 아픈 실패였다. 응모작에 들인 고생도 고생이고 이미 졸업을 해 무직자 신세라는 불안감도 불안감이지만 함께 소설을 공부하던 친구가 먼저 등단을 한 게 치명적이었다. 내가 더 잘 쓴다고 믿고 있던 터라 이만저만 낙담한 게 아니었다. 간신히 입에 발린 축하를 해주고 나서 짐을 꾸렸다. 그리고 세 달가량 미국과 남미를 떠돌았다. 그 여행은 즐겁지 않았다. 당시 미국 남서부의 골든락Golden Rock에서 찍은 사진 한 장을 가지고 있는데, 자세히 보면 인생 다 산 사람처럼 울상이다.

그렇게 몸과 마음이 상거지가 되어 귀국했다. 그리고 뚝섬의 자취방에 들어앉아 소설 한 편을 쓰기 시작했다. 그것은 내 인생의 마지막 소설이 될 예정이었다. 당연히 아무에게도 보여줄 생각이 없었다. 그 소설은 오직 나만을 위해 써질 것이고, 그래서 독자에 대한 배려는 전혀 없이 복잡하고 난해한 구성을 지니게될 것이며, 그간 연마한 모든 기법이 죄다 동원될 것이고, 형식적으로는 줄 바꿈 없이 단 한 문단으로만 서술될 것이었다. 나는 내 잘못된 선택을 마무리하며 그처럼 별스러운 호사를 누리고싶었다.

그 소설, 「사막에서」는 사흘 뒤 초고가 끝났다. 이후로 약 열흘에 걸쳐 컴퓨터 화면을 보며 교정했다. 그 작업이 끝난 뒤에는 프린터로 출력을 한 뒤 소리 내어 읽으면서 퇴고했다. 어색한 부분이 있으면 출력된 종이에 수정을 했고, 그렇게 수정된 내용을 컴퓨터에 입력한 뒤 다시 프린터로 출력했다. 그런 식으로 출력을 백 번 넘게 했다. 한 달가량 지나자 소설의 처음부터 끝까지 모든 문장을 외우게 되어, 종이에 출력을 할 필요조차 없이 술자리에서라도 보다 적절한 표현이 생각나면 기억해두었다가 나중에 집에 돌아와 수정하곤 했다. 작업은 5월 초에 끝났다. 73번이라는 번호를 붙여 저장한 뒤 밖으로 나가 정신을 잃을 정도로 폭음했다. 그리고 일주일쯤 지나 생면부지의 지방으로 거처를 옮겼다. 그 지방의 대학에서 행정조교를 하며 대학원에 다닐 계획이었다. 소설 따위는 다신 거들떠도 안 볼 생각이었다.

내 인생의 가장 놀라운 반전은 서울을 떠나 지방으로 이사를 간 바로 그날 일어났다. 산적이라도 살았는지 더럽기 짝이 없는 원룸에 들어가 짐을 모두 가운데 쌓아놓고는 구석부터 걸레질을 하던 중이었다. 어디선가 전화가 왔다. 받아보니 〈현대문학〉이라는 것이었다. 대뜸 나이를 물어보았다.

후에 전해 들은 전화기 너머의 사정은 이랬다. 〈현대문학〉에서 소설 부문 신인추천 심사를 하던 중 나를 뽑을 것인가 말 것인가로 이견이 생겼다. 이미 한 명을 뽑은 뒤라 굳이 더 뽑을 필요가 없는 상황이었는데, 심사를 맡은 두 심사위원 중 한 분은 내 소설이 참신하니 꼭 뽑아야 한다고 주장했고 나머지 한 분은 고리타분하니 절대 뽑지 말아야 한다고 주장했다. 보다 못한 〈현대

문학〉 주간이 나서서 솔로몬의 지혜를 제시했다. 이 작가의 나이가 서른이 안 되었으면 참신한 것이니 뽑고, 서른이 넘었으면 고리타분한 것이니 뽑지 말자. 그 타협안에 두 심사위원이 동의해 내게 전화를 건 것이었다. 그러한 사정을 알 리가 없는 나는 청순한 목소리로 대답했다.

스물아홉이요.

딩동댕, 나는 작가가 되었다. 그런데 운은 그뿐이 아니었다. 사실 나는 축하 전화를 받으면서도 굉장히 어리둥절했다. 〈현대문학〉에 응모한 기억이 없었기 때문이다. 당시에는 그 사실을 밝혔다간 괜히 당선 취소라도 당할까 봐 입을 굳게 다물고 있었는데, 후에 어찌 된 일인지 알게 되었다. 일 년에 상반기와 하반기로 나눠 총 2회 실시하던 〈현대문학〉의 신인추천제도는 1999년도부터 상반기 1회로 줄어들었다. 그런데 내가 소설을 보내기 위해 참고한 응모요강 페이지는 도서관에 비치된 1998년 이전의 『현대문학』에서 몰래 찢어낸 것이었고, 그래서 나는 더 이상 존재하지도 않는 1999년 하반기 신인추천 마감일에 맞춰 9월 말에 응모했던 것이다. 성공하지 못한 시도에 대해선 깨끗이 잊어버리는 나로서는 7개월도 넘어 도착한 당선 소식에 어리둥절할 수밖에 없었다. 그 정신 나간 지원자의 소설을 버리지 않고 간수해두었다가 이듬해 심사 테이블에 슬그머니 올려놓은 〈현대문학〉의 이름 모를 귀인께서는 다음 생에 중국의 왕으로 태어나시리라 믿는다.

그렇게 등단은 했지만 마음이 마냥 편하진 않았다. 다 때려치우고 대학원이나 가겠다는데 이 무슨 때늦은 유혹인가 싶기도 했고, 조금만 일찍 등단했더라면 가능했을 모든 기회들이 폐기된 현실에 부아도 났다. 아무래도 운명이 나를 너무 마구잡이로 대하는 것 같았다. 홧김에 베팅을 해보기로 했다. 두세 달쯤 지나 원고 청탁이 왔을 때, 등단작보다 중요하다는 두 번째 소설로 「사막에서」를 투고하기로 결심한 것이다. 어쨌건 열심히 쓴 소설이니 좋은 평을 받는다면 그걸로 된 거고, 심하게 얽히고설킨 구조 때문에 혹평을 받는다면 소설 따위는 그만 쓰겠다는 결정을 옳았던 것으로 간주해 뒤도 돌아보지 않고 때려치울 작정이었다.

막상 「사막에서」를 다시 꺼내 읽어보니 기분이 묘했다. 안에 담긴 독(毒) 때문이었다. 돌이켜보면 나는 그 소설을 이십대의 뜨거웠던, 그러나 끝내 성취하지 못한 연심을 위로하려 쓴 게 아니었다. 분노하고 원망하고 저주하려 썼던 것이다. 제삼자라면 그 발악을 옹졸하다 욕했겠지만, 문장 하나하나에 담긴 사연들을 또렷이 기억하고 있는 나로서는 읽어나가는 게 그저 아프고 아팠다. 나는 단 한 줄도 고치지 못하고 발표했다. 다행히 별다른 혹평이 없었다. 실은 아무도 그 소설을 얘기하지 않았다. 있는 줄도 몰랐던 것 같다.

그 후 조교 업무와 대학원 학업을 병행하며 매년 소설 두세 편

씩을 발표했다. 삼 년이 지나 얼추 책 한 권 분량이 모이자 출간을 준비하기 시작했다. 워낙 문단 사정에 무지한 터라 어느 출판사에서 책을 내면 떼돈을 벌어들일지 알 수가 없었다. 마침 신뢰할 수 있는 몇몇 어른이 조언해주어 〈문학과지성사〉에 원고 뭉치를 보냈다. 그리고 반년가량 심사를 기다려 마침내 계약서에 서명을 했다. 그 책은 '토끼를 기르기 전에 알아두어야 할 것들'이라는 의미심장한 제목을 달고 2003년 12월에 나왔다. 서점가에 난리가 날 것으로 예상했지만 역시 아무도 그 책을 얘기하지 않았다. 초판 이천 권의 그 책은 곧이어 등장한 『해리포터』 초판 백만 대군에 짓밟혀 짜부라졌고, 삼 년 뒤에 나온 두번째 소설집이 제법 팔리는 바람에 덩달아 품절될 때까지 〈문학과지성사〉측의 이도저도 할 수 없는 근심거리가 되었다.

두번째 소설집 『자정의 픽션』은 반응이 좋았다. 책이 나온 이듬해 두 편의 단편소설을 더 발표했는데, 그것들도 모두 구수한 평을 받았다. 문학상의 후보에 오르기도 하고 각기 두 번가량 다른 매체에 재수록되기도 했다. 마냥 기뻐해도 모자랄 판이었으나, 당시에는 그 고무적인 현상이 곧장 다른 고민의 이유였다. 사정인즉 박사과정을 수료한 뒤여서 학위논문을 작성해야 하는데, 그러려면 적어도 1년 동안은 소설을 깨끗이 접어야 했다. 하지만 이제 막 문단에 슬슬 이름을 알리는 중인데, 게다가 소설도 꽤 잘 써지는 중인데, 이런 기회를 놓치면 언제 다시 잡을 수 있단 말인가.

궁리 끝에 결정을 내렸다. 학위논문은 이담에 어른이 되어서 쓰거나 혹은 쓰지 않겠다. 그렇다고 시절을 눈치 보며 단편만 쓰지도 않겠다. 나는 장편소설을 쓰겠다.

그렇게 2007년 여름에 한국을 떠났다. 마침 몇 해 전부터 구상해오던 이야기가 있었다. 태국 방콕의 어느 거리 이야기인데, 우연히도 인도차이나반도와 멀지 않은 중국 서남부의 한 대학에서 한국어 원어민 교수를 찾는다는 소문을 듣고는 옳다구나 싶어 쳐들어갔다. 그곳에서 내 혀 짧은 발음을 중국 학생들에게 주입시키는 한편으로 매달 두세 번씩 방콕으로 날아가 소설에 필요한 자료를 수집했다. 그리고 대학 측에서 내 혀에 뭔가 문제가 있다는 걸 깨닫기 직전인 2008년 여름 중국을 탈출해 태국 현지에 방을 잡고 집필에 들어갔다.

한국에 돌아온 건 2009년 봄이었다. 그해는 내 인생에서 가장 바빴던 시기였다. 앞으로도 필경 그보다 바쁠 수는 없을 것이다. 굵직한 것만 따지더라도 1,700매 분량의 장편소설을 연재했고, 다섯 편의 단편소설을 써 그중 두 편을 발표했고, 대망의 박사학위 논문을 완성했으며, 대학에서 강의했고, 싱가포르 국제작가축제에 파견되었고, 700매 가량의 번역 아르바이트를 했는데, 그러고도 기력이 남아돌아 그해에 마신 술은 다른 여느 해에 비해 압도적으로 많았다.

이듬해인 2010년의 크리스마스 이브에 나는 인도에 있었다.

중부 벵갈루에서 남부 께를라로 가는 기차의 2등 침대칸에 꾀죄죄한 몰골로 누워 있었다. 평소라면 눕자마자 죽은 듯 잠이 들었겠지만, 그날은 그럴 수 없었다. 휴대폰에 뭔가를 끄적거렸다가 지도를 펴 어디쯤 왔는지 보았다가 체온처럼 따뜻한 맥주를 마셨다가 객차 사이로 나가 눅눅하게 젖은 담배를 피웠다. 어두워지는 차창 밖으로는 자연과의 끈질긴 싸움에서 잠시 물러나 휴식을 취하는 인도의 낮은 마을들이 천천히 흘러가고 있었다.

마음이 복잡했다. 이유는 크게 세 가지였다. 며칠 전에 큰 문학상을 받았다. 소설을 써서 사람들 앞에 나가 상을 받은 건 처음이었다. 그로부터 얼마 지나지 않아 고려대의 임용심사를 통과했다. 졸업한 지 십 년도 넘어 처음으로 제대로 된 명함을 가지게 된 것이다. 기차에 탑승한 직후 갑자기 귀가 멀었다. 당황한 나머지 잽싸게 침대 위로 올라가 숨었는데, 완전히 고장 난 건 아니어서 두 시간쯤 지나자 정상으로 돌아왔다.

하나하나가 인생을 뒤흔들 수 있는 중요한 사건들이었다. 그런 일이 연달아 세 개나 터진 터라 마음이 싱숭생숭할 수밖에 없는 노릇이었다. 게다가 그 모두 내가 방금 겪은 일인 동시에 가까운 미래에 직접적으로 관여한다는 점에서 사안의 경중을 떠나 깊은 고민을 요구하고 있었다.

먼저 문학상의 경우에는, 내 소설이 이제까지보다 훨씬 큰 변화를 감당해야 하며, 그렇지 않을 경우 상을 탄 바로 그날이 내 문학적 성취의 최고점이 되리라는 불길한 메시지를 담고 있었다. 등단하기 전부터 나는 나 자신이 잘 쓰는 작가가 아니라 다르게 쓰는 작가라 생각해왔고, 그게 내 자부심의 원천이었다. '다르게 쓴다'는 말은 물론 남들과 다르게 쓴다는 뜻도 포함하지만 그보다는 나 스스로 전과 다르게 쓴다는 의미다. 즐겨 사용하는 패턴이 있다면 그것은 곧 게으름 혹은 선입견의 침식작용이라 여겼던 것이다. 그래서 최근에는 소설을 구상함에 있어 가능한 모든 패를 늘어놓은 다음 오직 필요성의 원칙에 따라 적당히 **조합**해내는 작업에 **익숙**해졌다. 문제는 작업의 경험이 쌓이는 과정에서 알게 모르게 견고딕체가 되어버린 **조합**, 그리고 **익숙**이라는 비예술적 감각들이었다. 이제쯤 크게 한 번 방향을 틀어주지 않는다면, 그러니까 예를 들어 트럼프를 화투짝으로 바꾸지 않는다면, 나는 이쪽 벼랑을 피하려다 저쪽 벼랑에 떨어지는 신세가 될 게 분명했다. 아직은 '박형서적인 뭔가'가 등장하지 않았고 등장할 때도 아니다. 계속해서 탐험해야 한다. 소설이란 기본적으로 대답의 양식이 아니라 질문의 양식이기 때문이다.

대학교수가 된 것 역시 한편으로는 영광이지만 다른 한편으로는 아찔한 시험이었다. 무엇보다도 내가 제대로 준비되어 있는지 확신할 수 없었다. 그날 휴대폰에 이런 메모를 남겼다.

"내 인생이 어디로 흘러가는지 문득문득 겁이 난다. 병신 소리 듣지 않으려면 작전을 잘 짜야 할 텐데. 께를라로 가는 기차의 침대칸에 누워 이처럼 우울한 생각에 사로잡혀 있다."

자기 시간이 많이 필요한 소설가에게 있어 교수만큼 좋은 직업도 없을 터이나, 그 역시 직업은 직업이다. 전처럼 무언가 쓰고 싶을 때마다 항상 쓸 순 없다는 뜻이다. 게다가 전엔 몰랐던 책임감이 새로이 부여된다. 지극히 사적인 영역에서 나와 공적인 영역으로 진입해야 한다. 그동안엔 문장과 서사 구조만 통제하면 되었지만, 이제는 사람까지 통제해야 한다. 내 주머니에 남의 돈이 들어올 수도 있는데, 그것들을 잊지 말고 제때 다시 꺼내놓아야 한다. 그리고 무엇보다도 저 무시무시한 '교수'들과 어울려 살아가는 법을 배워야 한다. 자칫 실수했다가는 병신 소리 듣는 건 순식간이다.

일시적 청력 상실은 이상의 두 가지에 비하면 사소한 일이다. 전에도 두어 번 그런 증상을 겪은 적이 있기 때문이다. 맨 처음은 대학원에 다니던 삼십대 초반의 일이었다. 개운하게 자고 일어난 여름날의 정오였는데, 온 세상이 까마득한 정적에 휩싸여 있었다. 조금 뒤 상황을 파악한 나는 기가 막혀 펑펑 울었다. 그런데 한 시간쯤 지나니 조금씩 소리가 들려오는 것이었다. 나는 발딱 일어나 척 멘지오니의 「Feel so good」을 틀었다. 그리고 다시 펑펑 울었다.

물론 이러한 증상이 언제까지나 일시적일 수만은 없다는 걸 알고 있다. 중국의 대학에 취직하기 전에 나는 정밀한 신체검사를 받았고, 향후 수 년 이내에 청력을 완전히 상실할 것이라는 경고를 들은 바 있기 때문이다. 귀 안쪽에 보조기기를 이식하면 생활의 불편함은 크지 않겠지만 자연의 진짜 소리, 다양한 악기로 연주되는 진짜 선율을 들을 시간은 얼마 남지 않았다는 얘기였다. 그때 의사가 어림잡아 제시한 유예기간은 5년이었다. 나는 당사자의 신분인 데다 알다시피 귀도 안 좋고 해서 그 숫자를 20년쯤으로 들었다. 병원을 나서는데 나무 위의 새들이 시끄럽게 지저귀고 있었다. 뒤에서 오던 차가 그 처진 궁둥이 좀 치우라며 빵 소리를 냈고, 보도에 선 중년 여성은 휴대폰에다 사자후를 토했다. 그런데, 이런 소리들이 전부 사라진다고? 그다음에는 내 두개골에 구멍을 뚫어 배터리가 들어간 트랜지스터를 달고는 이 모두를 진동으로 느껴야 한다고?

뭐 그럴 수 있는 일이다. 늘 아슬아슬했지만 완전히 뻗진 않았고, 그래서 여태껏 그 많은 기회를 갖게 해준 것만으로도 달팽이관 입장에서는 베풀 만큼 베푼 것이다. 문창모이비인후과를 들락거리던 시절을 돌이켜보면 내 처지는 지금보다 훨씬 나빠질 수 있었다. 태생적인 청각기관을 통해서나 알아챌 수 있는 몇몇 특별한 종류의 영감이 아쉽긴 하지만, 나는 배웅할 준비가 되어 있었다. 신체검사를 마치고 돌아온 그날 저녁 편집자에게 전화를 걸었다. 구상 중인 장편소설이 수 년 내에 끝나면 그다음엔 소리와 관련된 책을 한 권 쓰겠다고 제안했다. 온갖 자연의 소리와 악기 소리, 일군의 대중음악과 음악사의 중요한 명작들을 지나치게 공들여 청취한 뒤 그 감상을 쓸 계획이었다. 그것은 말도 많고 탈도 많던 내 청력이 걸어간 마지막 여행의 기록이 될 것이다.

그로부터 다시 3년이 지난 2010년의 겨울, 인도 남쪽 께를라를 향해 달리는 침대 열차에서 나는 마침내 세 가지 고민의 순위를 결정했다. 어느 하나 중요하지 않은 게 없지만, 우선은 내 몸과 내 역사에 대한 예의부터 지켜야 했다. 노트북을 꺼내어 밑그림의 큰 조각들을 하나씩 구상했다. 살아오며 특히 인상 깊게 들었던 소리들, 언급하고 싶은 악기들, 꼭 만나봐야 할 전문가들의 이름도 적어나갔다. 그렇게 세 시간가량 작업을 하고 났더니 피곤이 밀려왔다. 슬슬 정리하고 침대에 누웠다. 안도와 긴장이 맹렬히 뒤섞인 어떤 고요가 기묘하게 나를 감싸고 있었다. 돌이켜보면 새로운 선택이 시작된 첫날은 언제나 그랬다.

농담의 악마

—박형서를 위하여

장은수

> 문학의 역사는 폐허의 역사이며, 말해지겠지만
> 결코 현존하지는 않을 사건을 만들어내는 기억의 내러티브입니다.
> ─자크 데리다, 「문학이라 불리는 이상한 제도」

한 사내가 있다. 그는 지금 KTX를 타고 대전으로 가는 중이다. 거기서 그가 사랑하는 여자가 기다리고 있다. 평생 그는 치열한 승부사로 살았다. 패배가 곧 존재의 말살로 이어지는 무시무시한 세계가 곧 그의 세계다. 승부 중에 만난 여자와 어쩌다 눈이 맞았고, 이제 승부사의 삶을 접고 새로운 삶의 문턱을 막 넘으려는 참이다.

사랑은 인간을 약하게 만든다. 가장 위대한 승부사들이 지킬 것 하나 없는 외톨이였다는 사실은 널리 알려진 바다. 누구든 사랑에 빠지면 빈틈을 보이기 마련이다. 욕망이 생겨나고 인내심은 줄어든다. 집착이 늘어나고 판단력은 떨어진다. 무엇보다도 겁이 많아지며 그에 대한 반작용으로 쉽게 무모해진다. 아가씨가 생긴 후 범수는 함부로 굴러다니는 시정잡배들의 별것 아닌 손짓 발짓에도 문득문득 공포를 느꼈다. 지나치게 긴장하는 바람에 이기더라도 지독한 피로에 시달려야 했다. 결국 뻣뻣한 고개를 꺾고 도망치기로 마음먹었다. 남이 밀면 밀리는 대로, 남이 누르면 눌리는 대로 살아가기로 결심했다. 그 맹세를 공유하기 위해 아가씨가 사는 대전에 가는 길이었다. (「무한의 흰 벽」, pp. 81~82)

승부와 사랑의 대립은 박형서 소설에서 자주 반복된다. 논리의 세계(승부)가 감정의 세계(사랑)와 충돌하면서 파열하는 가운데, 우리 자신의 비열과 비루가 고스란히 노출되면서 깊은 수치심을 생성한다. 사무라이 자본주의가 지배하는 세계를 그저 순응하면서 살아가는 우리의 비겁에 대한 일종의 도덕적 파산선고다. 양식의 법전이다.

그러나 중요한 것은 대립이나 효과가 아니다. 패배가 곧 소멸이 되어버리는 낯선 승부의 집요한 반복이다. 그에 대한 작가의 끈질긴 집착이다. 그로부터 전문적 문학 담론의 세계에서 이미 폐기된 하나의 질문이 생겨난다. "기댈 곳 하나 없는 외로운 승부의 세계"를 사는 "외톨이"는 어쩌면 작가 자신의 그림자가 아닐까. 이 청년, 삶의 모드를 변경하려고 열차에 올라타고 나서도 끝내 기질을 벗어버리지 못하고 옆자리의 노인과 최후의 승부를 펼치는 청년은 『자정의 픽션』에 실린 「논쟁의 기술」에 나오는 '나'의 새끼이자 작가의 아바타가 아닐까.

「무한의 흰 벽」의 화자가 "시작했으면 이겨야 한다. 이기기 위해 제일 먼저 해야 할 것은 상대의 기술을 파악하는 일"(p. 94)이라고 말할 때, 박형서의 오랜 독자가 「논쟁의 기술」의 첫 구절, "논쟁이란 상대를 설득하는 것이 아니라 굴복시키는 것이다. 그 목적을 달성하기 위해 가능한 모든 방법을 동원한다"를 자동으로 떠올리는 것은 조금도 우연이 아닐 것이다. '이야기의 회귀' 때문이 아니라 거기에 가장 박형서다운 매혹, 승부에 대한 적자 생존적 의식이 빚어내는 극단의 치열함이 있기 때문이다.

아는 사람은 안다. 박형서는 문단 협객이다. 말의 시비를 승부의 도약대로 삼는 것을 결코 피하지 않는다. 술자리에서 그가 낀 사소한 말다툼은 때때로 격렬한 주먹다짐으로 이어지고, 게다가 그는 말솜씨만큼이나 싸움질에도 능하다. 「어떤 고요」에 나오듯, 중학교 시절 그는 불량한 짓 좀 하고 다녔다. "문제는 문학적 재능을 갈고 닦아도 모자랄 판에 마음 아프게 싸움 실력만 일취월장했다는 점이다. 그러한 경향은 중학교에 진학하면서 더 심해져, 급우들과 치고받는 게 일과표의 가장 중요한 항목이 되었다"(p. 253). 그러니까 아마도 박형서의 소설에는 작가 개인의 승부사 기질로부터 누에 실처럼 뽑혀 나오는 대담하고 끈질긴 반복이 있고 그것이 어쩌면 작품의 순금 부분을 이루는 것이다.

이 글에는 분명히 추억의 어조가 스며들어 있다. 그러나 작가를 복원하려는, 텍스트 너머에 있는 그 아름다운 실존을 환기하려는 것은 전혀 아니다. 어떤 열정 어린 밤이나 기기묘묘한 말의 교환도 작품을 능가하지 못한다. 작가와 나눈 대화의 시간이 작품을 쓰는 고독의 시간을 이기지 못한다는 것, 현대 문학은 이 낯선 가정으로부터 출발한다. 따라서 발(跋)의 형태를 취했다 할지라도, 이 곁-글이 작가와 작품 사이의 희미한 연결선을 뚜렷이 하려는 것은 아니다.

물론 박형서는 소설에서 끊임없이 자신을 떠올리도록 능친다. 마치 카메오처럼 깜짝 등장하고 유령처럼 곳곳에 출몰한다.

책은 '토끼를 기르기 전에 알아두어야 할 것들'이라는 의미심장한 제목을 달고 2003년 12월에 나왔다. 서점가에 난리가 날 것으로 예상했지만 역시 아무도 그 책을 얘기하지 않았다. 초판 이천 권의 그 책은 곧이어 등장한 『해리포터』 초판 백만 대군에 짓밟혀 짜부라졌고, 삼 년 뒤에 나온 두번째 소설집이 제법 팔리는 바람에 덩달아 품절될 때까지 〈문학과지성사〉 측의 이도저도 할 수 없는 근심거리가 되었다. (「어떤 고요」, p. 266)

작품에서 작가의 삶을 곧장 추출할 수 있도록 하고 자신의 삶이 언어에 남겨둔 흔적을 일부러 탐닉한다. 이 능청맞은 진술들은 사실 비밀을 감추기 위한 분장, 독자를 인식의 함정에 빠뜨려 서사의 반전을 끌어내려는 유혹의 기술에 지나지 않는다. 달을 가리기 위해 손바닥을 펼쳐든 셈이다. 그러니 그 기술에 속아서 작품의 행간을 더듬고 그로부터 작가의 시간을 재구성해야 할 이유는 별로 없다.

다만 그 유혹을 외면하는 순간, 우리는 어쩌면 그의 소설로 들어가는 중요한 고리 하나를 잃어버릴지도 모른다. 박형서의 소설을 읽을 때마다 나는 항상 그게 제일 두려웠다. 혹시 작가와 화자가 일치하는 어떤 지점이 분명히 있고, 오직 그곳에서만 작품의 심층으로 들어갈 수 있는 것은 아닐까. 그의 소설 중에서 유달리 마음을 끄는 작품은, 언어의 온도가 올라가면서 극도의 활성을 띠는 작품은, '외톨이 승부사' 박형서가 이런저런 식으로 출연한 것이고 나머지 작품에도 은폐된 형태로 그가 있어서 작품을 제어하는 것은 아닐까. 십여 년 전 박형서의 소설을 처음 접했을 때부터 나는 단어들의 이음새에서, 문장들의 고리에서, 사건들의 연쇄에서 스멀스멀 새어 나오는, 세이렌의 노래 같은 그 유혹의 목소리를 전혀 이기지 못했는데, 그러던 어느 날 기둥에 자신을 묶은 오디세우스처럼 발(跋)의 형식을 빌려 그의 소설을 탐험하기로 해버린 것이다. 어떤 흔적들, 작품 속에서 소설가 자신이 출연하는 지점들을 돋을새김함으로써만 분명해지는 박형서의 세계를 한번 건드려보고 싶었던 것이다.

박형서의 소설에는 분명히 박형서가 있다. 그를 아는 이들은 그가 구사하는 문장에서, 고집스럽게 구축하는 논리에서 분명히 그를 느낀다. 그러나 이를 의식하는 순간 우리는 작품 속에서 길을 잃어버린다. 입구로 들어갈 수는 있어도 출구가 직선으로 뻗어 있어 눈앞에 훤히 드러나 보이는 것은 아니다. 작품의 미로에서 '작가 박형서'라는 입구는 쉽게 변형되고 곧바로 초월되어 다른 무엇으로 나타난다.

박형서의 소설에는 분명히 작가가 있다. 그러나 소문자 작가가 아니라 대문자 작가가, 개인 박형서가 어느새 작가의 표상으로 계단 뛰기 하는 기묘한 상승이, 턱뼈가 아래로 저절로 떨어지는 감탄이, 자신을 밑바닥까지 끌어내리는 쓰디쓴 비애와 뒤집어쓴 허울을 벗어던지는 유쾌한 웃음이 있다. 고백이 사생활의 상품화로 이어지지 않는, 오히려 주체의 견고한 윤곽선을 흔들어 타자를 출현시키는 언어의 브라운 운동이 격렬하게 나타난다. 고백이라기보다는 차라리 폭로라고 부르고 싶은, 때로는 아슬아슬하고 때로는 성큼성큼한 감각의 영토 확장 운동. 자기를 등장시켜 소설의 언어 속에 사적 공간을 구축하는 것이 아니라 오히려 사적 공간 자체가 서서히 세계 속으로 증발하는 자기 해체의 미학. 그것이 박형서 소설의 출입문을 들어 올리는 중요한 지렛대다.

고백은 권력의 작동 방식이자 자본의 미학이다. 작가가 자신의 삶을 상품으로 마침내 변화시키는 것, 권력이 기억을 파고들고 언어를 감염시켜 삶 자체를 완전히 점유하는 것, 그것이 고백의 문학이다. 프라이버시의 '포스트프라이버시'화. 한병철이 "모든 내밀한 공간은 투명성의 이름으로 제거되는 것이다. 그런 공간들은 환하게 밝혀지고 철저히 이용된다. 이로써 세계는 후안무치해지고 적나라해진다"(『투명사회』, 김태환 옮김, 문학과지성사, 2014, p. 18)고 경고한 그 끔찍한 세계에 문학 역시 쉽게 통합된다.

그러나 이 소설집에 실린 작품 중에 고백은 없다. 박형서의 소설은 그러한 문학적 포르노와는 아무 상관도 없다. 자전소설 흉내를 낸 작품이 두어 편 있고, 작가는 곳곳에서 자신의 삶을 슬쩍 던지면서 잽을 날리지만["고려대 문창과 사무실에 사적인 공간을 구축하며 살아왔다"(「무한의 흰 벽」)와 같은], 박형서의 소설에서 자전은 자전(自傳), 즉 자기 고백이 아니라 자전(自轉), 즉 자기 변환이나 자전(自全), 즉 자기 미학으로 곧바로 지양된다.

그렇게 2007년 여름에 한국을 떠났다. 마침 몇 해 전부터 구상해오던 이야기가 있었다. 태국 방콕의 어느 거리 이야기인데,
(「어떤 고요」, p. 267)

나중에 『새벽의 나나』가 될 작품을 쓰기 위해 박형서가 태국에 체류하던 시절의 이야기다. 이 부분은 박형서의 실제 삶을 가지고 왔지만, 다만 취재에 그치거나 여행 로맨스 따위로 떨어지지 않고, 와카족의 소설가 아르판의 이야기를 통해 소설 또는 이야기의 본질에 대한 심오한 고찰로 발전한다. 이러한 소설적 자아의 의사-논리적 변주는 박형서의 특기 중 하나다.

나는 불빛이 새어 나오는 창을 향해 홀리듯 이끌려 갔다. 호롱불 등잔 곁으로 가장자리가 매끄럽게 닳은 자그마한 책상이 보였는데, 이제 막 씻고 나온 초로의 사내가 그 앞에 앉아 있었다. 앉아, 세상에서 고작 이백여 명이 말하고 예닐곱 명이 읽는 와카의 문자로 소설을 써 내려가고 있었다. 그에게서 눈을 뗄 수가 없었다. (「아르판」, pp. 53~54)

데뷔 작가인 '나'는 "태국과 미얀마의 접경 고산지대에 사는" 와카족 마을에서 "남과 다른 삶, 남과 다른 생활이 바로 예술가의 임무"라는 "갈망"에 빠져, 외로움과 싸우면서 작품을 쓴다. 와카족은 고작 이백여 명이며, 그중에서도 와카 문자를 읽을 수 있는 이는 예닐곱 명에 불과하다. 그러나 거기에도 소설가가 있어서, 밤마다 호롱불을 밝히고 와카 문자로 소설을 쓴다. '나'는 와카 문자를 그의 소설을 통해 배우고, 그를 좋아하면서 또한 질투하게 된다. 나중에 서울로 돌아온 후 '나'는 『자정의 픽션』이라는 작품을 발표해 대단한 성공을 거둔다. 그러고는 〈제3세계 작가축제〉를 준비하는 사무국장이 되어 아르판을 초대한다. 조촐한 낭송 행사가 끝나고, '나'는 그를 데리고 서울 관광을 마친 후 저녁 술자리에서 『자정의 픽션』이 사실은 그의 이야기를 도용한 것이었음을 밝힌다. 소수만 쓰고 읽을 수 있는 와카 문자로 쓰인 네 문학은 필멸인데, 내가 한국어로 이를 '번안' 창조해서 마침내 여러 나라 말로 번역까지 되어 불멸하게 되었으니 괜찮지 않으냐는 '타락의 논리'와 함께. 그러나 아르판은 화도 내지 않고 부드럽게 미소 지으며 인사한 후 등을 돌려 떠난다. "아리, 도미 알라."

아르판은 친구를 의미하는 '도샤' 대신 아들 또는 후손을 뜻하는 '아리'를 사용했다. 아리, 내게서 생명을 받아간 자. 내게서 모든 걸 물려받은 사람. (「아르판」, p. 74)

이 작품은 소설은 누구의 것인가, 이야기는 무엇을 위해 존재하는가 같은 심각한 문학적 질문을 제기한다. 그러면서 한 주체의 서명, 즉 영역 표시를 넘어서는, "바보야, 이걸 네가 만들었다고 생각해버리면 되잖아. 사실은 내가 만든 거지만"이라고 당연히 말할 수 있는 이질적 문학 공간을 병치함으로써 박형서는 서명에 의해 지탱되는 하나의 문학 공간을 붕괴시킨다. 동시에 『자정의 픽션』 같은 실재적 장치를 동원하면서까지 극도로 사실성을 부여했던 문학적 고백을 쾌활한 문학적 허풍의 공간으로 변이시킨다. 그 붕괴와 변이를 통해 한국어는 새로운 문학을 학습하는 것이다. 그리고 허풍 사이에 가끔씩 다음과 같은 아름다운 진술이 있다. 박형서가 직접 자신의 본심을 귓속에 속삭여주는 듯한.

때가 되면 편지는 수신자의 손에 닿지 못한 채 입자의 증기가 되어 무한히 작은 공간 속으로 겹쳐 들어갈 것이다. 그러니 애초부터 유실될 운명을 지닌 편지를 굳이 쓴 이유는 들어주길 바라서가 아니라 말하고 싶어서, 알아주길 바라서가 아니라 표현하고 싶어서였을지 모른다. (「티마이오스」, p. 143)

와카족의 소설가 아르판과 가온의 이야기꾼 초아는 여기서 겹친다. 고독 속에서, 듣는 이도 없이 말하거나 알아주는 이도 없이 표현하는 것, 그것은 오늘날 이야기꾼의 운명이다. 이 한 문장에 도달하려고, 아니 어쩌면 이 한 문장을 감추려고 작가는 「티마이오스」에서 천문학과 물리학의 온갖 지식들을 동원해 현란한 문장들을 그토록 어마어마하게 모아들인 것이다. 「티마이오스」가 우주의 탄생을 다루는 고대 그리스 천문학의 정수라는 사실로부터 상징적 시사점을 얻으려 하는 시도 따위는 없어야 할 것이다. 이 작품을 은유나 알레고리로 읽는 것은 쉬운 길로 가는 것이지만 또한 어리석기도 하다. 박형서의 수법은 자기 변태다. 그러니 해석할 것은 없다. 따라다니면서 즐기다가 곳곳에서 튀어 오르는 열쇠나 챙기면 된다. 문학의 새로운 입구 말이다.

표제작 「끄라비」는 거의 재즈 스타일로 자유롭게 변태를 연주한다. 이 작품은 '태국 연작'이라고 부를 수도 있을, 작가의 체류 체험에 기반을 둔 작품 중 하나다. 순박했던 이국의 원시 공동체가 자본의 침입에 따라 서서히 파괴되어간 현실에 대한 가벼운 알레고리일 수도 있지만, 자아의 죽음과 부활을 다룬 격렬한 변신 이야기이기도 하다. 세계화의 충격에 따라 최근에 한국어가 한반도 바깥의 이질적 공간과 소통하는 법을 익히는 중이라면, 그래서 외국을 배경으로 하는 그 많은 작품들이 쏟아지고 있다면, 「아르판」과 함께 「끄라비」는 타자에 대한 이화와 동화의 드라마를 강력한 자기 해체를 통해 연출함으로써 동일성으로 쉽게 회귀하곤 하는 한국어의 수준을 한 단계 끌어올렸다고 할 수 있다.

내 몸이 끄라비에 젖어들고 있었다. 아니, 끄라비가 내 속을 비집어 들어오는 중이었다. 그럭저럭 따뜻했다. 이것으로 된 것이다. [……] 나는 끄라비를 이루는 한 부분이 될 것이다. 끄라비의 흙이나 바람, 혹은 한 줄기 햇살이 되어 이 도시를 맴돌 것이다. [……] 어쩌면 끄라비를 처음 만난 순간부터 그걸 바랐는지 모른다. 아니, 나는 틀림없이 그 하나만을 바라왔던 것이다…… (「끄라비」, pp. 40~41)

타자의 한국화가 아니라 한국의 타자화로 이어지는 '공명'. 한국어가 그동안 배울 수 없었거나 아직 배우지 못했던 것. 박형서는 자주 자신을 이야기의 한 재료로 내던짐으로써 그 변태의 흔적들을 꼼꼼히 탐색하고, 낯선 영토들을 언어의 표면으로 불쑥 솟아오르게 한다.

변태. 박형서는 고치처럼 언어로 체험을 감쌌다가 풀어놓고, 현실을 한계에서 비틀어 가능성의 출구를 열며, 현재의 여백을 탐색하고 잉여를 사유 속에 출현시킨다. 우리가 문학이라고 부르기도 하고 다른 어떤 것으로 불러도 아무 상관없는, 때로 터무니없는 생각의 조직이자 때로 사건의 견고한 구축이기도 한 기이한 언어 군집체들을 탄생시킨다. 많은 이들이 이론상으로는 알았으나 박형서를 따라가서야 비로소 한 윤곽선을 그려볼 수 있게 된 사물. 무시무시한 열정이나 확신 없이, 아마도 이런 문학은 도저히 가능하지 않을 것이다. 어쩐지 비현실적이지만 절대로 현실적인, 철저히 논리이지만 완전히 상상인 모순 조합으로서의 문학. 「끄라비」나 「아르판」과 같이 때로는 의사-체험의 형식으로 이루어지기도 하고, 「Q. E. D.」나 「티마이오스」처럼 의사-논리의 형식을 통해서 탄생하기도 하는.

그래서 나는 작품을 읽으면서 늘 작품 바깥의 박형서를 만나고 싶었고, 한편으로 영원히 만나지 않기를 바랐다. 괴물 같은 어떤 정신을 담은 육체가 보고팠고 보고 난 이후가 두려웠다. 그렇지만 이 좁은 바닥은 이럴 때에는 늘 하나의 결과밖에 낳지 않는 법이어서, 어느 날 마침내 나는 그를 만나고 말았다.

단단한 네모. 짧은 스포츠머리, 살짝 높은 왼쪽 입가에서 오른쪽 입가를 향해 호를 그리듯 앙다문 입술과 조금 화난 듯 쏘아 보는 눈빛이 세계를 깔보는 듯, 타인을 비웃는 듯. 정열과 고집이 뒤

섞인 묘한 논리와 호쾌한 긍정성을 겸비한 문청.

'단단한 네모.' 차돌 같은 외모에서 풍기는 무사 같은 인상, 말이나 행동에 숨길 수 없이 날카로운 각이 있었기에, 자기 문학에 대한 단단한 확신과 "도저히 시빗거리가 될 수 없는 일을 부풀려 주먹질하는 임무"(「어떤 고요」)를 결코 포기하지 않는 모습에, 나는 그날 일기에 끼적여버렸다. 아울러 그가 구축한 거대한 문학적 논리, 『자정의 픽션』에 실린 「논쟁의 기술」이나 「날개」나 「'사랑손님과 어머니'의 음란성 연구」 같은 작품들이 한 젊은 작가의 유희를 넘어서는, 어쩌면 한국어가 박형서에게 빚질, 독창적인 이야기 수법의 출발일 수도 있겠다고 생각했다.

'농담의 악마.'

「Q. E. D.」를 보라. 이 말은 'quod erat demonstrandum'의 약자로 '이상이 내가 증명하려는/증명한 내용이었다'라는 뜻이다. 우주 전체를 가장 단순한 수식으로 아름답게 정리하려는 열망을 품은 한 여인의 일생을 그린 작품이다. 몇 장 넘기기도 전에 이미 우리는 알아챈다. 작가가 증명하려는 것은 수학에 없다는 것을, 그리고 작가가 증명한 것 역시 수학에 없다는 것을. 그러나 기이하게도 수학적 지식의 과감한 나열 속에서, 수학자가 아니라면(어쩌면 수학자조차) 알아듣기 어렵거나 알아들을 수 없는 문장들의 연속 출현 속에서, 그저 작가의 어마어마한 열정에 감염되어 조금씩 매력을 느끼면서 빠져들다 보면 어느새 소설의 끝 문장에 이르게 된다. '어라, 벌써!' 이게 박형서 소설의 기이한 매혹이다. 무의미를 겹쳐서 의미를 생성하는 작가, 그렇다면 우리는 그를 '농담의 악마'라 부를 수 있지 않을까. 한 열정적 인생의 집적이자 쓸데없는 말의 하치가 길항하면서 온도를 올려가고 비등점에 이르러 마침내 이야기 전체가 기화되는 순간까지 읽기를 멈출 수 없게 하는.

우주의 전 생애에 해당되는 기간 동안 누적된 기억은 그 무게로 인해 저절로 붕괴할 수밖에 없기 때문이다. 그러할 때 전부를 기억한다는 말은 전혀 기억하지 못한다는 말과 동일한 의미가 된다. 개별 현상에 대한 경험적 지식이 아니라 온전한 통찰로 바뀌는 것이다. (「티마이오스」, p. 141)

경험이 통찰로 바뀔 때까지 끈질기게 문장을 쌓아 올리고 지식을 누적하는 것, 박형서의 서사 전략은 자주 여기에 의존한다. 지식의 형태로 존재하기에 그것은 논픽션이지만, 진리 값을 전혀 따질 필요가 없기에 온통 픽션이다. 그는 사실처럼 말하면서 상상한다. 진리 없는 진리 운동. 이전의 한국 소설이 대단히 서툴렀던, 어쩌면 전사(前史) 없이 갑자기 출현한 에포크. 그래서 21세기 한국 소설을 여행할 때 우리는 박형서를 건너뛰고는 틀림없이 지날 수 없을 것이다. 비로소 인생유전의 전(傳)에서 벗어난 새로운 서사 형식이 출현한 것이니까.

"남에게 제 이야기를 들려준다는 건 마약과 같은 작업이어서, 얼마나 많은 시간과 에너지가 소용되는지 따위는 관심 밖이다"(「아르판」, p. 51)라고 소설 속에서 말할 때, 이건 어쩐지 박형서가 자신한테 다짐하는 논픽션 같아서 괜히 무섭고 부럽다. 다음과 같은 지독한 문장을 보라.

차원이란 공간 내의 점을 획정하는 데 필요한 독립 좌표의 수를 일컫는 말이다. 직선상의 점은 하나의 실수로, 평면상의 점은 두 개의 실수로, 공간상의 점은 세 개의 실수로 지정된다. 존재하는 모든 수는 1차원 내에 존재하며, 이는 하나의 수가 다른 하나의 수에 비해 크거나 작다는 걸 의미한다. 그에 반해 기하학은 기본적으로 2차원인 면이 논의의 배경이다. 면의 개념은 선후대소 관계에서 자유롭다. 예를 들어 좌표상의 두 점인 $x(2, 4)$와 $y(3, 1)$는 단순한 알고리즘의 자장 안에서 독립적이다. 이런 자유로움은 차원을 4차 이상으로 확장시킬 경우에 보다 극적으로 얻어질 수 있다. 여자가 수정한 진로는 충분히 근거가 있는데, 원주율 자체가 애초에 기하학에서 나온 개념이기 때문이다. 여자는 갑갑한 선후대소 관계에 의존하지 않고 산술 차원의 논리를 복잡화시켜 나갔다. (「Q. E. D.」, p. 176)

이 기나긴 문장은 인용이 아니고, 어디에도 없는 문장이다. '마약'에 취하지 않고는 쓸 수 없는 문장이며, "많은 시간과 에너지가 소용"되어야 간신히 핍진성을 확보할 수 있는 문장이다. 그러나 수학 오타쿠나 구사할 법한 이 문장들은 박형서가 구축한 다른 모든 정교한 논리적 진술/궤변과 마찬가지로 모조리 픽션이고 농담이어서 굳이 수학적 지식의 성립 여부를 따질 필요는 없다. 설령 그것이 사실일지라도 말이다. 따라서 문장 한 줄한 줄을 따라가면서 해독하려 하지 말고 깔깔거리면서 웃어넘기면 그만이다. 밑줄조차 그을 수 없고, 남들에게 전할 일도 없는 이상한 지식이다. 요컨대 다른 것으로 조금도 환원할 필요가 없는 전적으로 소설이다. 명백한 논리를 허구로 만들고 지식의 외곽을 무너뜨림으로써, 박형서는 소설가와 지식인의 발화가 삼쌍둥이처럼 얽혀 있던 한국 소설을 근저에서 혁명한다. 기존의 한국 지식인 소설에서 지식은 전혀 다르게 기능해왔다. 그 소설들에서 흔히 지식은 단지 소설적 장치를 넘어서 때로는 그 지식에 대한 충분한 이해 없이는 소설의 진의를 파악할 수 없을 정도로 소설의 중심점에 놓이곤 했다. 박형서 소설 속의 지식과는 얼마나 다른가.

> 등단하기 전부터 나는 나 자신이 잘 쓰는 작가가 아니라 다르게 쓰는 작가라 생각해왔고, 그게 내 자부심의 원천이었다. (「어떤 고요」, p. 269)

이 말이 그냥 해보는 허드렛소리가 아니라면, 박형서는 그동안 잘 버텨온 셈이다. 그는 동세대에서 드물게 소설의 최전선에서 탈락하지도, 퇴행하지도 않았다. 이 소설집에 실린 길고 짧은 일곱 편의 소설은 그 중요한 증거가 된다. 어떤 반복이면서 뚜렷한 차이인 하나의 세계가 박형서라는 서명 아래 여전히 건재한 것이다. '농담의 악마'가 창조한 기이한 언어 공간. 이 공간과 겹쳐서 있는 한 한국 소설은 그 첨단을 잃지 않을 것이다. 또한 내가 사랑하고, 우리가 인정했던 그 서명의 주인 역시 계속해서 문학청년으로 남을 것이다. 아래와 같은 문장에는 '박형서'의, 더 나아가 모든 '박형서들'의 진정성이 담겨 있다. '노트'를 '문학'으로 바꾸어도 틀림없이 문장이 성립할 테니까.

인간으로서 취할 수 있는 평범한 행복은 노트 바깥에 있었다. 오직 인간으로서만이 취할 수 있는 특별한 행복은 노트 안쪽에 있었다. (「Q. E. D.」, p. 203)

작가의 말

　이 세상 어딘가에 나와 꼭 닮은 사람이, 아니 진짜 박형서가 한 명 더 있어서, 뭐 정말로 그랬다가는 세상이 두 쪽 나겠지만, 아무튼 그런 희한한 일이 벌어져서, 편의상 '너 이 자식'으로 이름 붙여 저만치 앉혀놓고, 그간 열나게 써둔 초고를 읽게 하고, 뭐가 마음에 안 드는지 어디가 어색한지 물어보고, 너 이 자식이 툭 가리킨 부분을 가만히 살펴보다가, 그게 그런 줄은 알고 있었지만 이제 보니 정말 그렇구나, 너 이 자식 눈이 되게 밝구나, 칭찬하면서 빨간 펜으로 좍좍 그어보고, 그러다 또 몇 문장은 안 보는 틈을 타 몰래 되돌려놓다가, 젠장 들켜서, 너 이 자식은 도저히 말이 안 통하는구나, 고집이 무슨 거인두꺼비구나, 이럴 바에야 너 이 자식이 직접 한번 써봐라, 벌컥 화를 낸 뒤 나는 맥주나 마시러 나가고, 대여섯 시간이 지나 비틀비틀 돌아와 너 이 자식이

290

보충한 내용을 보고, 원고료 수입이 이게 벌써 얼마야 하는 마음에 흡족해져서는 이렇게 저렇게 참견하고, 요렇게 조렇게 충고하고, 그러면 끝은 이런 식으로 맺을까 저런 식으로 맺을까 머리를 맞대고, 마침내 악수를 나누며 최후의 마침표를 찍고, 하지만 기왕에 여기까지 오셨으니 너 이 자식이 퇴고까지 수고 좀 해주고, 그나저나 내가 쓰기 싫어서 이러는 건 아니니 괜한 오해는 말고, 뭐 그러한 날들 속에서 우리가 함께 글을 완성할 수 있다면, 그렇게 쓸 수 있다면, 그 소설은 지금보다 훨씬 탄탄하거나 훨씬 부드럽거나 훨씬 인상적이거나 훨씬 사랑스러울 텐데, 어쨌든 모든 게 훨씬 나아질 텐데, 하는 생각이 요즘 부쩍 들곤 한다.

2014년 초여름
너 이 자식

수록 작품 발표 지면